캐스터브리지 시장 1

나남
nanam

한국연구재단 학술명저번역총서
서양편 418

캐스터브리지 시장 1

2020년 12월 30일 발행
2020년 12월 30일 1쇄

지은이   토머스 하디
옮긴이   사공철
발행자   趙相浩
발행처   (주) 나남
주소   10881 경기도 파주시 회동길 193
전화   (031) 955-4601 (代)
FAX   (031) 955-4555
등록   제 1-71호 (1979. 5. 12)
홈페이지   http://www.nanam.net
전자우편   post@nanam.net
인쇄인   유성근 (삼화인쇄주식회사)

ISBN 978-89-300-4074-7
ISBN 978-89-300-8215-0 (세트)

책값은 뒤표지에 있습니다.

'한국연구재단 학술명저번역총서'는 우리 시대 기초학문의 부흥을 위해
한국연구재단과 (주)나남이 공동으로 펼치는 서양명저 번역간행사업입니다.

한국연구재단
학술명저번역총서
418

캐스터브리지 시장 1

토머스 하디 장편소설

사공철 옮김

The Mayor of Casterbridge

by

Thomas Hardy

역자는 오랫동안 영문학을 공부해 왔음에도 무언가 잡힐 듯 말 듯 갈수록 부족함을 크게 느꼈다. 그래도 포기하지 않고 절차탁마(切磋琢磨)하여 토머스 하디의 소설에 관한 논문으로 영문학 박사학위를 받았다.

하디 소설에 대한 여러 논문을 쓰던 중 《캐스터브리지 시장(市長)》(*The Mayor of Casterbridge*)에 나타난 '아내 팔기'(*Wife Sale*)라는 기이한 행위에 시선이 꽂히면서 이 소설을 끝까지 완역해야겠다고 결심했다. 이왕 번역에 몰입하는 마당에 2017년도 한국연구재단의 명저번역 공모사업에 지원한 것이 덜컥 선정되어 더욱 힘을 받았다. (2017. 5. 01〜2019. 4. 30, 2017S1A5A7018960)

이 소설을 재번역한 역자의 당위성과 필요성은 지극히 사소하지만 중요한 의미가 있다. 먼저 이 소설의 서제(書題)에 대한 우리말 번역이 그러하다. 시중에 나와 있는 이 소설의 번역서 제목을 보면 한 종은 《캐스터브리지의 읍장》, 다른 두 종은 《캐스터브리지의 시장》으로 출간되었는데 이는 전치사 "of"를 의식한 번역으로 읽힌다. 물론 번역작업은 단 한 글자라도 놓치지 않으려는 고도의 집중력이 필요한 섬세한 작업이어서 "~의" 또한 놓치지 않아야 한다. 그러나 캐스터브리지는 지명이므로 이 소설은 마땅히 우리말 어법에 맞게 책의 제목을 《캐스터브리지 시장》으로 정하는 데서 번역을 시작해야 한다. 앞으로 이 소설을 주제로 한 관련 논문 등 모든 학술 연구에 지금부터라도 바른 제목을 사용해야 한다.

다음으로 원문의 이해를 돕는 충실한 번역이 필요하다는 것이다. 대표적으로 이 소설에서 하디가 사용한 비유나 용어에 대한 설명을 들 수 있다. 지금까지 출간된 여러 번역서에서 충실하게 설명을 덧붙였으나, 전공자로서 아쉬움이 남는 부분들이 있었다. 특히 이 소설은 유난히 난해한 고유어와 사투리 그리고 고·중세의 인용문이 많다. 우리말로 이를 정확하게 옮기는 일이란 참으로 힘겹다. 그렇다고 원작자의 의도가 깃든 고유어나 사투리, 인용문 등을 깊은 고민 없이 빠뜨리고 지나가는 것은 번역자가 취할 올바른 자세가 아니다. 지금부터라도 번역자는 현대 감각과 최근 어법에 맞는 완성도 높은 번역을 함으로써 이 소설을 읽는 독자에게 최대한 도움을 주어야 한다.

이러한 연유에 따라 역자는 이 소설에 내재하는 희한한 주제에 대한 학술 연구뿐만 아니라, 나아가 이 책이 우리의 올바른 사회상 정립에 기여하는 번역서가 되기 위하여 다음과 같이 차별화된 번역 텍스트 생산을 연구 목표로 정하였다.

첫째, 이 소설에 나타나는 당대의 기행에 반영된 이념과 사회상을 이해하고 추적하여 원저자의 사회 비판적 태도를 정밀하게 포착하려 하였다.

둘째, 토머스 하디가 쓴 다른 소설과 시를 상호 참조하여 번역 접점들을 분석함으로써 일반 독자의 가독성을 최대한 높이려 했다.

셋째, 토머스 하디가 살았던 당대의 거래상 수치를 현대와 비교하여 독자가 쉽게 이해할 수 있도록 하였다.

넷째, 역주, 고유 용어 및 특수어, 복합사유어 등에 대해 상세하게 해설을 달아 기존의 번역과 차별성을 강조하려 하였다.

다섯째, '캐스터브리지' 등 작품에 나타난 수많은 지명에 대한 연구를 병행하여 지형이 갖는 장점을 상대적으로 부각시키면서 원작의 숨은 뉘앙스를 더욱 살리려 하였다.

이러한 목표를 두고 원문 번역의 충실도와 완성도를 더욱 높이고자 다음과 같이 최선을 다해 번역하였다.

첫째, 이 작품에 대한 연구 성과를 바탕으로 생소한 비유나 용어를 충실하게 설명하고자 다수의 주석을 달았다.

둘째, 우리나라 독자들에게 익숙하지 않은 지명과 이해하기 어려운 상황도 충실히 설명하고자 했다.

셋째, 캐스터브리지는 고유한 지명이다. 이를 비롯해 책에 등장하는 수많은 지명을 우리말 어법에 맞도록 번역하고자 했다.

넷째, 이 소설 연구자를 위해 평자들의 이론에 근거한 상세한 설명을 달아 연구자들의 논문 작성에 도움이 되도록 했다.

다섯째, 원저자의 뜻을 최대한 손상시키지 않는 범위 내에서 가장 자연스러운 우리말 표현에 맞도록 번역에 임했다.

이상과 같이 새로이 번역한 이 소설을 접하여 당대의 인물, 체제, 관습을 새롭게 읽어 내려는 읽기의 기쁨을 맛보고, 독자들과 함께 참된 진리를 발견하는 과정에서 다음과 같은 '1독(讀) 3효(效)'의 효과를 기대한다.

첫째, '사회적 양성평등'의 실현이다.

이 소설을 읽은 독자는 읽기의 외연을 확장하여 가정은 사회의 기초이며, 가정을 지키는 힘의 원천은 '여성의 힘'이란 절반의 공조로 완성된다는 보편적 함의를 확인할 수 있다. 따라서 양성평등의 가치를 실현하는 바람직한 사회상을 정립해야 한다는 시대적 요구를 반영할 수 있는 번역서가 되었으면 한다.

둘째, '교육적 연구함양'의 실현이다.

이 소설은 국내외 비평가들의 많은 관심을 받을 뿐만 아니라 석·박사 논문이나 학술 논문에서 다양한 주제와 논의를 양산하는 대작으로 연구자와 독자가 꾸준히 늘고 있다. 이에 부응하여 완성도 높은 번역서를 출간해 이 작품에 대한 이해의 넓이와 연구의 깊이를 확장하는 데 도움을 줄 수 있길 바란다.

셋째, '학문적 세계지향'의 실현이다.

이 소설과 '아내 팔기'(Wife Sale)라는 유사한 주제를 담은 국내 소설가 김유정의 단편소설 〈가을〉(〈사해공론〉, 1936)과 연계하여 연구의 외연을 확장하면서 자국문학의 세계화에 기여할 수 있는 한국문학 번역 연구의 토대를 마련하고자 한다. 궁극적으로는 한국 문학의 인권의식 성숙과 세계화를 위한 후속적인 기여로 이어지길 바란다.

이상의 바람을 담아 이 소설의 번역서를 독자에게 내놓는다. 그동안 출간에 세세한 배려를 아끼지 않은 나남출판사 임직원, 그리고 편집에 힘써 준 권준 선생님에게 깊은 감사를 드린다. 소인의 번역서를 선정해 준 한국연구재단에도 감사를 전한다.

2020년 12월
사공철

다음의 소설을 읽는 독자가 아직 중년에 이르지 않았다면, 이 이야기가 회상되는 시대에는, 명심해야 할 사항이 몇 가지가 있다. 다름 아닌 자기 지역의 곡물거래가, 수많은 사건에 연루되면서, 현재 6페니의 빵1에 익숙했던 사람들이나 또 수확기 날씨2에 무심한 일반 대중은 거의 이해하지 못할 정도로 대단히 중요했다는 것이다.

　전개되는 다음의 여러 이야기는 주로 3개의 사건을 중심으로 일어나는데, 그 사건들은 우연히도 캐스터브리지라고 불리는 도시와 인근 지역의 실제 역사 속에 나란히 배열되어 있다. 그것들은 남편이 아내를 팔아넘기는 일3이나 〈곡물법〉 철폐4 직전의 불확실한 수확, 그리고 왕족5이 잉글랜드 지역을 방문한 일 등이다.

　이번 판본은 예전의 판본처럼, 이 소설을 연재했을 때와 미국 판본에는 실려 있지만 첫 영국 판본에는 나와 있지 않은 새것이나 다름없는 부분 하나를 포함시켰다. 이러한 복원은 대서양 건너 일부 훌륭한 평론가들이 이루어 놓았는데 그들은 영국 판본이 그 장을 누락하는 바람에 손해를 보게 되었다며 강력하게 이의를 제기했다. 영국과 미

11

국의 최초 판본에 실렸다가 이제는 더 이상 타당하지 않은 이유 때문에 생략하거나 변경했던 몇몇 짧은 구절 및 명칭들 역시 대체하거나 다시 삽입했다.

이 이야기는 웨섹스의 일상6에 등장하는 다른 어떤 누구보다 훨씬 더 특별한 한 사람의 행동과 성격에 대한 탐구이다. 제2의 주인공인 파프레이 씨가 사용하는 스코틀랜드 말에 거부감을 나타낸 사람도 있었다. 스코틀랜드 출신의 어떤 인사는 트위드(Tweed) 강 건너 사는 사람들은 "워를드"(*warrld*), "캐네트"(*cannet*), "어드베어리티스먼트"(*advairrtisment*) 같은 말을 결코 쓰지 않는다고 단언할 정도였다. 나의 말을 교정하는 이 신사의 발음이 남부지방 사람인 내 귀에는 내가 쓴 철자가 의미하는 바를 정확하게 반복하는 것으로 들렸기에, 나는 그의 발언에 담긴 진실함에 그다지 감동받지는 않았다. 어찌 되었든 우리는 그 문제에 어떠한 관여도 하고 싶지 않았다. 한 가지 기억해야 할 것은 이야기에 나오는 스코틀랜드 사람은 다른 스코틀랜드 사람들에게 나타나는 모습이 아니라 그 외부지역 사람들에게 나타나는 모습으로 대변된다는 사실이다. 더구나, 이 소설에서는 파프레이의 모든 발음을 웨섹스 사람들이 발음하는 것보다 더 정확한 음성으로 재생하려 하지 않는다. 그렇지만 나는 이 새로운 판본이 — 의심할 여지가 없는 권위자 중의 한 사람 — 어떤 문제의 방언 전문가가 결정적으로 넘어가는 바람에, 우연하게 이득을 보았다는 사실은 필히 덧붙여야겠다. 사실 그는 태어난 해부터 아주 개인적인 이유로 방언을 사용하게 된 사람이다.

더구나 스코틀랜드인은 아니지만 아주 매력적인 여인으로 청렴결

백하면서도 정확한 통찰력을 지닌, 잘 알려진 칼레도니아 사람7의 아내가 이 책이 출판되고 얼마 지나지 않아 작가인 내게 와서는 파프레이가 자기 남편으로 그려진 인물이 아니냐고 물어왔다. 왜냐하면 남편이 그녀에게는 (의심의 여지도 없이) 행복한 남자의 살아있는 초상으로 보였기 때문이었다. 공교롭게도 나는 파프레이라는 인물을 만들어 내면서 결코 그녀의 남편을 생각해 본 적이 없었다. 그러므로 나는 파프레이가 스코틀랜드 사람들에게는 스코틀랜드 사람으로 통하지 않더라도 남부지방 사람들에게는 스코틀랜드 사람으로 통할 수 있으리라 믿어 의심치 않는 바이다.

이 소설은 1886년 5월 처음 두 권짜리 완전한 책으로 출간되었다.

1895년 2월~1912년 5월
토머스 하디

차 례

— 1권 —

옮긴이 머리말   5

머리말   11

I. 아내 경매   19

II. 성서 앞에서 맹세   39

III. 하룻밤의 숙박   46

IV. 웨이던 장터   54

V. 저녁 만찬회   65

VI. 쓰리 마리너즈 여관   75

VII. 곡물사업   82

VIII. 그리운 내 고향!   94

IX. 중대한 결정   106

X. 엘리자베스-제인 뉴슨   119

XI. 캐스터브리지의 원형 경기장   126

XII. 지금의 나   135

XIII. 세 가지 커다란 결심   144

XIV. 성 마르틴 축일의 여름   152

XV. 어렴풋한 공포감   167

XVI. 적대적인 미소   179

XVII. 곤봉 대 단검   189

XVIII. 가련한 영혼   201

XIX. 먼지와 재   210

XX. 어머니의 무덤   223

XXI. 이방인   240

XXII. 성촉절   252

옮긴이 주   269

지은이 · 옮긴이 소개   293

2권 차 례

XXIII. 방문객

XXIV. 제 3의 여인

XXV. 두 연인 사이

XXVI. 경쟁자

XXVII. 추수하기 전날 밤

XXVIII. 하급 치안재판

XXIX. 결혼의 증인

XXX. 옛 연인과 새 연인

XXXI. 빚 청산

XXXII. 벽돌다리와 돌다리

XXXIII. 21년간의 금주맹세

XXXIV. 편지 뭉치

XXXV. 짓궂은 장난

XXXVI. 조롱 행렬

XXXVII. 왕실의 행렬

XXXVIII. 몸싸움 — 일 대 일

XXXIX. 광란의 안식일

XL. 가련한 여인

XLI. 아버지와 자식 사이

XLII. 씨앗 소매상점

XLIII. 도시의 기둥

XLIV. 내가 죽는 날까지

XLV. 마이클 헨처드의 유언

옮긴이 해제

일러두기

- 장별 소제목은 원서에는 없지만, 옮긴이가 각 장의 핵심어를 선정하여 붙인 것이다.

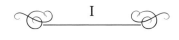

I

아내 경매

19세기가 3분의 1에도 채 이르지 않은 어느 늦은 여름 저녁이었다. 한 젊은 남자와 아기를 안은 여인이 어퍼 웨섹스의 웨이던-프라이어 즈1라는 커다란 마을 어귀로 걸어가고 있었다. 그들은 검소한 옷차림 이었지만 그리 남루하지는 않았다. 그러나 오랫동안 여행한 탓인지 신발과 옷에는 분명히 뿌얀 먼지가 서리처럼 덮여 있었고 그들의 모 습은 꾀죄죄하기 그지없었다.

　남자의 용모는 준수하였으나 거무스름하고 표정은 굳어 있었다. 그의 얼굴은 옆에서 보면 거의 수직을 이룰 정도로 가파르게 꺾인 모 양2이었다. 그는 짧은 갈색 코듀로이3 재킷을 입고 있었는데 그나마 그것은 좀 새것이었다. 그 외는 헌것으로 흰 원뿔 단추들이 달린 퍼스 티언4 조끼와 반바지, 무두질한 정강이받이5를 걸쳤고, 머리에는 검 은 윤기가 나는 캔버스 천을 덮은 밀짚모자를 썼다. 그는 등에 띠고리 로 동여맨 갈대 바구니6 하나를 메고 있었다. 바구니의 한쪽 끝에는 건초를 베는 칼자루가 튀어나왔고, 그 틈 사이로 건초를 묶는 데 사용하는 송곳7이 뾰족하게 나와 있었다. 그의 자로 잰 듯한 걸음걸이는 활력이 없어 보이지만, 정처 없이 그저 어슬렁거리며 걸어가는 일반 노동자들과는 무언가 다르게, 그는 노련한 시골 노동자처럼 걸어가고 있었다. 게다가 한 발 한 발 떼어 놓을 때마다, 그의 표정에는 고집 세고 냉소적인 무지함이 풍겨났다. 왼쪽 다리로 한 걸음, 오른쪽 한 걸음 내디딜 때마다 규칙적으로 교차되는 퍼스티언 천의 모양을 보면 누구나 그가 특이한 남자임을 느낄 수 있었다.

그러나 이 두 남녀가 걸어가는 모습이 아무리 특이했어도, 또 여느 때 같으면 아무 관심 없이 그냥 지나쳐 버릴 수 있었겠지만, 그들이 서로 말도 없이 그렇게 묵묵히 걸어가고 있는 모습은 지나가는 뭇사람들의 시선을 끌고도 남을 정도였다. 철저히 침묵하며 나란히 걷고 있는 두 남녀 사이는 서로 부드러운 마음의 이야기가 오고가는 연인의 모습과는 거리가 멀어 보였다. 그러나 좀더 가까이서 보면 그 남자는 바구니의 띠 아래로 내민 손으로 겨우 들고 있는 민요 가사 쪽지8를 몰래 읽고 있는 듯한 시늉을 하고 있음을 알 수 있었다. 그렇지만 이러한 태도가 정말 쪽지를 읽고 있는 것이었는지 아니면 그에게 성가시기만 한 어떤 대화를 피하기 위한 의도였는지는 당사자 이외에 아무도 정확히 알 수 없었다.

그 남자의 닫힌 입은 열리는 법이 없었으며 여인 역시 아무런 말이 없었다. 사실 그 여인은 안고 있는 아기만 아니라면 큰길을 혼자 걷고 있는 것이나 다름없었다. 그녀는 남자 쪽으로 바싹 붙어 걷고 있었기 때문에 굳이 몸을 기대지는 않았어도 남자의 굽은 팔꿈치가 그녀의 어깨에 닿을 듯했다. 그래도 그녀는 남자의 팔을 잡으려는 기색이 없어 보였고 남자도 잡혀 줄 생각이 없어 보였다. 이렇게 모르는 체하는 남자의 침묵에 의아한 표정을 짓기는커녕 그녀는 오히려 이것을 당연하게 받아들이는 듯했다. 이 세 사람이 조금이라도 나눈 대화가 있다면 그 여인이 가슴에 안은 아기한테 하는 말이 전부였다 — 짧은 옷차림에 목이 긴 파란 털신발을 신은 여자아기한테 — 이따금씩 귓속말로 속삭이자 마치 대답하는 듯 종알거리는 아기의 말뿐이었다.

그 젊은 여인의 최고의 — 거의 유일한 — 매력은 얼굴에서 읽을 수 있는 풍부한 표정이었다. 그녀가 다소곳이 아기의 얼굴을 내려다볼 때면 그녀의 옆모습과 얼굴은 예쁘장하면서도 자못 아름다워지기까지 했다. 특히 그녀의 얼굴이 강한 햇살을 비스듬히 받을 때는 더욱 그러했다. 밝은 햇살에 그녀의 눈꺼풀과 콧구멍은 훤히 보였고 두 입술은 활활 타오르듯 강렬한 불꽃을 발하고 있었다. 그녀가 말없이 생각에 잠긴 채 길가의 울타리 그늘을 따라 또박또박 걸을 때에는, 거의 냉담한 표정으로 얼굴은 굳어 있었다. 물론 공정한 승부에 따라야 하겠지만, 그것이 안 될 때에는 시간과 기회만 있으면 어떠한 일도 가능하다고 단정해 버리는 사람의 굳은 표정처럼 말이다. 이러한 첫 단계는 자연의 섭리에 따른 이치9이며, 그 다음 단계는 아마도 인간이 만들어 놓은 문명의 소산이라고 생각하는 것 같았다.

그 남자와 여인은 부부 사이였으며, 팔에 안겨 있는 아이의 부모라는 것은 의심할 여지가 없었다. 그러한 관계가 아니고서는 길을 따라 걷고 있는 그 세 사람에게 빛을 발하는 구름10처럼 줄곧 붙어 다니는 김빠진 친숙한 분위기는 도저히 설명될 수 없었다.

일 년 중 이맘때쯤이면 보통 영국인은 누구든 어느 지방에서나 눈앞에 펼쳐지는 흥미로운 장면에 가던 발걸음을 멈추고 구경거리라도 즐길 수 있었겠지만, 그 남자의 아내는 눈앞의 광경에 별로 흥미도 없이 힐끗 지나치듯 시선을 무심히 던지고 있었다. 펼쳐진 길은 곧지도 꾸불꾸불하지도 않았으며 평탄하지도 울퉁불퉁하지도 않았다. 길 양옆은 울타리로 둘러져 있으며, 나무와 갖가지 식물들로 경계를 이루고 있었다. 이러한 초목들 가운데 생기가 사라진 잎사귀들은 이미 우중충하며, 노랗고, 빨갛게 물들어 가는 검푸른 색깔을 띠고 있었다. 제방을 따라 풀이 자라난 가장자리와 울타리의 내뻗은 나뭇가지들은 급히 달리는 마차들이 일으키는 먼지를 뽀얗게 뒤집어쓰고 있었다. 이 먼지는 그들의 발자국의 흔적을 지우려 길 위에 내려와 덮고 있는 양탄자 같았다. 앞서 말했듯이 이렇게 적막한 분위기에 그들 사이에 오가는 대화가 전혀 없다 보니 바깥의 모든 소리는 조그마한 소리라도 그만큼 크게 들리고 있었다.

날이 저물어 이 시각쯤 되면 시골 어느 언덕에서나 항상 들을 수 있었던 케케묵은 저녁 노래를 부르는 연약한 새소리 외에는 아무 소리도 들리지 않았다. 헤아릴 수 없이 오랫동안 이 계절의 저녁나절이면 들렸었던 똑같은 단음절의 떨리는 소리였다. 그러나 두 사람이 그 마을 가까이 다가가자 아직도 무성한 초목 때문에 시야가 가려 잘 보이지 않은 그쪽의 어느 고지에서부터 왁자지껄한 고함 소리들이 멀리서 들려와 그들의 귀에 닿았다.

웨이던-프라이어즈의 외딴 집들이 막 어렴풋이 눈에 띌 때 이 가족은 저녁 밥그릇을 괭이 끝에 매단 채 어깨에 멘 무밭 일꾼 한 사람과 마주치게 되었다. 손바닥에 집어 든 쪽지 글을 읽는 둥 마는 둥 하면서 가던 그 남자는 얼른 고개를 치켜들었다.

"여기 뭐 좀 할 만한 일거리라도 있습니까?"

그는 손에 든 종이쪽지를 흔들어 앞쪽의11 마을을 가리키면서 다소 가라앉은 어조로 물었다. 그 농부가 자기의 말뜻을 못 알아들었나 싶어 그는 재차 물었다.

"건초 더미 묶는 일거리 말이오?"

그 무밭 일꾼은 고개를 이미 살래살래 흔들고 있었다.

"아니, 이상하군! 왜 하필이면 일 년 중 이맘때 그런 일자리를 찾아 웨이던으로 오다니 말이오?"

"그러면 세 들어 살 집이라도 — 아니면 이제 막 지은 조그마한 오두막이나 그 비슷한 거라도요." 다른 사람에게 물었다.

그 비관론자는 여전히 부정적인 어투로 대꾸할 뿐이었다.

"지금 여기 웨이던에서는 집들을 모두 허물고 있다오. 작년에만 해도 집을 다섯 채나 허물었고 금년에도 세 채를 허물었지요. 그러니 주민들은 갈 곳이 없어요 — 갈 곳이 없단 말이에요. 짚 더미로 두른 헛간12도 찾기 어려울 정도요. 이것이 요즈음 웨이던-프라이어즈의 현실이라오."

건초 일꾼임이 분명한 그 여행자는 약간 거만하게 고개를 끄덕거렸다. 이어서 그 마을 쪽을 바라보면서 그는 말을 계속했다.

"그런데 이곳에서는 지금 무슨 일이 벌어지고 있는 것 같네요. 무슨 일이지요?"

"그렇소. 바로 오늘이 장날이오. 지금 들려오는 요란한 소리들은 어린아이들과 멍청이들의 돈을 뺏어 가느라고 시끄럽게 떠들고 허둥

거리는 소리에 지나지 않지만 진짜 장날은 이보다 일찍 끝났다오. 나는 종일 저 소리를 들으면서 일해 왔소만, 아직 올라가 보지는 못했소 ─ 아무렴 가지 않았고말고. 나하고는 상관없는 일이니까."

건초 일꾼과 그의 가족은 가던 길을 재촉하여 이내 장터 안으로 들어섰다. 장터는 오전에 수백 마리의 말과 양들이 팔려가기 위해 북적거렸던 축사와 우리들이 보였으나 지금은 대부분 치워져 있었다. 그들에게 이렇게 알려 준 사람의 말처럼 예전과는 달리 지금은 거래다운 거래가 없었다. 시원찮은 몇 마리의 가축들을 경매로 팔고 사는 것이 거래의 전부였다. 그렇지 않으면 이런 가축들을 달리 처분할 수 있는 방법이 없다 보니 거래를 해 보려는 장사꾼들도 왔다가 금방 가 버리고 사려 들지 않았다. 휴일을 맞아 여행 나온 사람, 이따금 찾아오는 휴가 중인 한두 명의 군인, 느지막하게 몰려든 마을의 상점주인 등, 우연히 오다가다 들러 보는 사람들로 오전보다는 장터가 조금 커져 있었다. 이들 가운데는 이상야릇한 구경거리, 장난감 가게, 밀랍 인형 가게, 마음을 사로잡는 요상한 사람과, 일반인의 건강을 생각해 멀리서 찾아온 사심 없는 의료인, 야바위꾼,13 노리개 장수 그리고 점쟁이도 끼어 있었다.

그러나 우리의 두 남녀 보행자 누구도 이러한 것에는 별 관심이 없었다. 그들은 언덕배기에 흩어져 있는 여러 가게들 중 간단히 식사할 만한 곳을 찾아 두리번거렸다. 바로 이때 그들에게 제일 가까이에서 햇빛을 황토색14 아지랑이로 반사하고 있는 두 천막 가게가 거의 똑같이 그들을 부르고 있는 듯했다. 그중 첫 번째 천막은 꼭대기에 우윳빛의 새 캔버스 천으로 만든 빨간 깃발이 꽂혀 있었다. 그 깃발에는

"집에서 빚은 좋은 맥주, 연한 맥주, 사이다가 있습니다"라고 쓰여 있었다. 두 번째의 천막은 좀 허름해 보였다. 뒤쪽에는 철제 연통이 삐죽 내밀고 있고 앞쪽에는 "맛있는 밀죽15 팝니다"라는 간판이 걸려 있었다. 그 남자는 두 간판을 보고 마음속으로 어디로 갈까 저울질해 보았다. 그러고는 첫 번째 천막으로 발길을 옮겼다.

"아니, 아니에요. 저쪽 천막으로 가요" 하고 옆에 있던 아내가 말했다.

"저는 늘 밀죽을 좋아해요. 엘리자베스-제인도 그렇고요. 당신도 그렇잖아요. 피로해진 몸에도 좋아요."

"나는 그런 걸 먹어 본 일이 없어" 하고 남자가 말했다.

하지만, 그는 곧 아내의 말에 따랐다. 그들은 곧장 밀죽 가게로 들어섰다. 가게 안에는 천막 양쪽에 꽉 닿는 길고 좁다란 식탁에 제법 많은 사람들이 앉아 있었다. 위쪽에는 숯불 난로가 하나 있었고, 그 위에는 다리가 셋인 커다란 쇠 냄비 하나가 매달려 있었다. 쇠 냄비의 테두리가 깨끗한 것으로 보아 종 만드는 쇠16로 만들어졌다는 것을 알 수 있었다. 그 천막 주인은 흰 앞치마를 두른 나이 쉰 살쯤 되어 보이는 비쩍 마른 아주머니였다. 그녀에게 점잖은 티를 풍기는 그 앞치마는 폭이 너무 넓어 그녀의 허리를 거의 한 바퀴 감고 있었다. 그녀는 솥 안의 죽을 서서히 휘저었다. 콩, 밀가루, 우유, 건포도 등이 섞인 잡탕죽을 눋지 않도록 휘젓고 있는 그녀의 커다란 국자의 긁히는 소리가 천막 안에 울려 퍼졌다. 죽이 땅바닥에 흘러 질펀한 진탕에서 그녀는 장사를 했다. 나무 식탁과 그 옆의 선반 위에는 재료가 담긴 그릇들이 흰 보자기에 씌워져 따로 놓여 있었다.

젊은 부부는 뜨거워 김이 무럭무럭 피어오르는 잡탕죽을 한 그릇씩 주문해 자리 잡고 앉아 서서히 먹기 시작했다. 잡탕죽은 그런대로 맛이 좋았다. 아내가 남자의 몸에 좋다고 말했듯이 양분이 많았기 때문이다. 이 고장에서 사 먹을 수 있는 음식으로는 적당했다. 그렇지만 이런 음식에 익숙하지 않은 사람들에게는 잡탕죽 위로 둥둥 떠올라 있는 레몬 씨알 크기의 부풀어 오른 밀알들을 보기만 해도 거슬리는 음식이었다.

그러나 천막 안에는 주의 깊게 보지 않으면 눈에 잘 띄지 않는 무엇이 있었다. 괴짜 같은 성격의 소유자인 그 남자는 그것을 본능적으로 재빨리 눈치챘다. 조심스럽게 죽을 먹으면서 그는 가게 아주머니의 거동을 곁눈질로 살펴보았다. 그는 아주머니의 꿍꿍이속을 알아차리고는 그녀에게 눈짓을 했다. 아주머니가 고개를 끄덕이자 그는 자기의 죽 그릇을 내밀었다. 죽 장수 아주머니는 식탁 밑에서 병을 하나 끄집어내더니만 술의 양을 능청스럽게 재어 본 후 그 남자의 죽 그릇에 기울여 부었다. 그 술은 럼주17였다. 그 남자는 술값을 슬쩍 건네주었다.

그는 이렇게 강한 알코올이 가미된 죽이 원래 안 섞은 죽보다는 훨씬 만족스런 기분을 낼 수 있다는 것을 깨달았다. 그의 아내는 이러한 처사를 대단히 걱정스러운 눈초리로 지켜보았다. 하지만 그는 그녀의 죽에도 좀 넣어 보라고 권했다. 아내는 약간 불안한 마음으로 조금만 섞도록 했다.

남자는 자신의 죽 대접을 비우고 한 그릇 더 주문했다. 독한 럼주를 좀더 많이 넣도록 눈짓을 보냈다. 럼주의 효력은 그의 행동에서 금방 나타났다. 그의 아내는 허가된 술집이라는 암초들을 겨우 빠져나왔는데 다시 여기 무허가 밀주업자들의 틈에 끼여 헤어 나올 수 없는 깊은 소용돌이18 속에 휘말렸다는 사실이 너무도 슬펐다.

아기가 보채기 시작했다. 아내는 남편한테 벌써 몇 번째 말했다.

"여보, 마이클, 우리가 잘 곳은 어떡하죠? 서두르지 않으면 방을 얻기 어렵다는 걸 알고는 있지요?"

그러나 그는 마치 새가 지저귀는 소리 같은 아내의 말에는 귀를 기울이지 않았다. 오히려 그는 술자리에 있는 사람들에게 큰 소리로 떠들어댔다. 촛불이 밝혀지자 아기의 검은 두 눈은 서서히 두리번거리다가 감겼다. 감겼다가 떠지고 그리고 다시 감겼다가 이내 잠들었다.

처음 한 그릇을 먹었을 때 그 남자는 마음이 잔잔했다. 두 번째 그릇을 비웠을 때는 기분이 유쾌했다. 세 번째 죽 그릇을 비웠을 때는 논쟁을 벌이는 듯했다. 네 번째로 비웠을 때는 얼굴의 표정이 자주 변하면서 입모양이 일그러지며 거무스레한 눈에서 불꽃이 튀었다. 그의 행동이 이를 말해 주고 있었다. 그는 위압적이었고 심지어 시비를 걸려는 기색까지 보일 정도였다.

이러한 경우에는 늘 그렇듯이 대화의 목소리가 높아지기 마련이었다. 선량한 남자들이 악한 아내를 만나서 망가지고, 또 특히 앞날이 촉망되는 많은 젊은이들이 드높은 목표와 희망을 잃고 일찍 결혼함으로써 정력만 소모해 버리게 된다는 것이 화제였다.

"나 자신도 그런 사람 중의 하나요" 하고 건초 일꾼이 억울한 듯 통렬하게 말했다. "나는 사실 바보같이 열여덟 살에 결혼했다오. 그 때문에 이 모양, 이 꼬락서니가 된 거지요."

그는 자신이 빈털터리라는 걸 들추어낼 양으로 손을 흔들어 대면서 자신과 아내를 가리켰다.

그의 젊은 아내는 남편의 그런 말에 이제는 익숙해졌다. 그녀는 남편의 그러한 이야기에 아무 관심이 없는 듯한 태도로 잠들었다 깨었다하는 아기에게 간간이 은밀한 귓속말을 계속했다. 그녀는 팔이 아플 때면 아기를 옆 의자에 잠시 혼자 내려놓고 쉬었다. 남자는 쉬지 않고 말을 계속했다.

"내가 이 세상에서 가진 것이라고는 15실링이 전부요. 하지만 나는 내가 하는 일에는 남다른 능력이 있지요. 이 잉글랜드에서 건초를 베는 일은 나를 당할 자가 없단 말이에요. 내가 다시 홀몸만 된다면 일을 마치기도 전에 몸값이 1천 파운드짜리가 되겠지만, 사람이란 기회를 다 놓치고 나서야 이런 일들을 알게 되는 법이거든요."

바깥마당에서는 경매인들이 늙은 말을 파는 소리가 들려왔다.

"이제 이번이 마지막이오. 자, 누가 노래 한 마디로 마지막 행운을 잡아 보겠소? 40실링이면 되겠소? 새끼를 잘 낳는 말이오. 다섯 살이 갓 넘었으니 이 말은 문제될 게 전혀 없소. 잔등이 약간 움푹 들어가고 거리에서 다른 놈, 제 누이한테 왼쪽 눈을 걸어 채인 것 말고는."

"저 무허가 장사꾼들이 그들의 늙은 말을 팔아 치우듯 아내가 있기는 하지만 필요치 않은 사람들이 왜 아내를 처분하지 못하는지 나로서는 그 이유를 알 수 없단 말이야. 왜 여편네를 필요로 하는 사람들한테 **아내를 경매**[19]에 붙여 팔지 못하지? 여보시오, 제기랄, 살 사람만 있다면 당장 내 아내를 팔겠소" 하고 천막 안의 그 남자가 말했다.

"여기 있소" 하고 손님들 중의 누군가가 그런대로 봐줄 만한 그 여인을 바라보면서 대답했다.

"정말이오" 하고 담배를 피우던 한 신사가 말했다. 그 신사의 윗도리는 목 부분, 팔꿈치, 그리고 어깨 날이 오래 입어 닳아서 반질반질했다. 사람이 입을 옷이라기보다는 가구에나 뒤집어씌워 놓기에 적당한 옷으로 보였다. 겉으로 보아 그 신사는 전날에 어떤 이웃 마을에서 어느 가족의 마부 노릇을 한 사람임에 틀림없어 보였다.

"나로 말할 것 같으면, 훌륭한 사회에서 어느 누구 못지않게 예의범절을 쌓아 왔단 말씀이야." 그가 덧붙였다. "그래서 나는 진정 교양있는 사람이오. 내 단언하지만, — 저 여자에게도 그런 교양이 있어보이는구먼 — 뼛속까지 말이오, 알겠소. 이 시장판의 어디서도 저런교양 있는 여자를 찾아볼 수는 없지 — 다소 꽃망울이 피어오르다 시들어 버린 점이 있기는 하지만 말이야."

말을 마치자 그는 허공의 어느 한 점에 시선을 모으고 두 다리를 포개면서 담배 파이프를 다시 물었다.

술기운으로 정신이 혼미해진 젊은 남편은 자기 아내에 대한 이 예기치 않은 칭찬을 듣고, 반신반의하면서 그런 식견을 가진 그 사람을얼마 동안 쳐다보았다. 그러나 그는 생각을 정리하면서 거친 목소리로 말을 이었다.

"좋소. 그렇다면, 이제 당신에게 기회가 주어졌소. 신이 창조한 이소중한 보석에 대한 나의 제의는 누구에게나 열려 있소."

그 아내는 남편을 쳐다보며 중얼거렸다.

"마이클, 당신은 전에도 사람들 앞에서 그런 씨알머리 없는 말을내뱉었어요. 아무리 농담이라도 당신은 너무 지나쳐요, 정신 좀 차리세요!"

"알고 있어. 내가 전에도 그런 말을 한 일이 있지. 그러나 내 말은 진정이야. 내가 지금 원하는 것은 당신을 사 줄 사람뿐이야."

그 순간 제비 한 마리가 계절의 마지막을 알리기라도 하듯 천막 틈새로 들어와 그들의 머리 위에서 재빨리 방향을 바꿔 가며 이리저리 날았다. 주변 사람의 시선은 멍하게 그 제비를 뒤쫓고 있었다. 제비가 다시 밖으로 날아갈 때까지 천막 안의 사람들은 그 일꾼의 제의에 아무런 대꾸도 할 수 없었다. 그 제의는 당연히 농담이었을 거라고 생각하고 사람들의 머리에서 자연히 잊혔다. 그 남자는 이미 자기의 밀죽에 강한 알코올을 많이 섞어 먹었는데도, 워낙 굉장한 술꾼20이라 아직 취기가 별로 오르지 않은 모양이었다. 그러나 약 15분이 지나자 그 남자는 악기가 울려 주는 아름다운 음악의 선율과 더불어 환상 속에서 아까 자신이 제안한 생각이 다시 떠올랐다.

"여러분, ─나는 내 제의에 대한 여러분의 대답을 기다리고 있소. 이 여자는 나한테 소용없어요. 누가 이 여자를 사겠소?"

사람들은 이때쯤 서서히 눈치를 채고 있었다. 그 남자의 반복된 제의를 감사의 웃음으로 받아넘겼던 것이다. 그녀는 나직한 소리로 말했다. 그녀는 애원하고 또 걱정하고 있었다.

"여보, 여보, 날이 저물고 있어요. 그런 씨알머리 없는 이야기는 집어 치워요. 당신이 함께 가지 않겠다면 나 혼자라도 가겠어요. 어서요."

그녀는 계속 기다렸지만, 그 남자는 꿈쩍도 하지 않았다. 10여 분이 지나자 그 남자는 주정뱅이들의 쓸데없는 이야기만 되풀이했다.

"내가 이 제의를 했지만 나서는 사람이 하나도 없구려. 여러분 중 어느 누구라도21 내 상품22을 살 사람이 없소?"

그 여인의 태도에 변화가 일어났고, 얼굴에는 경멸하는 빛이 떠올랐다.

"여보, 여보, 정말 해도 너무하군요. 오… 너무 지나치잖아요!"

"이 여자 살 사람 없소?"23 하고 그 남자는 말했다.

"어느 분이라도 좋으니 저를 사 가세요" 하고 그녀는 단호하게 응수했다. "저의 현재 주인은 제 마음에 전혀 들지 않아요."

"나한테 당신도 그래" 하고 남편이 대꾸했다. "우리 두 사람은 이렇게 합의를 보았소. 여러분? 모두 들은 대로요. 서로 헤어지는 데 동의했단 말이오. 내 여편네가 원한다면 저 계집아이를 데리고 가도록 하겠소. 나는 내 연장을 챙겨 내 갈 길을 가면 되오. 성경에 나오는 이야기24만큼이나 아주 간단해서 좋구먼. 자, 그러면 일어서 보라고, 수전. 선을 보여야지."

"그만 두어요, 젊은이" 하고 통이 넉넉한 페티코트를 입은 가슴이 풍만한 코르셋 끈25 장수가 나지막한 소리로 말했다. 그 끈을 파는 여인은 그 남자의 부인 옆에 앉아 있었다. "젊은 양반, 당신은 지금 자신이 무슨 이야기를 하고 있는지도 모르고 있는 거예요." 그러나 그 여인은 자리에서 벌떡 일어서고야 말았다.

"자, 경매인은 누구요?" 하고 건초 일꾼은 다시 소리쳤다. "나요!" 하는 소리가 금방 들려왔다. 코를 보니 구리색의 문손잡이를 닮았고, 목소리는 의기소침했다. 두 눈은 단춧구멍을 빼닮은 땅딸막한 사람이 나섰다.

"이 여인의 몸값을 누가 제의하겠소?"

그 여인은 초인적인 인내력으로 몸을 간신히 지탱하고 있는 것처럼 보였고 땅바닥만 내려다보고 있었다.

"5실링" 하고 누군가가 소리쳤다. 그 말에 주변에서는 웃음이 터져 나왔다.

"날 더 이상 모욕하지 마시오." 그 여인의 남편이 말했다.

"1기니[26] 낼 사람 없소?"

아무 대답이 없었다. 그러자 코르셋 끈 장사를 하는 여인이 끼어들었다.

"젊은이, 제발, 정신 좀 차려요! 아, 저런 잔인한 남자와 결혼하다니 가련하기도 해라! 부부간에 다정해야 하는 법이거늘 함께 동고동락하는 것만으로도 부부가 얼마나 힘이 되고 소중한데, 나 원 참![27]"

"값을 더 올려 봐요, 경매인" 하고 건초 일꾼이 말했다.

"2기니!" 하고 경매인이 소리쳤다. 아무도 대답하지 않았다.

"그 값에 그녀를 데려가지 않는다면 10초 후에는 값을 더 올려야 할걸" 하고 남편이 말했다. "좋아. 자, 경매인, 1기니 더 올리세요."

"3기니, —3기니로 올립니다!" 하고 코멘소리를 내는[28] 경매인이 말했다.

"그래도 사 갈 사람이 없단 말이오?" 하고 남편이 말했다. "맙소사, 아니 저 여편네에게 그 돈의 50배는 더 들었는데. 계속 올리시오."

"4기니!" 경매인이 소리쳤다.

"난 맹세코 말하지만, 5기니 이하로는 절대로 팔지 않겠소" 하면서 남편이 아주 세게 주먹으로 식탁을 내리치자 접시들이 춤을 추듯 흔들거렸다.

"나에게 돈만 지불하고 저 여자를 잘 데려가 줄 사람이라면 누구한테라도 5기니에 팔겠소. 영원히 가지도록 해 주겠소, 나하고는 인연을 아주 끊고 말이오. 하지만 그 값 이하로는 내놓을 수 없소. 자—5기니!—그러면 저 여자의 주인이 되는 거요. 수전, 괜찮지?"

그녀는 전혀 무관심한 듯 고개를 숙이고 있었다.

"5기니29를 내시오" 하고 경매인이 다시 소리쳤다. "그렇지 않으면 경매물은 없었던 걸로 하겠소. 그 값을 낼 사람 없소? 이번이 마지막이오—있소, 없소?"

"있소" 하는 커다란 목소리가 문간 쪽에서 들려왔다.

모든 눈길이 그쪽으로 쏠렸다. 천막의 출입구에 세모꼴의 틈새 아래로 선원 한 사람이 서 있었다. 그 선원은 2, 3분 전에 그곳에 와 있었으나 본 사람은 아무도 없었다. 생각지도 않았던 그 선원의 대답 소리에 죽은 듯한 침묵이 뒤따랐다.

"당신이 사겠단 말이오?" 하고 그녀의 남편은 그 선원을 빤히 쳐다보면서 물었다.

"그렇소" 하고 선원이 대답했다.

"말과 행동은 서로 다른 것이니, 돈은 어디 있소?"

그 선원은 잠시 주저하다가 여인을 다시 한 번 흘깃 바라보고 들어와서 빳빳한 종이 다섯 장을 펴 들었다가 식탁 위에 던지듯 올려놓았다. 영국 은행권으로 5파운드 지폐였다. 그는 이 지폐 위에 실링 주화를 하나씩 하나씩 땡그랑 땡그랑 소리가 나게 내던졌다.

그때까지는 모두 장난으로만 여겼는데, 그만한 돈을 실제로 내놓자 구경꾼들이 크게 의아해하는 눈치였다. 주변 사람들의 시선이 이들 부부와 그 선원 사이를 이리저리 왔다 갔다 하다가 식탁 위에 놓인 실링 주화에 눌려 있는 지폐 위로 옮겨 갔다.

이 순간까지 젊은 이 여인은 애타는 마음으로 남편의 헛소리가 정말 진심으로 하는 말인지 확신하지 못하고 있었다. 아마 정신이 오락가락했을 것이다. 구경꾼들은 이러한 처사를 도저히 현실로 받아들일 수 없는, 정도가 지나친 장난으로만 생각하고 있었다. 그들은 그가 일자리가 없어 이 세상에, 이 사회에, 가까운 친척들에 대한 노여움을 터뜨리고 불평불만을 일삼고 있다고만 생각했던 것이다. 그러나 자기 부인을 상품으로 내놓고 흥정하면서 진짜로 현금을 요구하고 내놓고 함으로써 천박한 장난이 아니라는 걸 비로소 알게 되었다.

어떤 무서운 기색이 천막 안을 꽉 메워 그 내부의 모습을 온통 바꿔놓은 듯했다. 웃음기가 구경꾼들의 얼굴에서 사라졌다. 그들은 벌어진 입을 다물 줄 모르고 기다렸다.

"이제," 하고 여인이 침묵을 깨뜨렸다. 그녀의 나직하고 담담한 목소리가 너무나 크게 울렸다. "마이클, 당신이 이 이상 더 주책을 떨기 전에 내 말부터 잘 듣도록 해요. 당신이 저 돈에 손가락 하나라도 까딱하면 저와 이 아기는 저 남자를 따라갈 거예요. 명심하도록 해요. 농담이 아니니."

"농담이라고? 물론 농담이 아니지!" 하고 그녀의 남편은 아내의 말에 열을 올리면서 소리쳤다. "나는 저 돈을 갖겠어. 저 선원은 당신을 데려갈 거고. 너무도 간단한 일이 아닌가. 이런 일이 다른 곳에서도 있거든— 한데 여기서는 안 된다는 법이 어디 있어?"

"저 부인도 기꺼이 응하겠다고 하니 거래는 성립된 셈이군" 하고 선원이 점잖은 말씨로 거들었다. "난 절대로 저 부인의 감정을 건드리고 싶진 않소."

"정말로, 나도 그렇소. 그러나 내 아내도 저 아이만 데려가게 해 주면 기꺼이 따를 것이오. 내가 어제 그런 뜻을 비추었더니 그때 그렇게 말했던 거요."

"그럼 그 말이 정말이오?" 하고 선원이 여인한테 물었다.

그녀는 남편의 얼굴을 힐끗 쳐다보았으나 그 얼굴에 후회하는 빛이 없자, "좋아요" 하고 대답했다.

"아주 좋소 ─ 아이는 그녀가 데려가도록 하겠소. 흥정은 이제 끝났지" 하고 건초 일꾼이 말했다.

그는 그 선원이 던져 놓은 지폐들을 천천히 집어 들었다. 그러고는 만사가 끝났다는 태도로 지폐들을 주화와 함께 겉 호주머니에 깊숙이 밀어 넣었다.

그 선원은 여인을 바라보며 미소를 지었다.

"그럼 갑시다!" 하고 친절하게 말했다. "어린아이도 함께 데리고 갑시다 ─ 식구는 많으면 많을수록 즐거움이 커지지요!"

그녀는 그 선원을 한 번 유심히 바라보고 잠시 동안 가만히 서 있었다. 두 눈을 다시 내리깔고 아무 말 없이 아기를 안고 문 쪽으로 향하는 남자의 뒤를 따랐다. 문에 이르자 그녀는 몸을 돌려 그녀의 결혼반지를 뽑았다. 그녀는 그 반지를 건초 일꾼의 얼굴에 냅다 던졌다.

"마이클" 하고 그녀는 입을 열었다. "난 당신과 수년을 같이 살았어요. 하지만 당신한테서 받은 것이라곤 신경질밖에 없어요. 이제 난 당신 것이 아니에요. 나의 행복은 다른 곳에서 찾도록 하겠어요. 그것이 내 자신이나 아기에게 더 좋을 거예요. 그럼 잘 있어요!"

오른손으로 선원의 팔을 잡고 왼팔로 아기를 안은 채 그녀는 비통하게 흐느끼면서 천막을 나섰다.

남편은 이렇게 끝나 버릴 것을 전혀 예상치 못했다는 듯 얼빠진 표정을 짓고 있었다. 손님들 중에는 웃음을 터트리는 사람들이 있었다.

"그녀는 갔나?" 하고 남편이 말했다.

"그럼, 그렇지. 그녀는 아주 미련 없이30 떠나 버렸어" 하고 출입구에 가까이 있던 마을 사람들이 말했다.

남편은 여전히 술에 취한 채 자리에서 일어나 조심스럽게 문간을 향해 걸어갔다. 두어 사람이 뒤따라갔다. 그들은 저녁노을을 바라보며 서 있었다. 이곳에서는 사람보다 열등한 동물도 평화롭게 살아가는데, 인간의 고의적인 적개심은 이와는 너무나 차이가 두드러져 보였다. 천막 안에서 막 끝난 냉혹한 흥정과는 대조적으로 몇 마리의 말들은 집으로 돌아가기 위해 마구가 채워지기를 마냥 기다리면서 서로 목을 맞대고 사랑스럽게 몸을 비비대고 있었다.

장터 밖 골짜기와, 숲속 모두가 깊은 정적 속에 싸여 있다. 해는 서산으로 막 넘어가고 서녘 하늘에는 불그스레한 구름이 걸려 있었다. 구름은 요지부동인 듯해 보였지만 조금씩 모습이 바뀌어 갔다. 그 모습은 마치 불 꺼진 강당에서 벌어지는 어떤 굉장한 묘미를 무대 위에 올려놓고 바라보는 듯했다. 구름이 여러 가지로 변해 가면서 그 형상도 따라서 변하는 걸 보니 사람의 존재는 광활하고 평화로운 우주의 조그마한 티끌에 불과하다는 걸 깨닫게 되었다. 현세의 모든 활동들이 멈추고 또 고요함 속에서 삼라만상이 숨을 쉬고 있는 이 밤에도 사람은 천진난만하게 아무 일 없었다는 듯이 잠자고 있을지도 모른다는 생각이 들었다.

"그 선원이 살고 있는 곳이 어디요?" 하고 한 구경꾼이 물었다. 그때 그들은 그저 두리번거리고만 있었던 것이다.

"아무도 모른다오" 하고 고상한 생활을 하는 듯한 사람이 대답했다. "그 선원은 분명히 이곳에 사는 사람이 아니에요. 그 사람은 약 5분 전에 들어왔었어요."

이때 죽 장수 아주머니가 엉덩이에 두 손을 얹고 그 자리에 끼어들면서 말했다.

"그 선원이라는 남자가 되돌아 밖에 나가더니 잠시 후 다시 천막 안을 들여다보더군요. 난 그 사람이 어쩐지 마음에 들지 않았어."

"그 여자의 남편은 고생해도 싸지" 하고 코르셋 끈을 파는 여인이 말했다.

"아주 얌전하게 생긴 여자였는데… 남편이란 자가 그 여자에게 그 이상 뭘 더 바라고 있다는 거야? 난 그 여자의 성품이 마음에 들더구먼. 나라도 그랬을 거야. 남편이란 작자가 그따위 짓을 하는데도 그렇게 내버려 둔다면, 오! 하느님 나를 저주하소서. 나 같아도 떠나버리겠어. 남편은 목청31이 터져라 불러 대도, 나는 결코 발길을 돌리지 않겠어. 아무렴, 뒤쫓아 와서 빌고 또 빌 때까지는32 절대로 나는 용서하지 않을 거야."

"어쨌든, 그 여인은 그 선원과 살면서 형편이 좀 나아지겠지" 하고 비교적 신중해 보이는 한 사람이 말했다.

"바다 생활을 해 본 사람은 털이 깎인 양에게 좋은 안식처가 되지, 33 그 남자는 돈도 많아 보이더군. 그 여인은 어느 모로 보나 최근에 돈을 풍족하게 써 본 일이 없는 것 같고."

"내 말 들어 봐요. 난 그녀를 절대로 뒤쫓아 가지는 않을 거요" 하고 건초 일꾼은 고집부리며 자기 자리로 돌아갔다.

"가도록 내버려 둬! 그만한 장난에 좌우되는 여자라면 할 수 없지…. 아니, 그 여자는 자신의 의사에 따른 것이 아니오. 내 탓이오. 그 일을 다시 되풀이하더라도 스스로 그렇게 행동할 여자는 아니오!"

손님들은 만화에나 나올 법한 사건이 있은 직후 도저히 있을 수 없는 어떤 일이 벌어졌다는 죄의식에서, 그리고 날이 저물어서, 하나둘씩 천막집을 빠져나갔다. 주인공인 남자는 식탁 위에 두 팔꿈치를 내뻗고 두 팔에 얼굴은 파묻은 채 곧 코를 골기 시작했다. 이 천막집의 아주머니는 가게를 닫을 셈이었다. 럼주 병들, 우유, 콩, 건포도 등을 손수레에 실은 후 그 남자가 엎드려 있는 자리에 다가갔다. 죽 장수 아주머니는 그를 흔들어 댔으나 깨울 수가 없었다.

장은 이틀, 사흘은 더 열릴 것이고 천막은 그날 밤에 철거할 것은 아니었다. 잠든 그 사람이 분명히 거지 같아 보이지는 않아서 그의 바구니와 함께 그대로 내버려 둘 작정이었다. 그 죽 장수 아주머니는 마지막 촛불을 끄고, 천막을 내린 후 밖으로 빠져나와 수레를 밀고 사라졌다.

II

성서 앞에서 맹세

아침 햇살이 천막의 갈라진 틈을 헤집으며 쏟아져 들어오고 있을 무렵 그 남자는 잠에서 깨어났다. 따사롭고 환한 햇살이 천막 안에 널리 퍼져 있었고 파란 파리 한 마리가 윙윙 소리를 내면서 주위를 맴돌며 날고 있었다. 그는 주위를 살폈다. 의자들이며, 발판으로 받쳐진 식탁에도, 그의 연장 바구니에도, 빈 대접들에도, 밀죽을 끓이던 화로에도, 엎질러진 밀알들에도, 풀 덮인 밑바닥에 여기저기 흩어져 있는 병마개들까지도 그의 눈길이 두리번거리며 옮아갔다. 이때 여러 자질구레한 물건들 중 반짝거리는 조그마한 것이 하나 눈에 띄었다. 바로 아내가 끼던 반지였다.

지난밤에 있었던 일들이 혼란스럽게 되살아나는 듯했다. 그는 한 손을 가슴 위에 있는 호주머니 속으로 쑥 밀어 넣었다. 바스락거리는 소리는 아무렇게나 쑤셔 넣었던 그 선원의 지폐임을 알려 주었다.

이렇게 그는 지난밤의 희미한 기억들을 다시 한 번 확인한 것만으로도 충분했다. 그는 이제 그것들이 꿈이 아니었음을 알았다. 그는 얼마 동안 땅바닥만 내려다보면서 멍하니 앉은 채로 있었다.

"될 수 있는 한 빨리 여기를 빠져나가야만 해."

그는 이제야 신중하게 말했다. 그러나 그는 생각이 떠오르면 거침 없이 말로 내뱉어야만 직성이 풀리는 사람이었다.

"아내는 가 버렸군, 정말로. 돈을 지불하고 자기를 산 그 선원과 함께 가 버렸어. 어린 내 딸 엘리자베스-제인도 함께 갔어. 우리는 여기까지 먼 길을 걸어 와서 함께 밀죽을 사 먹었는데. 난 죽에 럼주를 섞어 먹고, 그러고 나서는 내가 그녀를 팔아넘겼지. 맞아, 간밤에 그런 일을 저질렀지. 그리고 지금은 나 혼자 여기 남았군. 자, 어떻게 한담. 술을 고주망태가 되도록 마셨는데 걸을 수나 있을지 모르겠구먼."

그는 일어섰다. 별 지장 없이 걸을 수 있을 만큼 제법 말짱하다는 것을 깨달았다. 연장바구니를 짊어져 보았다. 지고 갈 수 있을 것 같았다. 그리고 천막 문을 열고 밖으로 나왔다.

그는 우울하기만 한 야릇한 기분으로 천막 밖으로 나와 주위를 두리번거리며 살펴보았다. 가을 아침의 상쾌함이 서 있는 그에게 생기를 불어넣어 마음을 새롭게 해 주는 듯했다. 어제 저녁 도착했을 무렵 그와 가족들은 너무 지쳐 있었기 때문에 이 주변의 경치는 별로 눈여겨보지 못했었다. 이제 그의 눈에는 그것이 새로운 광경으로 비쳤다. 한쪽 끝에는 농지가 접해 있고, 꾸불꾸불한 길을 따라 걸으면 탁 트인 어느 고지의 꼭대기가 있어 볼만했다. 이 고지 아래 골짜기에는 마을이 하나 있는데, 이 고지에서는 매년 이 마을의 이름을 딴 장터가 열렸다. 이 지점은 아래쪽으로는 여러 골짜기로 뻗었고, 위로는 언덕들이 옹기종기 솟은 다른 고지들로 연결되었으며 아주 오래된 흔적들이

고스란히 남아 있었다.

사방을 둘러보니 아침 햇살에 아직 마르지도 않은 이슬방울들이 풀잎에 맺혀 주변의 광경과 어우러져 있었다. 풀잎에 맺힌 이슬방울 속에는 노랗고 빨간 마차들의 그림자들이, 테1에 의해서, 혜성같이 둥근 모습으로 길게 늘어져 보일 듯 말 듯 멀리 드리워져 있었다.

포장마차 안에는 집시들과 흥행꾼들 모두 땅바닥에 말 등받이를 깔고 세상모르게 편안히 잠을 자고 있었다. 때때로 들려오는 코고는 소리가 그들의 존재를 드러내는 것 외에는 쥐죽은 듯 고요했다. 그러나 '일곱 명의 잠든 자'2라는 별명이 붙여진 흥행꾼들에게는 개 한 마리가 함께 있었다. 유랑자들이 데리고 다니는 개 같기도 하고 고양이 같기도 한, 고양이 같으면서도 여우같기도 한 이상한 종자의 개들도 사방에 엎드려 있었다.

조그마한 개 한 마리가 어느 마차 밑에서 머리를 들고 짖다가 턱을 다시 내려놓았다. 이놈은 그 건초 일꾼이 웨이던 장터를 빠져나가는 것을 본 유일한 목격자였다.

이러한 주변 분위기는 건초 일꾼인 그에게 낯선 장면은 아니었다. 사방에서 부리에 밀짚을 물고 울타리 위에서 경쾌히 날고 있는 노란 새들이나, 길 양쪽에는 버섯들이 반기고, 지난밤 장터에서 내다 팔리지 않은 양들의 행운을 담은 방울 소리도 요란했지만 그는 아무런 신경을 쓰지 않고 묵묵히 생각에만 잠긴 채 걸어갔다. 간밤에 있었던 사건 현장으로부터 약 1마일 남짓 떨어진 골목길에 다다르자 그는 등 뒤의 바구니를 내려놓고 어느 집 대문에 몸을 기대었다. 한두 가지의 어려운 문제 때문에 그는 마음이 혼란스러웠다.

"간밤에 내가 어느 누구한테라도 내 이름을 말했던가, 안 했던가?" 하고 그는 혼자 중얼거렸다. 마침내 그는 자신이 이름을 밝히지 않았을 거라고 생각했다. 그는 늘 그랬듯이 어떤 생각에 빠져들 때에는 울타리에서 뽑아 든 지푸라기를 잘근잘근 깨물어 씹는 습관이 있었다. 그러나 지난밤 그가 술에 취해 너무도 흥분한 상태에서 저지른 일이었기 때문에 그의 아내는 그의 말을 사실 그대로 곧이들을 수밖에 없었던 것이다. 건초 일꾼은 자기 아내도 약간 흥분하여 그런 짓을 했음이 틀림없다는 것을 알았다. 더욱이 아내는 이러한 거래가 어떤 구속력이 있다고 믿는 것이 분명했다.

평소 아내는 성격이 차분하여 경솔하지는 않지만, 또 교육을 많이 받지 못하여 아주 무지한 면이 있다는 점을 알고 있었기 때문에 그는 자기의 추측이 거의 틀림없을 거라고 확신했다. 평상시 그녀의 차분한 성격 밑바탕에는 그녀로 하여금 어떠한 순간적인 의혹을 짓눌러 없애 버리게 하는 무모함과 울분이 충분히 잠재해 있었을는지도 모를 일이었다. 왜냐하면 그 전에도 자신이 술기운으로 그녀를 처분해 버리겠다고 말을 했을 때 그녀는 그따위 소리를 몇 번만 더 듣게 되면 그대로 해 버리겠다고, 운명론자처럼 체념해 버린 어조로 말하지 않았던가 ….

"하지만 그녀는 내가 그런 정신 나간 소리를 할 때는 내 정신이 온전한 상태가 아니란 걸 알고 있어" 하고 그는 소리쳤다.

"좋아, 아내가 어디에 있든 찾을 때까지 돌아다닐 거야. 꼭 찾아내야지. 그 여편네는 나를 이런 수치스런 구렁텅이로 몰아넣는 것이 나쁜 짓이란 걸 왜 모른단 말인가!" 하고 부르짖었다.

"내가 제정신으로 그런 짓을 했다면, 현실을 받아들이는 것이 이상할 것도 없지. 바보스럽게도 그 여편네가 그렇게 단순하다니, 수전다운 일이야. 참 순진해 빠졌어. 그 순진한 성품이 나에게는 모질고 악한 성품보다 더 많은 상처를 입혔어!"

그는 마음이 좀더 가라앉자 아내와 어린 딸 엘리자베스-제인을 찾아 나서야겠다고 다짐했다. 자신이 저지른 일이니 수치스런 마음은 스스로 잘 참아 내야만 한다는 그의 원래의 신념으로 되돌아갔다. 이 수치스러움은 자업자득이니 마땅히 참아야만 했다. 우선 그는 한 가지 맹세를, 그때까지 해 왔던 어떠한 맹세보다 더 훌륭한 서약을 하겠다고 결심했다. 그런 맹세를 확실하게 해 두기 위해서 적당한 장소와 조각상이 필요했다. 이 사람의 믿음 속에는 물신 숭배적인 무언가가3 깃들어 있었기 때문이다.

그는 두 어깨에 연장 바구니를 메고 한 걸음 떼어 놓을 때마다 주변의 풍경을 관심 있게 쳐다보면서 나아갔다. 3, 4마일 떨어진 곳에 한 마을의 지붕들과 교회당의 종탑이 눈에 들어왔다. 그는 그 교회 쪽으로 곧장 발길을 옮겼다. 마을은 쥐 죽은 듯이 고요했다. 마침 일꾼들은 일터로 나가고 아내와 딸들이 그들의 귀가를 위해 조반을 준비하는 틈을 메워 주는 시간이어서 날마다 시골 생활에서는 흔히 볼 수 있는 모습이었다. 그러니 그가 교회에 다다르기까지 누구의 눈에도 띄지 않았던 것이다.

교회 문은 걸쇠로만 채워져 있었기 때문에 그는 쉽게 안으로 들어갈 수 있었다. 그 건초 일꾼은 바구니를 성수반4 옆에 내려놓고 네이브5를 지나 제단의 난간 앞까지 걸어갔다. 난간의 문을 열고 성소6 안

으로 들어섰다. 여기서 그는 잠시 동안 이상야릇한 기분을 느끼는 듯
했다. 곧 그는 제단의 상단7 위에 무릎을 꿇었다. 성찬대 위에 고정되
어 있는 책에 이마를 대고 큰 소리로 말했다.

"나, 마이클 헨처드는 9월 16일 아침에 여기 이 성스러운 장소에서
하느님 앞에 앞으로 21년 동안, 제 나이와 맞먹는 이 기간 동안 술을
마시지 않을 것임을 서약합니다. 그리고 이를 **성서 앞에서 굳게 맹세**
하나이다. 제가 만약 이 맹세를 깨뜨리는 날에는 귀먹고, 눈멀고 의
지할 데 없는 인간이 되게 하여 주시옵소서!"

맹세를 마치고 그 커다란 성서에 입을 맞춘 후 건초 일꾼은 일어섰
다. 새 출발을 한 것에 마음이 홀가분해 보였다. 현관에 잠시 동안 서
있노라니까 가까운 오두막집의 붉은 굴뚝에서 검은 연기가 갑자기 솟
아올랐다. 그는 집주인이 불을 막 피웠다는 것을 알았다. 그는 그 집
문 앞으로 돌아갔다. 그 집 안주인은 간단한 아침밥을 싼값에 준비해
주었다. 식사를 마치자 그는 아내와 딸을 찾는 길에 나섰다.

막상 아내를 찾아 나서려고 하니 실로 난감해졌다. 사방을 돌아다
니면서 수소문하고, 매일 이리저리 돌아다녔지만 그 장날 밤 이후로
는 처자식을 데리고 떠난 그 선원을 본 사람은 아무도 없었다. 더구나
그 선원의 이름조차 몰랐으니 더욱 찾는 게 막막했다. 그는 돈이 부족
했기 때문에 다소 주저하면서도, 그 선원에게 받았던 돈을 처자를 찾
는 데 쓰기로 마음먹었다.

그러나 자신이 이런 비극을 자초한 범인임을 다른 사람들이 알게
된다는 사실이 마이클 헨처드의 활동에 장애가 되었다. 처자를 찾으
러 다닌다는 사실을 큰 소리로 떠들고 다니는 것은 아무 일도 아니었

지만 그 자세한 경위를 자기 입으로 알릴 수 있는 처지가 아니었고 아직 단서조차 얻지 못하고 있는 것은 분명히 이러한 이유 때문이었다.

한 주일 한 주일이 흘러 여러 달이 지났다. 중간 중간 허드렛일로 간신히 생계를 연명하면서도 처자식을 찾는 일을 게을리하지 않았다. 이때쯤 그는 어느 항구에 다다르게 되었다. 여기서 그는 처자식을 데리고 떠난 그 선원이 얼마 전에 다른 곳으로 이민을 떠났다는 소식을 들었다. 그는 더 이상 찾지 않겠노라고 말했다. 그래서 오랫동안 마음속에 생각했던 도시로 가서 자리 잡아야겠다고 결심했다. 이튿날 그는 남서쪽 방향으로 가는 여행길을 재촉했다. 밤에 잠을 잘 때만 쉬었다. 마침내 웨섹스주에서 조금 떨어진 캐스터브리지라는 도시에 이르렀다.

하룻밤의 숙박

웨이던-프라이어즈 마을로 가는 큰길은 온통 먼지로 뒤덮여 있었다. 길가의 나무들은 옛날의 우중충한 모습 그대로였다. 한때는 헨처드 가족 세 사람이 함께 걸었던 이 길을 이번에는 엄마와 딸이 걸어가고 있었다.

이웃 마을에서 들려오는 사람들의 목소리와 덜컹거리는 소리까지 예전의 모습과 하나도 다를 바 없었다. 그날은 처자를 팔아넘긴 옛날의 사건 바로 그 다음날 오후로 착각될 정도로 주변의 광경과 똑같았다. 눈여겨보아야만 약간의 변화를 찾을 수 있었다. 그러나 여기도 오랜 세월이 흘러 많이 달라졌음이 분명했다.

이 길을 걷고 있는 두 사람 중 한 명은 전날 헨처드의 젊은 부인이 었던 사람이다. 이제 그녀의 얼굴에는 토실토실했던 옛 모습이 많이 가셨고 피부도 많이 달라져 있었다. 머리카락은 윤기를 잃지 않았으나 전보다는 상당히 탄력이 없어 보였다. 그녀는 미망인의 상복차림을 하고 있었다. 역시 상복차림인 그녀의 동행자는 열여덟 살 정도 되어 보이는 예쁘고 젊은 처녀였다. 그녀는 얼굴 윤곽이나 생김새를 보니 젊음 자체가 아름다움이라 할 수 있는, 덧없는 것이긴 하지만 실로 젊음이라는 소중한 것을 고스란히 간직하고 있었다.

얼핏 보기만 해도 그녀는 수전 헨처드의 성장한 딸이라는 것을 알기에 충분했다. 한창 젊음이 절정에 이른 성장한 딸의 모습을 보면 어머니의 처녀 시절 모습이 그대로 그려졌다. 지금은 어머니의 얼굴에 고생한 티가 역력하여 처녀 시절의 화사했던 옛 모습은 세월이 흐름에 따라 모두 사라졌지만 딸의 얼굴을 보면서 그녀의 젊은 시절 모습을 상상해 보기란 그리 어려운 일이 아니었다.

모녀는 손을 꼭 잡고 걸었다. 모녀간의 애정의 표시가 얼마나 깊은지를 알 수 있었다. 딸의 한쪽 손에는 구식 고리1 바구니가 들려 있고, 어머니는 검은 상복과는 이상하게 대조되는 파란 꾸러미를 들고 있었다.

마을의 외곽지대에 이르자 그들은 전날처럼 오솔길을 따라가다가 장터로 향해 오르막길을 오르고 있었다. 이곳에서도 분명히 많은 변화가 있었음을 알 수 있었다. 회전목마와 그네들,2 시골사람의 체력 및 체중 측정기계, 그리고 견과를 경품으로 주는 매점의 과녁 맞추기 기계에서 일부 기술적으로 개량된 것들이 눈에 띄었다. 그러나 이 가축 장터의 실질적인 거래는 상당히 활력을 잃고 있었다. 이웃 마을에서 정기적으로 열리는 대규모 신식 시장들이 수세기 동안 이곳에서 장사했던 전통 시골장터 상인들의 생업을 심각하게 위협하고 있었다. 옛날에 비해 양의 우리와 말 매는 고삐는 절반 정도로 줄어들었다. 양복점, 양말 장수, 술 장수, 셔츠 판매상 등은 거의 자취를 감추었고, 마차도 그 수가 훨씬 줄었다. 모녀는 한동안 사람들 틈을 이리 저리 빠져나가다가 조용히 발걸음을 멈췄다.

"왜 이쪽으로 와서는 시간만 낭비하세요? 전, 엄마가 곧장 앞으로 갈 거라고 생각했어요."

"그렇구나, 얘야" 하고 부인이 그 이유를 말했다. "하지만 난 이곳 에 한번 올라와 보고 싶었단다."

"왜요, 엄마?"

"내가 지금의 네 아빠 뉴슨을 처음 만났던 곳이 여기란다. 오늘 같 은 장날에 말이야."

"아빠를 여기서 처음 만났다고요? 참, 전에도 그렇게 말씀하셨어 요. 하지만 이제 아빠는 물에 빠져 우리 곁을 영원히 떠나셨잖아요!" 하고 말하면서 처녀는 호주머니에 카드를 하나 끄집어내어 한숨을 깊 이 쉬며 들여다보았다. 가장자리가 검은 테로 둘러져 있는 벽판처럼 생긴 카드에는 다음과 같은 글이 새겨져 있었다.

184-년, 11월, 향년 41세로 바다에서 불행히도 돌아가신 친애하는 선 원 리처드 뉴슨 씨를 기념하여.

"그리고 여기였단다" 하고 그녀의 어머니는 더욱 망설이면서 말을 계속했다. "우리가 찾으려 하는 친척 — 마이클 헨처드 씨를 내가 마 지막으로 본 곳이."

"엄마, 그분은 우리와 정확히 어떤 관계지요? 저는 그런 걸 명확하 게 듣지 못해서요."

"그분은 현재, 아니, 옛날에 — 이미 돌아가셨을지도 모르지만 — 결혼으로 맺어진 친척이셨단다" 하고 침울하게 말했다.

"엄마는 전에도 똑같은 이야기를 수십 번이나 말씀하셨어요!" 딸은 어머니를 무심코 돌아다보며 말했다. "그분이 가까운 친척은 아니셨나 보죠?"

"응, 그렇긴 하지만."

"어머니께서 그분의 소식을 마지막으로 들으셨을 때까지 그분은 건초 일꾼이었다지요?"

"그랬단다."

"그분은 저를 본 일이 없었나요?" 하고 그 처녀는 천진난만하게 말을 이었다.

헨처드 부인은 잠시 머뭇거리다가 불안한 말투로 대답했다. "물론 없지, 얘야. 이리 좀 오너라."

그녀는 장터의 다른 쪽으로 발걸음을 옮겼다.

"엄마, 여기서 그분의 소식을 묻는 것은 소용없는 일 같아요" 하고 딸은 주변으로 시선을 돌리며 말했다. "장터에 나오는 사람들이란 나뭇잎처럼 언제나 바뀌기 마련이잖아요. 모르긴 해도, 오늘 장터에 나온 그 숱한 사람들 중에 엄마 혼자만 이 장터에 와 본 적이 있는 유일한 사람일 거예요."

"그거야 확실히는 알 수 없지" 하고 그녀는 말했다.

뉴슨 부인은 조금 떨어진 푸른 제방 아래의 무엇을 뚫어지게 바라보면서 갑자기 정신이 번쩍 들었다.

"저기 보아라, 얘야!"

딸은 엄마가 가리키는 쪽을 바라보았다. 자세히 보니 어머니가 가리키는 물체는 땅바닥에 박힌 삼각대였는데, 거기에는 세 발 달린 솥이 매달려 있었고 그 아래에는 모닥불이 피워져 있었다. 그 솥 위로 얼굴이 쭈글쭈글한 한 말라빠진 할머니가 남루한 옷차림으로 몸을 굽히고 뭔가 하고 있었다. 그 할머니는 커다란 국자로 솥 안에 있는 죽을 저으면서 이따금 쇠약한 쉰 목소리로 외쳐대고 있었다.

"맛있는 밀죽 팝니다!"

그 할머니는 천막을 치고 장터에서 — 옛날에 장사 잘되던 그 밀죽집의, 깨끗하게 앞치마를 두르고 돈푼이나 짤랑거리던 옛날의 그 주인아주머니가 틀림없었다. 그러나 지금은 천막도 없고, 지저분했으며, 식탁도 의자도 없이 밀죽을 팔고 있었다. 살갗이 볕에 그을린 어린 소년 두 명이 다가와서, "반 페니어치3만 주세요, 할머니. 좀 많이 주세요!" 하는 것 이외에는 별로 손님도 없었다. 할머니는 모퉁이가 깨진 누런 질그릇에 죽을 부어 내놓았다.

"저 할머니는 옛날에도 여기서 장사를 했단다" 하고 뉴슨 부인은 좀 더 가까이 다가가려는 듯 발자국을 떼어 놓았다.

"저 할머니한테 말을 건네지 말아요. 창피하잖아요!" 하고 딸은 떼를 쓰며 말했다.

"꼭 한마디만 할게, 애야. 너는 여기 잠시 있도록 해라."

처녀는 마다하지 않았다. 그녀는 어머니가 할머니에게 가는 동안 색채 판화 상점으로 발길을 돌렸다. 죽 장수 할머니는 부인을 보자마자 좀 팔아 달라고 간청했다. 뉴슨 부인이 1페니어치를 달라고 하자 할머니는 그 옛날 장터에서 젊은 시절 6페니어치를 팔았을 때보다 손놀림이 더 빨랐다. 그 옛날의 걸쭉한 잡탕죽과는 다른 멀건 죽 대접을 **이른바4** 과부 모양을 한 여인이 받아들자 죽 장수 할머니는 모닥불 뒤의 바구니를 열고 교활하게 올려다보며 나직한 목소리로 속삭였다.

"밀죽에 럼주를 좀 섞어 들어 보는 게 어때요, 부인? 밀주예요. 2페니어치만 드려 볼까요? 코디얼주(酒)5처럼 목구멍에 미끄러져 내려가요."

부인은 할머니의 이 되살아난 낡은 장사수법에 쓰디쓴 미소를 지으면서, 할머니가 알아차릴 수 없는 표정을 지으며 고개를 저었다. 부인은 납 숟가락을 받아 쥐고 죽을 조금 뜨는 시늉을 하면서 할머니한테 상냥하게 말을 건넸다.

"옛날에는 장사가 잘됐지요?"

"아, 부인. 말씀 잘했어요!" 하고 할머니는 마음의 문을 활짝 열면서 말을 되받았다.

"나는 이 장터에서 처녀 때부터, 아내로서, 그리고 과부로서 지난 39년 동안이나 이 장사를 했답니다. 그 당시만 해도 이 장터에 나오는 사람들이 아무거나 잘 먹었으니까 장사가 잘되었지 뭐요! 부인, 이래 봬도 내가 옛날에 이 장터에서는 인기를 끌었던 커다란 천막집의 여주인이었다면 믿어지나요? 누구든지 이 장터에 나타났다 하면 이 구디너프 여편네의 밀죽 한 대접 먹지 않는 사람은 없었다오. 나는 성직자나, 한량들의 입맛을 너무 잘 알았지 뭐요. 도시 사람의 입맛이나 시골 사람의 입맛까지도 잘 알았었지요. 또 부끄러워할 줄 모르는 막돼먹은 여자들의 입맛까지도 알고 있었으니, 더 말해서 뭐해요. 하지만 제기랄 요즘 사람들은 날 알아주지를 않는단 말이에요. 옛날처럼 그렇게 양심적으로 장사하면 다 망해요. 요즈음 세상에서는 장사를 약아빠지게 해야만 돈이 벌려요!"

뉴슨 부인은 뒤를 돌아보았다. 딸은 여전히 멀찌감치 떨어진 곳에서 가게들을 기웃거리고 있었다. 부인은 할머니한테 조심스럽게 입을 열었다.

"18년 전 오늘, 할머니의 천막집에서 남편에 의해 한 아내가 팔려 갔던 일을 기억하시나요?"

할머니는 생각에 잠겼다. 그러고는 고개를 갸우뚱거렸다.

"큰 사건이었다면 당장 기억해 낼 수 있겠는데. 아주 심했던 부부싸움, 살인, 과실치사, 심지어 소매치기 사건까지도 모두 기억하고 있지요. 적어도 큰 사건이었다면 말씀이야. 하지만 아내를 팔았다고? 그런 일이 은밀하게 이루어졌던가요?"

"아, 예. 그랬던 것 같은데요."

죽 장수 할머니는 다시 고개를 갸우뚱거렸다.

"아, 이제야 생각나는군. 여하튼, 코듀로이 재킷을 입고 연장 바구니를 짊어진 한 남자가 그런 짓을 한 기억이 나요. 하지만, 아이쿠, 우린 그런 일이란 머리에 담고 있지 않아요. 결코 그런 일은. 그렇지만 그 사람이 지금 내 기억에 떠오른 단 한 가지 이유는 그 사람이 그 다음 해의 장날에 여기 와서 만약 어떤 여자가 자기를 찾으면, 그는 가만 있자, 어디라더라! 캐스터브리지, 맞았어. 캐스터브리지에 가 있다고 말해 달라고 나한테 신신당부하더란 말씀이야. 하지만, 제기랄, 그 사건은 다시는 떠올리지도 말았어야 했는데!"

뉴슨 부인은 자기 남편의 타락이 이 괘씸한 할머니가 권했던 술 때문이었다는 생각을 품지 않았다면 형편이 허락하는 대로 할머니에게 무언가 답례했을 것이다. 부인은 할머니에게 옛 남편에 대한 정보를 귀띔하여 준 것에 가볍게 고맙다는 인사를 하고 딸과 다시 함께 걸었다. 딸은 어머니를 보면서 말했다.

"엄마, 우리 어서 가요. 어떻게 이런 불결한 집에서 음식을 사 먹는단 말이에요? 아주 미천한 사람들이나 가는 곳이에요."

"하지만 엄마는 알고 싶어 하던 걸 알아냈단다" 하면서 그녀는 조용히 말했다. "우리의 친척이 이 장터에 마지막으로 왔을 때 그분은 캐스터브리지에 살고 있다고 말씀하셨다는구나. 그곳은 여기서 굉장히 먼 곳이야. 그뿐만 아니라 그분이 그렇게 말씀하신 것은 오래전 일이었지. 하지만 그리로 가 봐야겠다는 생각이 드는구나."

그들은 장터에서 내려와 마을 쪽으로 발걸음을 옮겼다. 이 마을에서 모녀는 **하룻밤**을 묵었다.

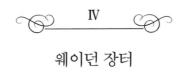

웨이던 장터

헨처드의 아내는 옛 남편을 찾아 나서는 일이 최선책이라 생각하고
행동하려 했지만, 오히려 자신은 난처한 입장에 놓이게 되었다. 그녀
는 지금 바로 옆에 있는 딸과 비슷한 나이에 자신이 **웨이던 장터**에서
팔려 갔던 이 비극적인 내력을 딸 엘리자베스-제인에게 이야기해 버
릴 뻔했던 순간을 수없이 겪었던 것이다. 그러나 그때마다 그녀는 자
신을 자제했다.

이 천진난만한 처녀는 온정 있는 선원과 어머니의 관계가 언제나
그래 보였듯이 정상적인 부부였다는 신념 속에서 성장했다. 그렇게
순수하게 자라 온 딸에게 자신의 괴로움을 털어놓기 위해 위태로운
모험을 한다는 것은 헨처드 부인에게는 생각만 해도 너무나 두려운
일이었다. 엘리자베스-제인에게 이런 사실을 알게 한다는 생각 자체
가 실로 어리석은 짓 같았다. [1]

그러나 부인은 자신의 과거 내력을 밝힘으로써 애지중지 사랑하는
딸이 받을 충격을 생각하면 두려웠지만, 자신이 잘못했다는 생각은

거의 하지 않았다. 헨처드가 그녀를 멸시하게 된 근본 원인이었던 그녀의 우직함 때문에, 선원 뉴슨이 그녀의 몸값을 지불하고 배우자로 삼아 그녀에 대해 도덕상 참된 정당한 권리 — 비록 그 권리의 정확한 취지나 법적 한계가 모호하긴 했지만 — 를 얻었다는 신념을 고수하도록 했던 것이다. 정신이 멀쩡한 유부녀가 그 매매의 효력을 정말로 믿었다는 사실은 세상물정에 닳고 닳은 사람에게는 이상해 보일 수밖에 없었다. 그뿐만 아니라 그런 일은 주변에서 아주 보기 드문 일이어서 이 일은 믿어지지 않을 수도 있다. 그러나 수많은 시골 사회에서 그런 사건이 기록에 나타나고 있었다.2 그렇다고 아내를 사들인 남자한테 달라붙은 처음 혹은 마지막 시골뜨기 여인은 결코 아니었다.

수전 헨처드가 겪어야 했던 힘든 여정을 두세 줄의 글로는 결코 이야기할 수 없다.3 그녀는 불가항력으로 어찌할 수 없이 캐나다로 가게 되었다. 이곳에서 그녀는 어느 여인들 못지않게 그들 가족만의 오두막집을 아담하고 유복하게 꾸려가기 위해 할 수 있는 최대한의 노력을 기울였지만 경제적인 성공은 별로 거두지 못한 채 어려운 생활을 몇 년 동안 했다. 엘리자베스-제인이 열두 살쯤 되었을 때 셋은 영국으로 돌아와 팰머스에 정착했고 뉴슨은 몇 년 동안 뱃사공으로 그리고 해안의 잡일꾼으로 생계를 유지했다.

그 후 그는 뉴펀들랜드 해상무역업4에 종사했다. 수전이 눈을 뜨게 된 것은 이 기간 동안이었다. 그녀가 과거의 슬픈 내력을 사람들에게 털어놓자 한 친구는 그녀가 현재 처한 환경을 받아들이라고 빈정거렸다. 그녀를 지켜 주었던 마음의 평화는 산산조각이 났다. 뉴슨은 어느 겨울이 끝날 무렵 집에 와 보니 자신을 조심스럽게 버티게 해주었던 꿈들이 영원히 사라져 버린 것을 알게 되었다.

그 후 비탄의 세월이 시작되었다. 이때 그녀는, 그에게 자신이 더 이상 함께 살아갈 자신이 없다고 말했다. 제철이 돌아오자 뉴슨은 다시 집을 떠나 뉴펀들랜드 근해 무역선을 탔다. 그 얼마 후 그가 풍랑을 만나 바다에서 죽었다는 막연한 소식이 전해졌을 때, 그때까지 그녀의 마음속 깊이 뿌리내리고 있었던, 유순한 양심의 고통이 되었던 한 가지 문제를 해결하게 되었다. 그녀는 그를 더 이상 보지 못했다.

그들은 헨처드에 관한 소식을 전혀 듣지 못했다. 신하로서 일에 복종하는 농민들5에게 당시 영국이란 나라는 하나의 대륙이었으며 1마일이라는 거리는 지리학상의 1도 같았다. 6

엘리자베스-제인은 어느새 부인 티가 날 정도로 성숙해 보였다. 뉴슨이 뉴펀들랜드 방파제 밖에서 죽었다는 통지를 받은 지 한 달이 지난 어느 날, 열여덟 살이 다 된 그 처녀는 그들 모녀가 아직도 살고 있는 오두막집에서 버들가지 의자에 앉아 어부용 살그물을 짜고 있었다. 그녀의 어머니도 같은 방 한구석에서 같은 일을 하고 있었다. 그녀는 실이 걸린 무거운 나무바늘7을 내려놓으면서 딸을 유심히 살폈다. 문 사이로 비친 햇살이 딸의 이마와 머리카락 위에 쏟아져 내렸다. 맑은 햇살이 개암나무 덤불 숲속까지 스며들 듯이 엉성하게 흐트러진 머리카락의 밑뿌리까지 비추었다. 딸의 얼굴은 다소 창백하고 미성숙했지만, 타고난 아름다움을 지니고 있었다. 딸의 얼굴에서 피어나는 꽃망울이 그들 생활의 궁색한 환경 때문에 완전히 밖으로 나오지 못하고 감추어진 아름다움이 틈 사이로 뚫고 나오려 애쓰고 있었다. 딸의 자태는 윤곽이 분명하여 아름다웠지만 아직 피부 살결은 그렇질 못했다. 일상생활의 어려운 사건들을 피할 수 없는 한, 딸의 아름다운 모습이 완전히 피어날 가능성은 결코 알 수 없었다.

딸의 이러한 모습이 어머니를 슬프게 했다. 이는 막연한 생각이 아니라 앞뒤를 따져 보고 생각해서 나온 논리적 추론에서 나오는 서러움 같은 것이었다. 그들 모녀는 여전히 가난이란 굴레의 외투를 입은 채로 살아가고 있었다. 어머니는 딸을 위해 이 가난의 외투를 벗으려고 몇 번이나 노력했다. 어머니는 딸이 세상의 식견을 폭넓게 알 수 있도록 오랜 세월동안 무던히도 열심히, 꾸준히 애썼다. 그러나 딸의 나이가 열여덟 살인데도 그것은 여전히 별로 꽃피지 못한 채 머물러 있었다. 엘리자베스-제인의 마음속에 억눌려 있는 진정한 소원은 진지하게 보고 듣고 이해하는 것이었다. 어떻게 하면 좀더 폭넓은 지식을 갖추고, 좀더 높은 — 그녀가 붙인 명칭대로 —'보다 나은' 명성을 누릴 수 있는 여인이 될 수 있을까, 이것이 그녀가 어머니한테 묻는 한결같은 질문이었다. 딸은 자신과 같은 처지에 있는 다른 처녀들보다 더 열심히 노력하면서 세상을 배우려고 애를 썼지만 어머니는 딸의 노력에 도움이 되어 줄 수 없음을 느끼자 무척 괴로웠다.

그 선원이 익사했건 아니건 이제 그들에겐 사실상 잊혀 가는 사람이었다. 세상에 눈을 뜨게 되면서, 선원에 대한 그녀의 처지가 올바르지 않았음을 깨닫게 됐지만 그래도 선원인 남편에게 충실히 부인 역할을 했던 수전에게 이제 과거는 더 이상 중요하지 않았다. 그녀는 자신이 다시 자유로운 여인이 된 지금 이 순간이, 매사가 적절치 못했던 이 생활에서 마음껏 딸의 성숙한 삶을 위해 노력할 수 있는 적절한 기회가 온 것은 아닌지 자신에게 물어 보았다. 그래서 그녀는 잃어버린 자신의 긍지를 회복하기 위해서는 다름 아닌 옛 남편을 찾아 나서는 일이 무엇보다 시급한 문제라고 생각하였다. 그러나 첫 남편은 술에 취해 죽었을지도 모른다는 생각이 들었다. 다른 한편으로 생각해 보면 그는 부인을 팔아넘긴 이후 깊은 회환과 함께 너무도 신중해져, 새로운 사람이 되어 살아갈지도 모른다는 생각이 스쳐 지나갔다. 왜냐하면 그녀와 함께 살았을 때 그는 일시적 기분에 굴복해 이리저리 흔들렸을 뿐이었지 절대로 상습적인 주정뱅이는 아니었기 때문이다.

여하튼 그가 살아만 있다면 마땅히 그에게 돌아가야 한다는 것은 두말할 나위가 없었다. 어색한 일이긴 하지만 그를 찾는 것은 엘리자베스의 성숙한 삶을 위해서도 필요했다. 수전 혼자의 힘으로는 생각조차 할 수 없는 힘든 일이었기 때문이다. 그녀는 마침내 자신과 첫 남편 헨처드와의 관계를 딸에게 털어놓을 필요 없이 그를 찾아 나서기로 결심했다. 그 일은 그들이 헨처드를 찾기만 하면 그에게 맡겨 그가 결정하는 대로 따르기로 했다. 이렇게만 된다면 모녀가 장터에서 나눴던 대화와 엘리자베스가 알고 싶어 하는 의혹은 어느 정도 풀릴 것이다.

이러한 심정으로 그들은 그 죽 장수 할머니가 헨처드의 확실하지도 않은 행방에 관해 알려 준 희미한 불빛에 전적으로 의지하며 그를 찾아 나서기로 했다. 여비는 넉넉지 않으니 아주 아껴 써야만 했다. 때로는 걸어서, 때로는 농부들의 달구지에, 때로는 우편 마차를 얻어 타면서 여행을 계속했다. 이렇게 그들은 캐스터브리지에 한 걸음 한 걸음 다가갔다. 엘리자베스-제인은 어머니의 건강이 전과 같지 않음을 알고 몹시 걱정했다. 어머니의 이야기에는 이따금씩 자포자기하는 말투가 섞여 있기도 했다. 딸만 아니라면 지칠 대로 지친 이 세상을 당장 떠난다 해도 별로 여한이 없다고 여러 번 말했기 때문이다.

어머니와 딸이 캐스터브리지에서 1마일 이내에 있는 어느 나지막한 산꼭대기에 도달한 것은 9월 중순에 가까운 어느 금요일 저녁 무렵 해가 막 지기 직전이었다. 이곳에는 역마차길 양쪽에 밑을 높이 쌓아 올린 울타리가 있었다. 그들은 이것을 타고 넘어 안쪽에 있는 푸른 잔디 위에 앉았다. 이곳에서는 그녀들이 찾아가고 있는 마을과 그 주위의 낯선 전경이 한눈에 들어왔다.

"어쩌면 저렇게도 옛날 도시 같아 보인담!" 하고 엘리자베스가 말했다. 그러나 침묵만 지키고 있는 그녀의 어머니는 도시의 겉모습 보다는 다른 일들을 곰곰이 생각하고 있었다.

"온통 뒤죽박죽으로 한데 끌어 모아 놓은 곳이에요. 온 사방이 나무상자로 둘러싸인 마당처럼 사각의 나무 장벽에 갇혀 있네요."

정말 고색창연한 자치도시, 캐스터브리지에서 이들 모녀의 눈길을 끄는 것은 이 도시의 특성이었다. 이 캐스터브리지라는 도시는 그때나 지금이나 근대화의 물결이라고는 전혀 미치지 않고 있었다. 그냥 도미노 상자처럼 속이 빽빽이 들어 차 있었다. 그러니 이 도시에는 보통 생각하는 교외가 있을 리 없었다. 시골과 도시가 정확한 일직선상에서 만나고 있었다.

좀더 높이 날아 올라가는 새들에게는 이 날씨 좋은 저녁나절의 캐스터브리지가 짙은 초록색의 장방형 틀 속에서 엷은 빨강, 갈색, 회색 그리고 투명한 수정의 모자이크로 어설프게 섞여있는 도시로 보였을 것이 틀림없었다. 직선으로만 보는 사람의 눈에는 수 마일이나 뻗쳐 있는 둥근 언덕과 오목한 들판 속에 위치한 이 도시가 참피나무의 두터운 울타리에 가려져 있어 하나의 희미한 덩어리로만 보였다. 자세히 관찰하면, 그 하나의 엉성한 덩어리가 탑, 박공벽, 굴뚝, 그리고 여닫이창으로 갈라졌는데, 맨 위의 유리창들은 서녘 하늘의 햇빛 구름 띠에서 받는 구릿빛 화염으로 희미하고 빨갛게 빛나고 있었다.

이 나무로 둘러싸인 사각형의 한가운데에서 가로수들이 동으로, 서로, 남으로 펼쳐져 광활한 곡식밭과 약 1마일 정도 떨어진 골짜기8로 통해 있었다. 이 도보 여행자들이 걸어 들어가려는 길은 이 길들 가운데 하나였다. 그들이 계속 걸어가기 위해 자리에서 일어나려 할 때 어떤 두 사람이 서로 다투는 듯한 대화를 나누면서 그 울타리 바깥쪽을 지나갔다.

"아니, 확실히" 하면서 엘리자베스가 두 사람이 멀어지자 말했다. "저 사람들이 자기들의 대화 속에서 헨처드라는 이름을, 우리 친척의 이름을 말했지 않아요?"

"나도 그렇게 들은 것 같아" 하고 뉴슨 부인이 말했다.

"그분이 아직도 여기 계시다는 생각이 들어요."

"그렇구나."

"제가 그들을 뒤쫓아 가서 그분에 대한 소식을 물어볼까요?"

"아니, 안 돼, 안 돼! 아직은 절대로 안 돼. 구빈원에 갇혀 있을지, 아니면 차꼬 달린 틀에 매달려 있을지 아직 알 수 없으니까 말이야."

"어머머! 엄마는 왜 그런 생각을 해요?"

"그저 해 본 말이다. 그뿐이야. 하지만 우린 아무도 눈치채지 못하게 수소문해서 찾아보면 될 것 같구나."

충분히 휴식을 취한 후 그들은 해 질 무렵에 다시 길을 재촉했다.

길 양쪽에 늘어선 나무들이 마치 터널 안처럼 주변을 어둡게 했다. 그러나 그 바깥의 넓은 들판은 아직도 엷은 햇살 아래 놓여 있었다. 이렇게 그들 모녀는 하루해가 저물어 가는 땅거미 사이를 뚫고 어둠 속의 길을 따라 걸어갔다. 사람 사는 모습이 나타나기 시작하자 엘리자베스의 어머니는 이 도시의 특징에 깊은 관심을 기울였다. 여기저기 돌아다녀 본 결과, 그들은 캐스터브리지를 에워싸고 있는 많은 나무들의 장벽 그 자체가 바깥쪽으로 이어진 도랑과 함께 나지막한 푸른 제방, 아니 비탈 위에 서 있는 하나의 길이란 것을 알 수 있었다. 이 제방 안쪽에 이따금 끊긴 성곽이 있고, 그 성곽 안쪽에는 이곳에 사는 주민들의 집으로 꽉 차 있었다.

두 여인은 몰랐겠지만 이러한 도시의 외형적 특징은 과거 도시의 방어벽에 불과했던 곳이 길 양쪽으로 나무를 심어 산책길로 변했던 것이다.

이제 가로등 불빛이 이 도시를 둘러싸고 있는 나무들 사이로 비치고 있었다. 그 불빛은 도시 안쪽을 아늑하고 안락하게 해 주었다. 반면에 불빛이 없는 바깥 지역은 도시 안쪽의 생기발랄한 모습과는 달리 이상할 정도로 외롭고 공허한 느낌을 자아냈다. 도시와 농촌 간의 차이는 무엇보다 이제 그들의 귓전을 두드리는 취주악대의 연주 소리에 의해 그 간격을 한층 더 크게 만들었다. 두 모녀는 고지대에 이르렀다. 이곳에는 위층이 바깥으로 튀어나온 집들이 많았다. 이 집들의 조그마한 유리창 틀은 끈에 매달린 줄무늬 무명천의 커튼으로 가려져 있고, 박공판9 밑에는 낡은 거미줄들이 산들바람에 흔들거리고 있었다. 벽돌로 메워 지어진 집들10도 있었다. 이 집들은 주로 이웃집들과 서로 의지해 지탱되고 있었다. 간혹 초가지붕과 함께 타일로 덮여진 슬레이트 지붕이 있는가 하면, 슬레이트로 덮고 타일로 만들어진 지붕도 볼 수 있었다.

이곳에 사는 사람들의 생활수준은 상점 창문 안에 진열되어 있는 상품으로 알아챌 수 있었다. 철물상에는 낫, 곡식 베는 갈고리, 양털 깎는 가위, 호미, 곡괭이, 괭이들이 진열되어 있었으며, 통 가게에는 벌통, 버터통, 우유 짜는 기계, 우유를 짤 때 사용하는 의자, 물통, 갈퀴, 농군들의 술병, 씨받이 그릇들이 보였고, 마구점에는 짐마차의 밧줄과 쟁기 부속들이 보였다. 수레바퀴 제조소와 기계상에는 달구지, 손수레, 물방앗간 톱니바퀴들이, 화공약품상에는 말의 찜질 약들이 진열되어 있으며, 장갑상과 피혁상에는 정원사의 장갑, 개초장이들의 무릎보호대, 쟁기질하는 사람의 정강이받이, 촌사람들의 덧신과 나막신들이 진열되어 있는 모습이 눈에 띄었다.

두 모녀는 회색으로 보이는 허름한 어느 교회에 다다랐다. 교회의 육중한 장방형의 탑은 어두워지는 하늘을 향해 치솟아 있었다. 가까운 가로등의 불빛은 교회 종탑 아래까지 비추고 있었다. 그 아랫부분을 자세히 보니 회반죽이 돌과의 접합부분에서 오랜 세월의 풍상으로 완전히 허물어져 있었다. 이렇게 생겨난 틈바구니에서는 돌나물11과 풀이 거의 흙벽 위까지 뿌리내리며 자라고 있었다. 이 탑의 시계가 8시를 알렸다. 시계 소리가 울리고 나니 웅장한 종소리가 사방으로 땡 땡 울려 퍼지기 시작했다. 캐스터브리지에서는 아직도 만종12의 종소리가 울려 퍼지고 이 종소리를 들은 주민들은 그들의 가게를 닫는 신호로 이용했다. 묵직한 종소리가 울려 퍼지자 고지대의 모든 노상에서는 덧문 닫는 소리가 요란스럽게 들렸다. 이렇게 캐스터브리지의 하루 일과는 막을 내리고 있었다.

다른 시계들도 하나둘씩 8시를 알렸다. 어떤 것은 감옥에서 침울하게, 어떤 것은 양로원의 박공벽에서 들려왔다. 이 시계들의 기계장치의 삐걱거리는 소리가 종소리의 선율보다 더 또렷하게 들렸다. 시계 상점 안에서는 니스를 칠한 기다란 벽시계들이 일렬로 늘어서 덧문들이 닫힐 때를 기다려 하나하나 차례대로 울렸다. 마치 일렬로 늘어선 배우들이 막이 내리기 직전에 그들의 마지막 대사를 전달하려는 것 같았다. 종소리에 이어 〈시실리 선원들의 찬송가〉13가 들려왔다. 상급학교의 연대기 학자들이 앞 시간의 수업이 완전히 끝나기도 전에 다음 수업 시간으로 서둘러 향하고 있었다.

교회 앞의 공터를 한 여인이 지나가고 있었다. 그녀의 겉옷 소맷자락들이 너무 말려 올라가 무명 속옷 아래의 가장자리가 보였으며 치맛자락은 걷어 올라가 호주머니에 끼어 있었다. 그녀의 겨드랑이 밑에는 빵 덩어리 하나가 끼어 있었다. 그녀는 동행한 다른 여인들에게 빵을 뜯어 조금씩 나누어 주었다. 그 여인들은 빵조각을 입에 넣어 맛보듯 조금씩 깨물었다. 그 모습에 뉴슨 부인과 그녀의 딸은 시장기를 느끼기 시작했다. 그래서 그들은 지나가는 여인에게 제일 가까운 빵집이 어디냐고 물었다.

"지금 캐스터브리지에서 성한 빵을 찾으니 차라리 '만나'14를 찾는 편이 더 나을 거요" 하고 그녀는 그들에게 길을 가리키면서 말했다.

"잘 먹고 사는 그들이야 나팔 소리, 북소리를 울려 가면서 왁자지껄한 저녁 만찬을 즐길 수 있겠지만, 우리야 뭐" 하면서 이 길에서 좀 떨어진 한 곳을 향해 손짓을 했다. 그곳에는 불이 환하게 켜져 있었고 그 건물 앞에는 취주악대가 서 있는 모습이 보였다.

"그러나 지금 우리들한테 필요한 것은 당장 먹을 수 있는 빵조각이오. 지금 캐스터브리지에는 마실 수 없는 맥주, 먹을 수 없는 빵밖에 없단 말이오."

"구정물과 다를 바 없는 맥주15가 전부요" 하고 호주머니에 두 손을 밀어 넣고 있는 어떤 남자가 말했다.

"먹을 만한 빵이 없다니, 무슨 말이에요?" 뉴슨 부인이 물었다.

"그거야 곡물 상인 때문이지요. 그 사람은 우리의 도정업자들과 제빵업자들이 전부 거래하고 있는 사람이라오. 그런데 그자가 그들한테 싹이 난 밀을 팔았지 뭐요. 자기네들 말로는 밀가루 반죽이 수은처럼 화덕 위에 달라붙는 걸 보고서야 밀에 싹이 텄다는 걸 알았다지 뭐요. 그 때문에 빵 덩어리가 두꺼비 등처럼 납작하다고요. 속은 소기름덩이 같고. 난 살림하는 가정주부로서, 자식 가진 어미로서 캐스터브리지에 오래 살아왔지만 이렇게 형편없는 빵을 본 일은 일찍이 없었다오…. 그런데 이번 주부터 가난한 사람들의 배가 바람을 불어넣은 공기 주머니처럼 불룩해진 이유가 무엇인가를 모르는 것으로 보아 댁은 정말로 이곳 사람이 아닌 모양이구려."

"그래요" 하고 엘리자베스의 어머니는 움찔하면서 말했다.

이 도시에서의 미래를 좀더 알게 될 때까지 더 이상 남의 눈에 띄고 싶지 않았던 그녀는 딸과 함께 그 말 많은 여인 앞에서 물러났다. 그 여인이 알려 준 가게에서 비스킷을 몇 조각 사 먹은 후 그들은 음악이 연주되고 있는 곳을 향해 본능적으로 발길을 돌리기 시작했다.

V

저녁 만찬회

수십 야드를 걸어 두 모녀는 이 도시의 악대가 이제 〈옛 영국의 로스트 비프〉1라는 선율로 유리창들을 뒤흔들고 있는 지점에 다다랐다.

문 앞에 악대가 그들의 악보대를 고정시켜 놓은 건물은 캐스터브리지에서 제일 큰 킹스암즈 호텔이었다. 현관 너머로 넓게 화살 모양처럼 휘어진 창이 길을 향해 삐죽 내밀고 있었다. 열린 창문 사이로 종알거리는 목소리들, 유리잔 부딪치는 소리, 병마개 뽑는 소리가 요란하게 들려왔다. 더욱이 덧문들이 열려 있었기 때문에 맞은편에 위치한 마차 사무소 쪽의 돌계단 꼭대기에서는 이 방의 내부까지 송두리째 살펴볼 수 있었다. 그래서 그곳에는 한가한 사람들이 떼거리로 몰려와 있었다.

"아마 모르긴 해도 결국 우리는 알게 될 거야 — 우리 친척 헨처드씨에 관해서 말이야."

캐스터브리지에 들어온 이후 뉴슨 부인은 줄곧 이상하게도 몸이 허약해지고 흥분해 있었지만 이번에는 나직이 속삭였다.

"이곳이야말로 알아보기 좋은 곳인 것 같은데. 사람들에게 물어보면 그분이 이 도시에서 어떻게 지내고 있는지 알게 될 거야. 내 생각대로 이곳에 살고 있다면 말이야. 얘, 제인아, 네가 사람들에게 물어보는 게 좋겠구나. 나는 너무 힘들어 아무것도 할 수 없을 것 같다. 우선 너의 앞가리개2부터 내려라."

그녀는 층계의 맨 아랫단 위에 앉았고, 엘리자베스는 어머니가 하라는 대로 구경꾼들 틈에 끼어 섰다.

"오늘 밤에 무슨 일이 있나요?" 하고 엘리자베스는 한 노인에게 물어보았다. 그 노인은 그녀 옆에 한참 붙어 서서 같이 구경하고 있었기 때문에 말은 걸 수 있을 정도였다.

"어허, 아가씨는 이곳에 처음 왔나 보구나" 하고 노인은 창에서 눈을 떼지 않은 채 말했다.

"신사 양반들과 이 도시의 지도자들이 거창한 '저녁 만찬회'를 베풀고 있는 거란다. 현직 시장과 함께 말이야. 우리 같은 서민들이야 초대받지 못했지만, 문들이 열려 있으니 여기 서서 그저 음식 냄새나 맡고 구경이나 하는 게지. 계단 위에 올라서면 그 양반들이 보여. 저 식탁 끝에서 이쪽으로 향해 앉아 있는 분이 시장 헨처드 씨야. 그리고 그분의 양옆은 시의회 의원들이고…. 아! 저 사람들 모두 지금의 나와 별다를 것 없이 태어난 사람들이 말이야!"

"헨처드!" 하고 엘리자베스는 놀라 말했다. 그러나 결코 믿어지지 않았다. 그녀는 층계 꼭대기로 올라섰다.

그녀의 어머니는 고개를 숙이고 있었지만 '시장 헨처드 씨야'라는 노인의 말이 들려오기도 전에 이미 창가에서 하는 이야기를 모두 들어 알고 있었다. 그녀는 자리에서 일어나 곧 딸 옆에 있는 계단에 올라섰다. 구경에 남다른 열의가 있어 한 행동은 아니었다.

계단에 올라서니 호텔 식당의 내부가 그녀 앞에 펼쳐졌다. 방 안의 식탁, 유리잔들, 쟁반들, 그리고 사람들이 모두 보였다. 높은 자리에 약 사십여 세의 한 남자가 창문을 향해 앉아 있었다. 육중한 체구에 굵직굵직한 이목구비, 우렁찬 목소리의 남자였다. 얼른 보기에 그의 체격은 탄탄하기보다는 거칠어 보였다. 얼굴은 윤기가 흘렀다. 얼굴 윤곽은 거무스레하고, 검은 두 눈은 부리부리하며, 눈썹과 머리카락은 검고 숱이 많았다. 그가 주변 사람의 어떤 말에 이따금씩 큰 소리로 웃을 때에는 그의 커다란 입이 너무 뒤로 벌어져 그가 여전히 자랑할 만한 서른두 개의 건강한 흰색 치아 중 스무 개 정도가 샹들리에 불빛에 비쳐 보였다.

그 남자의 웃음에 주변 사람들은 별 반응이 없었다. 아마도 그런 웃음에 익숙지 않았던 모양이다. 그런 웃음은 별별 추측을 자아낼 수도 있었을 것이다. 약자한테는 동정할 줄 모르고 강자한테는 즉시 찬사를 아낌없이 쏟는 기질을 추측하게 하는 웃음으로 들리기가 쉽다. 이 웃음의 장본인에게 장점이 있다면 이따금씩 나타나는 기질, 은근하고 한결같은 친절보다는 거의 숨이 막힐 듯한 관용이라 할 수 있다.

수전 헨처드의 남편, 적어도 그녀의 법률상 남편인 그가 이제 성숙한 모습으로, 굳어진 모습으로, 허세부리는 기풍으로, 단련된 모습으로, 사려 깊은 모습으로, ― 한마디로, 나이를 더 먹은 모습으로 그 모녀의 눈앞에 앉아 있었다. 엘리자베스는 어머니처럼 번민해야 할 추억도 없었다. 오랫동안 찾았던 친척이 뜻밖에 유명 인사가 되어 있는 모습을 보며 자연히 생겨난 예리한 관심과 호기심으로 그를 지켜보았다. 그는 넓은 가슴 위에 드러나 보이는 주름 잡힌 셔츠에 구식 야회복 차림이었으며 보석이 박힌 단추를 달고 무거운 금시계 줄을 차고 있었다. 그의 오른손 옆에는 유리잔 세 개가 있었는데, 놀랍게도 두 개의 포도주 잔은 비어 있고 세 번째 큰 잔에는 물이 반쯤 차 있었다.

옛날에 그녀가 그를 마지막으로 보았을 때 그는 코듀로이 윗도리에 퍼스티언 조끼와 바지를 입고, 무두질한 가죽 정강이받이 차림으로 뜨거운 밀죽 한 그릇을 자기 앞에 놓고 앉아 있지 않았던가. 세월이 마술을 부려 이곳을 많이 변하게 한 것이다. 그를 지켜보고 지난날을 회상하다가 그녀는 너무도 감동한 나머지 계단이 나 있는 마차 사무소의 문기둥에 몸을 움츠리고 기대어 섰다. 문기둥의 그림자가 그녀의 모습을 숨겨 줘 아무에게도 보이지 않을 만큼 안성맞춤이었다. 그녀는 엘리자베스-제인이 그녀를 부를 때까지 잠시 넋을 놓고 있었다.

"그분 만나는 보셨어요, 엄마?" 하고 엘리자베스는 나지막한 소리로 말했다.

"그래, 그래" 하고 그녀는 곧바로 대답했다.

"이제 그를 만났으니 이것으로 난 족해! 내가 바라는 건 그저 — 사라져 버리고 싶은 — 차라리 죽어 버리고 싶은 마음뿐이구나."

"아니, 엄마 뭐라고요?" 하고 엘리자베스는 좀더 가까이 다가서서 어머니의 귀에 속삭였다.

"그분이 우리를 도와주지 않을 것처럼 보여요? 난 그분이 너그러운 사람으로 보여요. 정말 신사다워 보이잖아요? 다이아몬드 단추가 어쩌면 저렇게도 반짝거린담! 그분이 차꼬를 차고 있거나 구빈원에 있거나 혹은 죽었을지도 모른다고 말씀하시더니, 정말 말도 안 되잖아요! 그분한테 무슨 죄라도 지었나요? 왜 그렇게 두려워하세요? 저는, 전혀 그렇지 않은데요. 제가 그분을 찾아가 보겠어요. 그분은 기껏해야 자기한테 그런 먼 친척이 없다는 말밖에 더 하겠어요?"

"난 뭐가 뭔지 전혀 모르겠구나. 난 뭘 어떻게 해야 할지 모르겠어. 내 마음은 천 길 낭떠러지로 굴러 떨어지는 것 같다."

"그러지 마세요, 엄마. 이제 여기까지 힘들게 찾아와 우리가 원하는 대로 그분을 찾기까지 했으니 만사가 잘되어 가고 있잖아요! 이곳에서 잠깐 쉬도록 하세요. 제가 그분을 계속 지켜보다가 그분에 관해 뭘 좀더 알아낼 테니까요."

"난 헨처드 씨를 도저히 만날 수 있을 것 같지 않구나. 그분은 내가 생각했던 대로가 아니야. 그분은 너무 많이 변해 버렸기 때문에 나를 완전히 압도해 버렸어. 내가 그분을 만나 봐야 무슨 소용이 있을까?"

"하지만 조금만 더 기다리면서 생각해 보시자고요."

엘리자베스-제인은 평생 지금처럼 그렇게 흥분되고 마음이 들뜬 적은 없었다. 그녀 자신이 이 도시의 시장과 친척이라는3 사실을 알게 되면서 당연하게 느꼈던 득의만만한 기분도 한 가지 이유였다. 초대받은 젊은 손님들은 이야기를 나누면서 열심히 먹어 대고, 나이 많은 손님들은 맛있는 음식을 한 입 정도 먹어 보려고 이곳저곳 기웃거리고 있었다. 그 모습은 마치 돼지가 도토리를 찾아 코를 쑤셔 박는 것처럼 코를 흥흥거리고, 앞에 놓인 음식들을 주접거리며 먹는 모습을 연상하게 했다. 자세히 보니, 세 종류의 술 — 포도주와 셰리 그리고 럼주가 손님들한테 놓여 있었다. 그 전통적인 세 가지 외에는 구미를 당길 만한 술이 별로 없었다.

테두리에 장식된 그림들이 새겨진 옛날의 큰 술잔4들이 하나하나 숟가락이 단정히 꽂혀 식탁 위에 일렬로 놓여졌다. 이 잔들에 뜨겁게 데워진 그로그술이 재빨리 부어졌다. 초대받은 손님들은 따뜻하게 데워 김이 모락모락 피어오르는 이 술을 천천히 음미하면서 마셨다. 엘리자베스-제인은 사람들이 식탁의 여기저기서 술을 신속히 주고받으며 마시고 있었지만 시장의 술잔을 채워 주는 사람은 아무도 없다는 것을 깨달았다. 시장은 포도주와 독주용 유리잔들 뒤에 놓여 있는 큰 잔의 물만 홀짝홀짝 마시고 있었다.

"헨처드 씨한테는 술을 따라 주는 사람이 없네요?" 하고 그녀는 옆의 그 노인에게 용기를 내어 말했다.

"그럼, 없고말고. 저분은 술이라 할 만한 것은 입에도 대지 않는 분으로 유명한 사람이란 것을 모르는가 보군? 저분은 사람의 마음을 유혹하는 술이란 술은 모두 경멸하시지. 술은 입에도 대지 않은 지 오래되었지. 그렇지. 암, 그렇고말고. 그 점에서는 의지가 강하셔. 시장이 옛날에 성경책에 대고 맹세했다는 이야기를 들은 일이 있어. 그때부터 그 맹세를 줄곧 지켜 왔다는 거야. 그래서 아무도 함부로 술을 권하지 않는다는군. 성경책에 대고 맹세한 약속은 진정한 서약이기 때문이거든."

다른 노인 한 사람이 이 대화를 듣고 끼어들면서 물었다.

"저 양반은 언제까지 더 술을 끊고 있으려나, 솔로몬 롱웨이즈?"

"사람들 말로는 2년이라 하더군. 무엇 때문에 그만한 기한을 정했는지 모르겠단 말이야. 저분이 어느 누구한테도 그걸 말한 일이 없으니 말이야. 하지만 꼭 2년이 남았다고 다들 말하더군. 그렇게 오랫동안 지켜 왔다니 의지가 강한 분이야!"

"옳은 말이야…. 하지만 마음속에 희망이 있다면 그런 결심을 하는 데 커다란 힘이 생겨나게 마련이지. 24개월만 지나면 마음의 구속에서 풀려나 사양치 않고 마시면서 그동안 참아 왔던 것을 죄다 보충할 수 있다는 것을 알기 때문에 말이야. 아니, 틀림없이 이런 희망이 버티게 해 주는 게지."

"말할 것도 없지, 크리스토퍼 코니, 말할 것도 없어."

"저 양반한테는 그런 결단이 필요할지 몰라, 저 외로운 홀아비한테는" 하고 롱웨이즈 노인이 말했다.

"저분은 언제 부인을 잃었어요?" 하고 엘리자베스가 물었다.

"난 그의 여자를 알지는 못하지만, 내가 듣기로는 시장이 캐스터브리지에 오기 전이었대."

롱웨이즈 노인은 자기가 헨처드 부인을 모른다는 사실이 마치 그녀의 내력에는 관심이 없다는 것을 나타내기라도 하듯 말끝에 힘주어 대답했다.

"하지만 저분은 성경에 맹세한 절대 금주주의자[5]이고, 그리고 부하들 중 누가 단 한 방울이라도 술을 마신다면 하느님이 흥겨운 유태인들에게 했듯이[6] 엄한 벌을 내린다는 것을 나는 알고 있지."

"그렇다면 그분한테 아랫사람들이 많나 봐요?" 하고 엘리자베스-제인이 물었다.

"많고말고! 아니, 이 아가씨야, 그분은 시장으로서 시의회에서 모든 권력을 다 지니고 있는 분이야. 그뿐만 아니라 이 지역에서 매우 중요한 지도자이기도 하지. 헨처드 시장만큼 밀, 보리, 귀리, 건초, 뿌리 등의 농작물 장사를 크게 하는 사람은 없어. 그리고 요즈음에는 다른 것에도 손을 대려 하고 있어, 근데 이것이 그가 저지르고 있는 실수거든. 그는 이곳에 맨주먹으로 와서 이렇게 성공했단 말이야. 지금 저 양반은 이 도시의 기둥이나 다름없는 분이기도 해. 그런데 저분이 자기 거래처에 공급한 질 나쁜 곡물 때문에 금년 들어 꽤 말썽이 많았지. 나는 더노버 무어7 너머로 해가 뜨는 걸 69년이나 봐 왔는데,8 헨처드 씨는 내가 사정이 어렵다는 걸 알고 있기 때문에 내가 잘못해도 그 밑에서 일해 온 이후 지금까지 나에게 단 한 번도 부당한 벌을 준 일이 없었어. 그런데 최근 헨처드 씨의 밀로 만든 빵을 먹어 본 사람은 알겠지만 딱딱해서 먹을 수 없는 정도의 빵이라는 것은 말해야겠군. 그분이 공급한 밀은 엿기름처럼 싹이 많이 자랐기 때문이지. 빵 밑바닥의 가장자리가 구두창만큼이나 두꺼워 먹을 수 없을 정도란 말이야.”

이때 취주악대는 또 다른 곡을 연주하고 있었다. 연주가 끝날 무렵 만찬도 끝나면서 곧 연설이 시작됐다. 밤은 쥐죽은 듯 고요하고 창문들은 여전히 열려 있었기 때문에 연설 소리가 또렷하게 들려왔다. 헨처드의 목소리가 어느 누구의 소리보다 컸다. 그는 자신의 건초 장사 경험을 이야기하고 있었다. 자신보다 앞서 나가려 했던 한 사기꾼을 계략으로 이겨 냈다는 이야기였다.

“하-하-하!” 하고 손님들은 헨처드의 이야기가 끝나자 박장대소했다. 새로운 어떤 목소리가 들려올 때까지 주변의 분위기는 흥겹기만 했다.

"시장님 그 이야기는 대단히 좋소이다. 하나 이 질 나쁜 빵은 어떡할 참이오?"

식탁 아래쪽에서 들려온 소리였다. 한 떼거리의 소매상인들이 그쪽에 앉아 있었다. 저녁 연회에 초대받아 온 손님들이긴 했으나 다른 사람들보다 사회적 신분이 다소 낮아 보였다. 그들은 상석에 앉아 있는 교양 있는 사람들과는 달리 각자 제 나름대로의 어떤 생각으로 전혀 앞뒤가 맞지 않고 불협화음처럼 들리는 토론을 벌이는 듯했다. 마치 교회 안의 서쪽 구석에 앉은 사람들이 성단에 있는 성가대원들[9]이 부르는 찬양에 따라가지 못하고 간혹 엉뚱한 가락의 화음을 내는 것과 같았다.

질이 나쁜 빵에 관한 이야기가 이렇게 불쑥 튀어나오자 창밖에 있는 사람들은 한없이 재미있어 했다. 그중에는 다른 사람이 낭패당하는 꼴을 보기 좋아하는 사람들도 더러 있었다. 그들은 꽤나 거리낌 없는 말을 일제히 크게 외쳐 댔다.

"이봐요! 질이 안 좋은 빵을 어떻게 할 셈이오, 시장님?"

더욱이 연회석의 주변 사람들로부터 아무런 제지가 없자 그들은 기고만장하면서 따지고 들었다.

"시장님께서는 지금 그 이야기를 해 주셔야 합니다, 시장님!"

시장으로 하여금 입을 열기에 충분한 야유였다. 이 말을 들은 시장은 참다못해 한마디 했다.

"뭐, 나도 그 밀이 싹이 나서 대단히 질이 좋지 않은 건 인정하오. 그러나 나한테서 그 밀을 구입한 사람들만큼이나 나 자신도 그걸 속아서 구입한 것이오."

"여하튼 그걸 먹어야만 할 가난한 사람들은 어떻게 할 셈이오?"

창밖의 사람들과 잘 어울리지 않는 한 사람이 거들며 말했다. 헨처드의 얼굴은 금방 어두워졌다. 부드럽고 엷은 눈 주변의 피부에서 노기가 일었다. 그 노기는 약 20년 전 아내를 쫓아 보냈던 그대로였다.

"여러분들은 큰 사업체의 의도하지 않은 사고 정도는 이해해 주셔야 합니다. 여러분들은 그 밀을 수확할 때 기후가 과거 어느 때보다 나빴다는 걸 알고 있지 않습니까? 그러나 나는 그런 불상사로 인해서 몇 가지 대책을 이미 세워 놓았어요. 나 혼자 힘으로 모든 일을 처리할 수 없다는 걸 알았기 때문에 곡물부서에 관리인 자리를 맡을 훌륭한 사람을 구하는 광고를 냈다오. 그러한 유능한 사람만 들어오면 이러한 실수들이 다시는 발생하지 않을 거요. 곡물들을 더 철저히 조사하게 될 거요."

"그러나 우리가 이미 산 것은 어떻게 보상할 거요?" 하고 조금 전에 말했던 사람이 물었다. 보기에 그 사람은 제빵업자이거나 제분업자인 듯했다. "당신은 우리가 아직도 갖고 있는 싹이 난 밀을 성한 것과 바꿔 주시겠소?"

이 말을 듣고 헨처드의 얼굴은 더욱 굳어졌다. 흥분한 마음을 가라앉히려고, 아니면 시간을 벌자는 듯이 큰 잔을 들고 물을 마셨다. 그는 직접적으로 대답하는 대신 완고하게 말했다.

"만약 누구라도 싹이 난 밀을 성한 밀로 되돌릴 수 있는 방법을 말해 준다면 나는 그걸 기꺼이 돌려받겠소. 하지만 그럴 수 없을 거요."

헨처드는 더 이상 대꾸하지 않을 작정이었다. 이렇게 말하고 그는 자리에 앉아 버렸다.

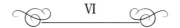

VI

쓰리 마리너즈 여관

지금 창밖에는 불과 몇 분 사이에 새로 도착한 사람들로 불어나 있었다. 그들 중에는 제법 큰 규모의 장사를 하는 가게 주인들과 그들의 점원들노 섞여 있었다. 그늘은 오늘 하루 장사를 마치고 잠깐 바람이나 쐬려고 밖에 나온 사람들이었다. 이들 중에는 아주 궁핍해 보이는 하층민에 속하는 사람들도 더러 있었다. 그런데 분명히 이들 중 어느 쪽에도 속하지 않는 이방인 한 명 ― 외모가 아주 번듯해 보이는 젊은 이가 있었다. 그는 그 당시 유행했던 아담한 꽃무늬가 새겨진 여행용 가방을 손에 들고 있었다.

그는 혈색은 불그레하지만 외모1는 말쑥했으며, 눈은 반짝거렸고 몸집은 호리호리했다. 그가 이곳에 온 것은 곡물과 빵에 관련된 이유 때문인 듯 보였다. 이런 이야기가 아니었더라면 전혀 발걸음 할 이유가 없었거나, 아니면 기껏해야 그 현장을 잠시 들여다본 후 그대로 지나가 버렸을지도 모른다. 그의 이러한 행동에 어떤 이유가 있었던 것은 아니다. 그러나 그 화제가 그를 사로잡는 듯했다. 그는 구경꾼들에게 몇 마디 나직이 물어보고 나서 발걸음을 멈추고 듣고 있었다.

그는 헨처드의 "하지만 그렇게는 할 수 없을 거요"라는 마지막 말을 듣고 미소를 짓더니 충동적으로 호주머니에서 수첩을 끄집어내 창가의 불빛 아래서 몇 자 적었다. 그러고는 그 수첩을 찢어 몇 번 접더니 그 위에 수신인의 이름을 썼다. 그는 그것을 열린 문을 통해 식탁 위로 던지려 하는 듯했다. 그러다 생각을 다시 한 듯, 군중 틈을 헤치고 나가 호텔 문 앞에 멈춰 섰다. 그곳에는 방 안에서 시중들던 웨이터 한 사람이 이제 한가롭게 문기둥에 몸을 기대고 있었다.

"이걸 곧 시장님한테 전해 주시오" 하고 그는 자신이 휘갈겨 쓴 그 쪽지를 넘겨줬다.

엘리자베스-제인은 그의 거동을 보고 말소리도 들었다. 그의 말투와 억양이 그녀의 관심을 끌었는데 — 그 지방에서는 귀에 낯선 억양이었다. 독특했으며 북방 어딘가의 말씨였다.

웨이터가 쪽지를 받아들자 그는 말을 계속했다.

"그리고 여기보다 값이 좀 싸고 그럴듯한 호텔을 하나 알려 주겠소?"

웨이터는 냉담한 얼굴로 거리 여기저기를 바라보았다.

"바로 여기 아래에 있는 **쓰리 마리너즈 여관**[2]이 매우 좋은 곳이라고 들 하더군요" 하고 그는 느릿한 말로 대답했다. "하지만 제가 그곳에 묵어 본 적은 없어요."

스코틀랜드인 같아 보이는 그는 웨이터에게 고맙다고 인사하고 그 쓰리 마리너즈 쪽으로 천천히 걸어갔다. 그는 자신이 보낸 쪽지보다는 그 호텔 문제에 더 관심이 있었음이 분명했다. 그 쪽지를 쓸 때의 순간적인 충동이 이미 가라앉았기 때문이다. 그가 길 아래쪽으로 서서히 사라지는 동안 웨이터도 문 안으로 들어갔다. 엘리자베스-제인은 그 쪽지가 방 안으로 들어가 시장한테 전달되는 것을 아주 관심 있게 지켜보고 있었다.

헨처드는 그것을 관심이 없다는 듯이 바라보더니 그저 한 손으로 펴 들고 쭉 훑어보았다. 이상하게도 뜻밖의 결과가 나타났다. 곡물거래에 관한 이야기로 인해 초조하고 어두웠던 그의 얼굴이 무언가에 사로잡힌 표정으로 바뀌어 갔다. 그는 그 쪽지를 서서히 읽었다. 그리고 생각에 잠겼다. 침울한 표정이 아니라 어떤 생각에 골몰한 사람처럼 열중한 표정이었다.

이때쯤 축배와 연설은 노래로 바뀌었고, 밀에 관한 화제는 잊혀 가고 있었다. 손님들은 둘씩 셋씩 머리를 맞대고 환담을 나누고 있었다. 소리 없이 웃느라고 얼굴들이 경련을 일으키는 듯 찡그린 모습이었다. 그들 중에는 자기들이 이곳에 어떻게 왔으며, 왜 왔으며 그리고 어떻게 귀가할 것인가를 잊은 듯한 표정을 보이기 시작한 사람들도 더러 있었다. 그들은 다만 어리둥절한 표정으로 미소 지으면서 잠시 앉아 있는 듯했다. 몸집이 딱 벌어진 사람들은 앞으로 몸이 수그러져 곱사등처럼 되어 가고, 위엄 있어 보이는 사람들은 이상하게 구부린 자세로 위엄을 잃어 갔다. 이러한 자세 속에 그들의 얼굴도 일그러졌다. 한편 왕성한 식욕으로 먹어 댔던 몇몇 사람들은 몸을 약간 움츠렸고, 그들의 입꼬리와 눈언저리는 뒤로 젖혀진 채로 들려 있었다. 다만 헨처드만이 이런 꾸불꾸불한 자세를 취하지 않았다. 그는 점잖은 자세로 꼿꼿이 앉아 조용히 생각에 잠겼다.

시계가 9시를 알렸다. 엘리자베스-제인은 어머니에게로 고개를 돌렸다.

"밤이 깊어 가고 있어요, 엄마, 어떻게 하지요?"

그녀는 무언가 망설이는 어머니를 보고 적잖이 놀랐다.

"우리는 우선 하룻밤 묵을 잠자리를 구해야겠지. 이제야 찾게 되다니 — 바로 헨처드 씨를. 내가 바란 것은 이게 전부야" 하고 어머니는 중얼거렸다.

"여하튼 오늘 하룻밤은 이 정도면 충분하잖아요?" 하고 딸은 어머니를 위로하듯 대답했다.

"그분에 관해서 어떻게 하는 것이 제일 좋을지는 내일 생각하기로 해요. 지금 당장 급한 문제는 우리가 숙소를 어떻게 잡느냐 하는 것이잖아요?"

어머니가 아무 대답이 없자 엘리자베스-제인의 마음은 쓰리 마리너즈가 비교적 값싼 여관이라던 그 웨이터의 말이 떠올랐다. 한 사람에게 적합한 것은 다른 사람에게도 유익한 법이다.

"우리도 그 젊은이가 간 숙소로 가면 안 되나요. 그분은 좋아 보이던데. 괜찮지요, 엄마?" 어머니는 고개를 끄덕였다. 모녀는 함께 걸어 내려갔다.

한편, 앞서 말한 그 쪽지로 인해 시장은 계속 이런저런 생각에 사로잡혀 있었다. 이윽고 옆 사람에게 자기를 대신해 달라는 나직한 말을 남기고 그곳을 빠져나왔다. 그의 아내와 엘리자베스가 그 자리를 뜬 직후였다.

연회장 밖에는 그 웨이터가 보였다. 시장은 웨이터를 손짓으로 불러 15분 전에 넘겨받은 그 쪽지를 누가 가져왔느냐고 물었다.

"어떤 젊은이였어요, 시장님. 여행자인 듯했습니다. 그 사람은 스코틀랜드인 같아 보였어요."

"젊은이가 그 쪽지를 어떻게 받았는지 말하지 않던가?"

"시장님, 그 사람은 창밖에 서 있다가 그걸 손수 썼습니다."

"오, 그걸 손수 썼어? 그 젊은이가 이 호텔에 묵고 있나?"

"아니요, 시장님. 쓰리 마리너즈 여관으로 간 것 같습니다."

시장은 두 손을 저고리 옷자락 밑에 넣고 현관 앞을 왔다 갔다 했다. 마치 그가 막 나온 방 안보다 더 시원한 공기를 찾고 있는 것 같은 모습이었다. 그가 그 내용이야 무엇이건 간에 새로운 제안에 아직도 완전히 사로잡혀 있다는 것은 의심할 여지도 없었다.

마침내 그는 연회장의 문까지 되돌아가 걸음을 멈추었다. 그가 자리에 없어도 노래가, 축배가, 대화가 아주 즐겁게 진행되고 있었다. 시의회 의원들, 일반 주민들, 그리고 대소상인들은 술에 취할 대로 취해 시장뿐만 아니라 누가 누구인지 상관하지 않고 그들을 분리시킨 그 방대한 정치·종교·사회적 신분의 차이를 까맣게 잊고 있었다. 연회장에서의 이러한 분위기를 알자 시장은 모자를 집어 들었다. 웨이터가 홀란드 외투3를 거들어 입혀 주자 밖으로 나와 현관에 섰다.

길에는 이제 사람들이 별로 없었다. 그의 눈길이 일종의 어떤 마력에 이끌려 약 100야드 아래쪽의 어느 지점에 멈췄다. 그곳은 그 쪽지를 쓴 사람이 묵고 있다는 여관 쓰리 마리너즈였다. 그 여관은 두 개의 우뚝 솟은 엘리자베스식 박공지붕,4 내닫이창,5 그리고 입구의 불빛이 그가 서 있는 곳에서도 보였다. 얼마 동안 그곳에만 시선을 둔 채 그는 그쪽으로 서서히 걸어갔다.

이 사람과 짐승을 재워 주는 오래된 여관은 아쉽게도 이제는 헐렸지만, 부드러운 사암(沙巖)으로 지어졌으며 같은 재질의 중간 문설주가 달린 창들이 달려 있었다. 이러한 관계로 기초부터 똑바로 서지 못했다는 것을 알 수 있었다. 자주 드나들었던 사람들 간에는 대단히 인기 있었던 이 여관의 길 쪽 창문들은 덧문으로 닫혀 있었다. 각 덧문 위에는 심장형의 구멍이 하나씩 나 있었는데 진짜 심장보다 좌우 심실이 다소 홀쭉했다. 약 3인치 간격으로 불빛이 새어 나오는 이 구멍들 안쪽에는 그 앞을 지나가는 사람이라면 모두 알고 있듯이, 킹스 암즈에서 식사 중인 사람들보다는 다소 낮은 계층의 유리 장수 빌리 윌즈, 구두장이 스마트, 잡화상 버즈포드, 그리고 같은 부류의 사람들이 각자 기다란 사기 담뱃대를 물고 모여 있었다.

입구 위에는 네 모서리를 떠받치고 있는 튜더 왕조풍의 아치6가 하나 서 있고, 그 위에는 이제 맞은편의 불빛이 비추어 주는 간판이 걸려 있었다. 이 간판에 화가가 이차원적으로 그린 선원들이, 다시 말해서 그림자처럼 납작한 수부들이 마비된 자세로 나란히 서 있었다. 간판이 있는 곳은 그 길의 양지 쪽이었기 때문에 그 세 친구들은 뒤틀리고, 찢기고, 퇴색되고, 오그라들어 있었다. 따라서 그들은 간판의 갈라진 틈과 매듭과 못으로 희미하게 보이는 엷은 막에 지나지 않았다. 사실상 그 그림이 이러한 지경에 이르게 된 원인은 여관 주인 스태니지가 소홀했기 때문이라기보다는 그 전통적인 인물화를 재현할 화가가 캐스터브리지에는 없다는 데 있었다.

희미하게 불이 밝혀져 있는 길고 좁다란 길이 그 여관으로 통했다.

그 통로를 따라 여관 뒤쪽의 마구간으로 들어가는 말들과 드나드는 사람들이 마구 어깨들을 스쳤다. 그러나 사람들이 그 짐승들의 발에 밟힐 위험은 별로 없었다. 이 좁다란 길밖에 없었기 때문에 사람이나 짐승 모두 드나들기가 다소 어렵기는 했지만 캐스터브리지에서 뭐가 뭔지 알고 있는 현명한 늙은이들은 마리너즈의 마구간과 좋은 맥주를 꾸준히 찾았던 것이다.

헨처드는 얼마 동안 그 여관 밖에 서 있었다. 셔츠 위로 네덜란드 천으로 된 갈색 저고리의 단추를 채워 될 수 있는 대로 자신의 위엄을 낮추면서, 그리고 평상시의 부드러운 표정으로 바꾸면서 그는 그 여관 문을 열고 들어갔다.

VII

곡물사업

엘리자베스-제인과 그녀의 어머니는 약 20분 먼저 도착해 있었다. 건물 밖에서 그들은 발걸음을 멈추고 이 소박한 여관까지도, 비록 값싸다고는 했지만 얄팍한 그들의 호주머니 사정으로는 오히려 값이 너무 비싸지 않을까 하고 염려했다. 그러나 결국 그들은 용기를 내고 들어가 주인 스태니지 씨를 당당히 만났다. 그는 조용한 남자로 거품이 나는 맥주를 들고 여자 종업원들과 어깨를 나란히 하며 이 방 저 방으로 운반하고 있었다. 그러나 그는 봉사로 거들고 있었기 때문에 여자종업원들과는 대조적으로 동작이 느렸다. 여관 안주인의 말만 없었더라면 그는 전적으로 자기가 하고 싶은 일을 했을 것이다. 방 안에 앉아 있는 안주인은 몸은 꼼짝도 하지 않았으나 시선은 빨리도 움직였고 주변의 말소리는 모두 듣고 있었다. 그녀는 남편이 가까이 있으면서도 못보고 넘기는 고객들의 절실한 요구사항을 열린 문과 승강구를 통해 보고 들었던 것이다. 엘리자베스와 그녀의 어머니는 짧게 머물다 갈 손님으로 받아들여졌다. 그들은 어느 박공벽 아래의 조그만 침

82

실로 안내받았다. 모녀는 그곳에 앉았다.

이 여관에서는 통로가, 마룻바닥이, 그리고 창문들이 낡아서 꼴사납고 꾸불꾸불하고 어두웠는데, 어디에나 깨끗한 리넨을 많이 깔아 보완하는 것을 원칙으로 삼고 있는 듯했다. 이러한 방식으로 여행자들로부터 눈부신 효과를 얻었다.

"우리한테는 너무도 과분한 곳이야. 숙박료를 감당할 수 없을 거야." 헨처드 부인은 그들만 남게 되자 방 안을 둘러보면서 말했다.

"엄마, 정말 그럴 것 같아요. 그러니까 우린 감사한 마음이에요."

"그런 마음을 갖는 것도 좋지만 숙박료부터 먼저 물어야 할걸" 하고 그녀의 어머니가 대답했다. "헨처드 씨는 너무 높은 분이라 우리들을 그분한테 알릴 수 없다는 것이 걱정이야. 따라서 우리가 의지할 것이라고는 우리의 호주머니뿐이야."

"제가 어떻게 해 보죠" 하고 엘리자베스-제인은 한참 기다린 후에 말했다.

그동안 아래층에서는 너무 바빠 그들의 저녁밥을 까맣게 잊고 있는 듯했다. 그녀는 방을 나와 아래로 내려갔다.

이 순박한 처녀한테 무엇보다 더 좋은 점이 하나 있다면 그것은 공동의 이익을 위해 자신의 편안함과 체면 따위는 기꺼이 희생한다는 것이었다.

"오늘 밤 여기 여러분들께서는 바쁘신 듯하고, 제 어머니는 몸이 불편하시니 제가 거들어 드리면 저희들의 숙박료를 좀 깎아줄 수 있을까요?" 하고 엘리자베스-제인은 여관 안주인에게 물었다.

그 여주인은 안락의자에 파묻혀 앉아서 마치 액화 상태로 그 속에

녹아 붙어 이제는 다시 뗄 수 없는 것처럼 의자 팔걸이에 여전히 두 손을 얹어둔 채 엘리자베스를 심문하듯 위아래로 훑어봤다. 엘리자베스가 제의한 것과 같은 타협은 시골 마을에서 드문 일은 아니었다. 그러나 캐스터브리지가 오래된 도시이긴 했지만 그러한 관습은 이곳에서 이미 자취를 감췄다. 다만 그 여주인은 낯선 사람에게는 너그러운 여자라 반대하지 않았다. 그러자 곧 엘리자베스는 그 말 없는 남자 주인이 몸짓으로 지시하는 대로 그녀 자신과 어머니의 저녁밥을 위한 재료를 들고 총총걸음으로 층계를 오르락내리락했다.

그녀가 이렇게 하는 동안 위층에서 초인종의 줄을 당겨 이 여관 중앙에 있는 나무 칸막이 한가운데가 진동했다. 아래층의 종이 울렸는데, 이 소리를 만들어 낸 와이어와 크랭크의 소리보단 약했다.

"그 스코틀랜드 신사 양반이군" 하고 여주인이 모르는 게 없다는 듯이 말했다. 그녀는 엘리자베스에게로 눈을 돌리면서 말했다.

"그러면 네가 가서 그분의 저녁상이 차려졌는지 알아보겠니? 만약 차려졌으면 그걸 그분한테 가져다 드려라. 이 위의 앞방이다."

엘리자베스-제인은 배가 고팠지만 기꺼이 밥 먹는 일을 잠시 뒤로 미루어 두고 주방의 요리사에게 갔다. 그곳에서 밥상을 들고 가르쳐 준 위층의 방으로 갔다. 쓰리 마리너즈는 대지는 꽤 넓었지만 객실의 면적은 넓지 못했다. 방들은 도리와 서까래, 칸막이, 통로, 층계, 사용되지 않는 화덕과 세틀 의자,[1] 그리고 네 기둥 침대가 면적을 차지하고 있어 사람을 위한 면적은 비교적 적었다. 더욱이 이곳은 비교적 소규모의 양조업자들이 자가 양조를 그만두기 전 한때 술을 빚었던 곳이며, 또 남자 주인이 12부셸[2]짜리 강한 맥주를 엄격히 고수하는 집이었기 때문에 맥주의 질이 이 여관의 주 관심사였다. 따라서 이와 관련된 기구와 작업을 위해 모든 것이 밀려나지 않으면 안 되었다. 이리하여 엘리자베스는 그 스코틀랜드인이 자기 모녀한테 배당된 작은 방에서 아주 가까운 방에 투숙하고 있다는 것을 알았다.

그녀가 들어갔을 때 방에는 그 젊은이 혼자 있었다. 킹스암즈 호텔의 창밖에서 서성거리는 것을 본 적 있는 바로 그 사람이었다. 그는 지금 그 지역의 신문을 한가롭게 읽고 있었다. 그는 그녀가 들어오는 것을 의식하지 못했다. 그녀는 그를 아주 침착한 태도로 바라보았다. 불빛을 받고 있는 그의 이마는 대단히 반짝거렸으며 머리는 단정하게 이발한 모습이었다. 벨벳의 잔털 같은 솜털이 그의 목덜미 뒤에 찰싹 붙어 있었다. 그의 두 볼은 구체의 한 부분 같은 곡선을 그리고 있고, 구부러진 두 눈을 가리고 있는 눈썹과 속눈썹은 일부러 그린 듯이 선이 뚜렷했다.

그녀는 쟁반을 내려 저녁 식사를 펴 놓고 말없이 나왔다. 아래층으로 다시 내려오자 몸이 비대하고 게으른 만큼이나 친절한 여관 안주인은 엘리자베스가 도움을 주려는 진지한 태도로 자신의 욕구를 완전히 제쳐 두었지만 약간 지쳐 있다는 것을 알아차렸다. 스태니지 부인은 엘리자베스와 그녀의 어머니가 시장하다면 저녁 식사나 하는 것이 좋겠다고 동정어린 말씨로 명령하듯 말했다.

엘리자베스는 자신이 그 스코틀랜드인의 식사를 날라다 주었듯이 그들 모녀의 간단한 저녁밥을 챙겨 위층으로 올라갔다. 그녀는 어머니를 홀로 앉혀 놓은 방의 문을 쟁반 모서리로 소리 없이 밀어 열었다. 그녀는 어머니가 자리에 누워 있지 않고 입을 벌리고 꼿꼿한 자세

로 앉아 있는 것을 보고 놀랐다. 엘리자베스가 들어서자 어머니는 손
가락을 들어 보였다.

그 의미를 곧 알 수 있었다. 그 두 여인에게 배당된 이 방은 한때 스
코틀랜드인이 투숙하고 있는 방의 의상실로 사용되었던 것이다. 그
두 방을 통했던 흔적이 뚜렷이 남아 있는 그 문은 이제 못질이 되어
벽지로 봉해져 있었다. 그러나 이 쓰리 마리너즈보다 훨씬 나은 듯한
호텔에서도 종종 그러하듯이, 이 두 방의 어느 한쪽에서 하는 말이 그
옆방에까지 똑똑히 들렸던 것이다. 그러한 소리가 지금 들려오고 있
었다.

이렇게 엘리자베스는 마치 최면술에 걸린 사람처럼 쟁반을 살며시
내려놓고, 가까이 다가가자 그녀의 어머니가 속삭였다.

"지금 들리는 목소리가 바로 그분이셔."

"누구 말하는 거야, 엄마?" 하고 딸이 답답해하며 물었다.

"시장님."

수전 헨처드의 떨리는 목소리는 왠지 불안하게 들렸다.

그녀의 딸은 전혀 어머니를 의심하지 않았다. 그러나 어느 누구라
도 어머니의 떨리는 그 목소리를 들은 사람은 헨처드 시장이 그 단순
한 인척관계보다 더 밀접한 어떤 은밀한 무엇이 있으리라는 추측을
하고도 남았을 것이다.

그 젊은 스코틀랜드인과 헨처드 두 사람이 정말로 옆방에서 이야기
를 나누고 있었다. 엘리자베스-제인이 주방에서 저녁 식사가 준비되
기를 기다리는 동안 이 여관에 들어선 헨처드를 이 집의 주인 스태니
지가 직접 위층으로 공손히 안내했던 것이다. 엘리자베스는 소박한

식사를 차려 놓고 함께 먹자고 어머니한테 손짓했다. 그 신호에 헨처드 부인은 기계적으로 응했다. 그러나 그녀의 관심은 여전히 그 문을 통해 들려오는 대화에 집중되어 있었다.

"나는 내 호기심을 불러일으킨 그 무엇에 관해 당신한테 한 가지 물어보려고 집에 가던 중에 들렀을 뿐이오" 하고 시장은 거리낌 없이 친절한 말씨로 말했다.

"하지만 보아 하니 아직 저녁 식사를 끝마치시지 않았구려."

"예, 하지만 곧 마치겠습니다! 시장님, 가실 필요 없습니다. 앉으십시오. 거의 끝났습니다. 전혀 상관없습니다."

헨처드는 권하는 의자에 앉는 듯했다. 그러나 곧 다시 시작했다.

"그런데, 우선 내가 묻고자 하는 것은, 이걸 당신이 썼소?"

바스락거리는 종이 소리가 뒤따랐다.

"예, 그렇습니다."

"그렇다면 우리는 피차 약속을 지키기 위해 내일 아침을 기다리고 있는 중에 우연히 만난 셈이구려. 내 이름은 헨처드요. 당신은 어느 곡물 도매상의 지배인을 구한다는 내 신문광고에 응해 온 것 아니오 — 말하자면 당신은 그 문제로 날 만나러 온 것 아니오?"

"아닙니다." 그 스코틀랜드인은 약간 놀란 기색이었다.

"당신이 그 사람인 건 분명한데" 하고 헨처드는 우격다짐으로 말을 계속했다.

"날 만나도록 주선한 사람이 누구요? 조슈아, 조슈아, 지프 — 조프 — 그 사람 이름이 뭐지?"

"시장님께서는 뭘 잘못 알고 계십니다!" 젊은이의 대답이었다.

"제 이름은 도널드 파프레이입니다. 제가 곡물업에 종사하는 것은 사실입니다. 하지만 저는 어떠한 광고에도 응해 본 일이 없고 누구와 만날 약속을 한 일도 없습니다. 저는 브리스톨로 가는 길이에요. 그곳에서 이 지구의 반대편으로 가려는 중입니다. 밀을 대량으로 재배하는 서방세계에서 제 운을 걸어 볼까하고 말입니다! 저는 **곡물사업**에 대한 아주 중요한 몇 가지 기발한 생각이 있어요. 그런데 이곳에서는 그것들을 써먹을 기회가 없거든요."

"그래서 미국으로 간다고…. 글쎄다, 글쎄다." 헨처드는 실망하는 어조로 말했다. 그 실망감은 눅눅한 분위기에서나 느낄 수 있을 정도로 아주 강했다.

"하지만 당신이 그 사람이라는 내 주장이 옳을지도 몰라!"

그 스코틀랜드인은 나직한 소리로 한 번 더 부인했다. 잠시 침묵이 흐른 뒤 헨처드는 다시 입을 열었다.

"그렇다면 나는 당신이 그 쪽지에 써 준 몇 마디의 말에 대해 당신한테 진정으로 진지하게 감사드리는 바요."

"아닙니다, 시장님."

"아니오, 그건 지금 나한테는 매우 중대한 의미를 띠고 있어요. 나의 싹튼 밀에 대한 이 난리가, 사람들이 몰려 와서 불평할 때까지 그 밀이 상했다는 것을 맹세코 몰랐지만, 나를 궁지에 몰아넣고 있다오. 내 수중에는 그런 밀이 아직 수백 쿼터3가 있어요. 그런데 당신의 그 재생방법이 그걸 성한 것으로만 만들 수 있다면, 내가 이 수렁에서 헤어 나올 수도 있겠구먼. 당신이 그 쪽지에 쓴 말이 사실이라는 것을 당장 간파했더랬지. 하지만 나는 입증되는 것을 보고 싶어. 물론 당신은 내가 우선 당신한테 후하게 값을 쳐주지 않으면 나를 위해 몇 가지의 과정을 상세히 말해 주지 않겠지?"

그 젊은이는 한 1~2분 동안 생각에 잠겼다.

"반대하지는 않습니다. 저는 외국으로 가는 중이니까요. 그뿐만 아니라, 상한 밀을 재생하는 것이 제가 그곳에서 종사할 일도 아닙니다. 예, 모두 말씀드리지요. 시장님께서는 제가 외국에서 할 수 있는 것보다 이곳에서 그걸 더 이용하실 수 있을 겁니다. 시장님, 잠깐 여기를 보십시오. 저는 제 가방 속에 있는 견본으로 보여 드릴 수 있습니다."

자물쇠의 딸깍하는 소리가 들려오더니 체 치는 소리와 바스락거리는 소리가 뒤따랐다. 이후 무게를 재는 단위인 온스에서 부피를 재는 단위인 부셸에 이르는 단위, 건조와 냉장 등에 관해 의논하는 소리가 들려왔다.

"이 몇 알의 곡식이면 시장님께 보여 드리기에 충분할 겁니다" 하는 젊은이의 말소리가 들려왔다. 잠시 침묵이 흘렀다. 그동안 두 사람은 어떤 작업을 열심히 지켜보는 듯했다. 곧 젊은이가 소리쳤다.

"자, 이제 그걸 맛보십시오."

"완전한데! 아주 잘 재생되었어. 아니지, 뭐 거의 완전할 정도야."

"상한 놈으로 좋은 이등품을 만들기에 충분합니다" 하고 스코틀랜드 젊은이는 말을 계속했다.

"그걸 완벽하게 재생한다는 것은 불가능합니다. 자연이 그렇게는 내버려두지 않아요. 하지만 여기서는 상당히 비슷하게 만들 수 있습니다. 자, 시장님, 그것이 직접 보신 그 과정입니다. 저는 그걸 대수롭게 여기지 않습니다. 기후가 좋은 나라에서는 별 소용이 없을 테니까요. 그것이 시장님한테 도움이 된다면 저는 그것으로 만족합니다."

"하지만 잠깐 내 말을 들어 보게" 하고 헨처드는 간절하게 말했다.

"알다시피 내 사업이란 곡물과 건초 장사라네. 하나 나는 건초 베는 사람으로 자랐기 때문에 내가 제일 잘 알고 있는 것은 건초라오. 지금은 곡물사업을 더 크게 하고 있지만. 만약 당신이 그 자리를 받아들인다면 나는 곡물 쪽의 관리를 전적으로 당신한테 맡기겠소. 그뿐만 아니라, 월급 외에 수당도 지급하겠소."

"시장님은 너그러우시군요. 대단히 너그러우셔요. 하지만 안 됩니다. 안 돼요. 그럴 수는 없습니다!" 하는 젊은이의 말에는 다소 근심이 담겨 있었다.

"그렇게 하도록 하시오!" 하고 헨처드는 결론을 내리듯 말했다. "자─ 화제를 바꿔서 ─ 좋은 일을 해 주면 보답을 받기 마련이라오. 이곳에서 그런 형편없는 저녁밥이나 먹고 있지 말고, 내 집으로 갑시다. 식어 빠진 햄 조각과 맥주보단 나은 무엇을 대접하도록 할 테니."

도널드 파프레이는 감사했다. 그는 그럴 수 없어 유감이며, 내일 아침 일찍 떠나고 싶다고 말했다.

"좋소이다" 하고 헨처드는 급히 말했다. "뜻대로 하시오. 하지만 젊은이, 내 말하지만, 견본에서처럼 이 방법이 많은 양에서도 성과가 좋다면 당신은 내 신용을 이미 회복시켜 놓은 셈이오. 당신과 나는 아직 잘 모르는 사이이지만 말씀이야. 이렇게 가르쳐 준 데 대해 얼마나 지불해야겠소?"

"천만의 말씀입니다. 그 방법이 자주 쓰일 필요는 없을 것입니다. 그뿐만 아니라 저는 그걸 별로 대단하게 여기지도 않아요. 저는 그저 곤경에 처해 계시는 시장님한테 알려드리면 좋겠다고 생각했을 뿐이에요. 대단한 곤욕을 치르셨습니다."

헨처드는 잠시 생각에 잠겨 있다가 입을 열었다.

"나는 이걸 쉽사리 잊지 않을 거요. 그것도 낯선 사람한테서! … 당신은 내가 만나기로 되어 있었던 그 사람이라고는 믿어지지 않아!" 하고 헨처드는 말을 계속했다.

"'그 사람은 내가 누군지 알고 이런 방법으로 자신을 천거하는군' 하고 나는 혼잣말을 했지. 하지만 결국 당신은 나의 광고에 응한 사람이 아니라 전혀 딴 사람이란 것이 판명되었군!"

"아, 예. 그렇게 된 셈이네요."

헨처드는 또다시 말을 잇지 못했다. 그러나 곧이어 그의 의미심장한 목소리가 들려왔다.

"파프레이 씨, 당신의 이마가 내 불쌍한 동생의 이마와 약간 닮았구려. 지금은 죽고 없는 동생이긴 하지만. 코도 닮지 않았다고는 할 수 없고. 당신은 — 가만 있자 — 5피트 9인치나 되겠군! 나는 6피트 1인치요. 신발을 벗으면 6피트 반인치고. 하지만 그것이 무슨 소용이람? 사업에서는 힘이 세고 부지런해야 돈을 버는 법이지. 사실이야, 하지만 사업의 틀을 잡는 데는 판단력과 식견이 필요하단 말이야. 불행히도 나는 재주가 없어요. 숫자에 밝지 못해요 — 주먹구구식의 사람이지요. 당신은 그 정반대이고 — 나는 척 보면 알거든. 나는 당신 같은 사람을 지난 3년 동안 찾던 중이라오. 그런데도 당신은 내 사람이 아니구려. 그러면 내가 돌아가기 전에 하나 물어봅시다. 당신이 내가 생각했던 그 젊은이가 아니라 한들 무슨 상관이오? 그대로 머물러 있어 줄 수 없겠소? 그 미국행에 관해 정말로 마음을 굳혔소? 내 까놓고 이야기하리다. 당신이 나한테는 한없이 귀중한 사람이 될 것 같아요. 두말할 필요도 없는 사실이지. 당신이 이곳에 주저앉아 내 지배인만 되어 준다면 애쓴 보람이 있겠는데."

"제 계획은 이미 정해졌습니다" 하고 젊은이는 거절하는 투로 말했다. "저한테는 한 가지 계획이 있습니다. 그러나 그것에 관해서는 더 이상 이야기할 필요가 없습니다. 시장님, 저와 함께 술이나 한잔 하시지 않겠습니까? 이 캐스터브리지의 맥주는 뱃속까지 짜릿한 맛이 있군요."

"아니, 아니오. 그렇게 하고는 싶지만 안 되겠어요."

그의 말은 엄숙했다. 그의 의자 끄는 소리가 그의 말을 듣고 있는 사람들에게 그가 떠나려 일어서고 있다는 것을 알려줬다.

"나도 젊었을 적에는 그런 술을, 그보다 훨씬 독한 술을 마셨더랬지 — 그래서 거의 패가망신하다시피 했지만! 나는 그놈의 술 때문에 죽는 날까지 얼굴도 들지 못할 창피한 짓을 한 일이 있다오. 그런 창피한 노릇을 하고 나는 그때 그곳에서 맹세했다오. 그때의 내 나이만큼 수십 년 동안 차(茶) 보다 독한 것은 그 무엇이라도 마시지 않겠다고 말이오. 나는 오늘날까지 그 맹세를 지키는 중이라오. 하나 파프레이 씨, 이러한 삼복더위4에는 나는 술 한 쿼터나 한 통까지도 마실 수 있습니다.5 나는 그때마다 맹세한 걸 생각하게 되지요. 독한 음료는 결코 입에 대지 않습니다."

"억지로 권하지는 않겠습니다, 시장님. 억지로 드시라고는 하지 않겠습니다. 시장님의 그 다짐에 경의를 표합니다."

"그렇다면 나는 지배인을 틀림없이 다른 곳에서 구해야겠구먼" 하는 헨처드의 말은 강한 인상을 풍겼다. "그렇지만 나한테 적합한 사람을 하나 구하자면 오랜 시일이 걸릴 텐데."

젊은이는 자신의 값어치를 헨처드가 인정해 주는 것에 대단히 감동한 듯 보였다. 그들이 문 앞에 다다를 때까지 그는 말이 없었다.

"이곳에 머물러 있을 수만 있다면 좋겠습니다만 — 정말로 그렇게 했으면 좋겠습니다" 하고 젊은이는 대답했다.

"안 되겠어요 — 그렇게 할 수 없어요! 그렇게 할 수 없습니다! 저는 넓은 세상을 보고 싶어요."

VIII

그리운 내 고향!

그들은 이렇게 헤어졌다. 엘리자베스-제인과 그녀의 어머니는 식사를 하면서도 각자 나름대로 생각에 깊이 잠겨 있었다. 헨처드가 지난날의 수치스런 행위를 뉘우친다고 고백한 후로 줄곧 어머니의 얼굴 표정은 이상하리만큼 밝아지고 있었다. 나무 칸막이의 중심부가 심하게 흔들리는 것은 도널드 파프레이가 다시 초인종을 울렸다는 뜻이고 아마도 자기가 먹은 저녁 밥상을 치워 달라는 신호였음에 틀림없었다. 콧노래를 흥얼거리며 서성거리는 젊은이의 표정으로 보아 그는 아래층에서 생생하게 들려오는 일반 손님들의 대화와 노랫소리에 마음이 이끌리는 듯했다. 그는 복도를 느긋하게 지나 계단 아래로 내려갔다.

엘리자베스-제인이 그 젊은이의 저녁 밥상과 자기들이 먹은 밥상을 치우려고 내려가자 이 시간이 되면 언제나 그렇듯이 아래층에서는 손님들에게 음식 시중을 드느라고 아주 시끌벅적했다. 젊은 그녀는 아래층에서 시중들 마음은 없어 몸을 움츠리고 서서 그 광경을 말없이 지켜보았다. 그녀한테는 이런 경험이 너무나 새롭고, 바닷가의 오두막에서 은둔생활을 하던 것에 비하면 너무도 생소했다.

넓은 응접실에는 등받이가 튼튼한 20~30개가량의 의자가 둥글게 벽 옆에 놓여 있고 각 의자에는 온화해 보이는 사람들이 앉아 있었다. 모래를 깐 바닥이 있고 등받이가 높은 검은 세틀 의자 하나가 문 안의 벽에서 앞으로 나와 있어 엘리자베스는 자신이 남의 눈에 별로 띄지 않은 채 그곳에서 벌어지고 있는 광경을 모두 구경할 수 있었다.

그 젊은 스코틀랜드인도 손님들 틈에 막 끼어 있었다. 내닫이창 아래와 그 주위의 특별석에 앉아 있는 명망 있는 전문 상인들뿐만 아니라, 불이 밝혀지지 않은 허름한 구석 자리에는 다소 지위가 낮은 사람들도 앉아 있었다. 그들이 차지하고 있는 좌석들은 그저 벽에 기대어 세운 의자에 불과했다. 그들은 유리잔 대신 컵으로 마시고 있었다. 엘리자베스는 이 지위 낮은 사람들 중에는 킹스암즈 창밖에 서 있었던 사람들도 더러 눈에 띄었다.

그들 뒤에 환풍기가 달려 있는 조그마한 창문이 하나 있었다. 그 환풍기가 찌르릉하는 소리와 함께 갑자기 돌기 시작했다. 갑자기 멈추는 듯하더니 또다시 돌아가곤 했다.

이렇게 몰래 훔쳐보고 있노라니 어느 세틀 의자 앞에서 노래하는 소리가 그녀의 귀에 와 닿았다. 특이한 매력을 풍기는 선율과 억양이었다. 그녀가 내려오기 전에 이미 노래를 몇 곡 부르고 있었던 것이다. 이제 스코틀랜드인은 이 분위기에 곧 익숙해진 데다가 그 주변의 전문 상인들의 요구가 있어 그도 민요 한 곡으로 방 안의 분위기를 맞추고 있었다.

엘리자베스-제인은 노래를 좋아했기 때문에 멈춰 서서 듣지 않을 수 없었다. 자꾸 들으면 들을수록 그녀의 마음은 황홀해졌다. 그녀는 이러한 노래를 일찍이 들어 본 일이 없었다. 앉아 있는 손님들이 어느 때보다 더 귀를 기울이고 있는 것으로 보아 그들도 대부분 그런 노래를 들어 본 일이 없었을 거라고 짐작할 수 있었다. 그들은 속삭이지도, 술을 마시지도, 빨대를 맥주잔에 꽂아 목을 축이지도, 옆 사람에게 잔을 내밀어 권하는 일도 없이 마냥 조용하게 황홀한 노래에 넋을 잃고 있었다. 노래하는 사람 자신도 점점 감정에 복받쳐 노랫가락이 계속되는 동안 그의 눈에는 어느새 눈물이 솟아 있음을 볼 수 있었다.

고향, 고향, 난 진정 고향으로 가고 싶네,
오 고향, 고향, 그리운 내 고향으로!
다정했던 친구들과 애넌강을 건널 때에는,
눈물은 가득히 흘러내리지만, 얼굴은 환하게 밝아지리라.
꽃망울이 맺히고 나무에 잎이 돋아나면,
종달새는 노래하며 내 고향으로 날 데려다 주겠지!1

박수갈채가 사방에서 터져 나왔다. 갈채보다 더 감동적인 침묵이 흘렀다. 이러한 분위기 속에서 솔로몬 롱웨이즈는 너무나 긴 빨대를 낚아챌 수 없었다. 그늘진 구석의 사람들 틈에 끼어 있었던 그에게는 그런 행위가 가혹하고 불손한 것으로 여겨졌다. 그때 유리 창문의 환풍기가 발작적으로 다시 돌기 시작하였다. 도널드의 노래가 불러일으킨 황홀한 분위기가 순식간에 날아가 버렸다.

"대단한데, 정말 노련한 솜씨야!"

역시 그 자리에 끼어 있던 크리스토퍼 코니가 말했다. 입에 물고 있던 담배 파이프를 살며시 내려놓으면서 그는 소리 질렀다.

"계속해서 다음 소절을 불러 보시구려, 젊은 신사 양반."

"옳소. 다시 한 번 들어 보자고. 낯선 양반" 하고 이번에는 유리 장수가 말했다. 그의 몸집은 딱 벌어졌고, 머리는 물통처럼 생겼다. 그는 흰 앞치마를 허리춤까지 말아 올리고 있었다.

"이 지방에서는 사람들이 저렇게 가슴을 쭉 펴고 활기차지 못하지."

시선을 옆으로 돌리면서 그는 낮은 소리로 말했다.

"저 젊은이가 누구지? 스코틀랜드 사람이란 말이지?"

"그래, 바로 스코틀랜드의 산악지대에서 왔다는군" 하고 코니가 대답했다.

젊은 파프레이는 마지막 소절을 되풀이했다. 그렇게 감상적인 노래는 쓰리 마리너즈에서는 상당히 오랫동안 들어 본 일이 없는 게 분명했다. 억양의 차이, 노래하는 사람의 격정, 짙은 북부 지방색, 그리고 자신을 절정의 상태로 끌어올리는 진지함이 이곳에 모여든 유지들을 감동시키기에 충분했던 것이다. 이들은 그 젊은이와는 달리 자신의 감정을 자연스럽게 표현하기보다는 스스로 감추는 데 익숙해져 있기 때문에 젊은이의 노래에 큰 감동을 받을 수밖에 없었다.

그때 스코틀랜드 남자가 '그리운 내 고향!' 하면서 감미롭게 말꼬리를 낮추며 다시 선율을 맞추자, "제기랄, 우리도 저 젊은이처럼 마음껏 노래할 수 있으면 얼마나 좋을까!" 하고 유리 장수가 말을 이었다. "우리들한테서 멍텅구리들, 부랑배들, 병신들, 바람난 말괄량이들과 음탕한 계집들 등을 빼 버리면 캐스터브리지에서는, 아니 이곳에서는 노래하나 멋지게 부를 사람은 거의 없지."

"백 번 천 번 옳은 말이야" 하고 장사꾼 버즈포드가 식탁 위의 빵 부스러기를 내려다보면서 맞장구쳤다.

"캐스터브리지는 어느 모로 보나 낡고 고색창연한, 악에 물든 곳이란 말이야. 1~2백 년 전 로마 시대에 우리는 황제한테 반기를 든 역사가 있지. 그뿐만 아니라 많은 사람들이 갤로우즈힐에서 교수형을 당하고 사지가 찢겼지. 갈기갈기 찢긴 살점들은 푸줏간의 고깃덩이처럼 방방곡곡으로 보내졌다더군. 다른 사람들은 믿지 않을지 몰라도 난 그런 사실이 곧이곧대로 믿어지고도 남아."

"젊은 양반, 왜 당신 나라를 떠나 왔습니까, 그렇게 못 잊어 하신다면 말이외다?" 하고 크리스토퍼 코니가 물었다. 그의 말투는 원래 화제로 돌아가고 싶은 사람의 말투였다.

"정말로, 우리들 때문에 당신은 이곳에 온 보람도 없소이다. 메이스터 빌리 윌즈의 말대로 여기 우리같이 장사나 하면서 살아가는 사람들은 제일 훌륭한 사람이라 해도 때로는 정직하지가 못해요. 겨울철에는 일거리도 없지요, 밥 들어갈 입은 너무 많지요, 전능하신 하느님께서도 복2은 너무나 적게 내려 주시지요, 어떻게 하겠소? 우리는 꽃이며 예쁜 얼굴이며 하는 따위는 생각조차 않는답니다. 생각하지 않지… 양배추나 돼지 턱 모양에서 말고는."

"천만의 말씀이올시다!"

도널드 파프레이는 진지한 관심을 갖고 그들의 얼굴을 둘러보면서 말했다. "여러분들 중 제일 훌륭한 사람이라 해도 정직하지가 않다니… 절대로 그럴 리야 없겠지요? 여러분들 중에는 자기의 소유가 아닌 것을 훔친 사람은 아무도 없지 않겠소?"

"아아! 없지요, 없어!"

솔로몬 롱웨이즈가 안 좋은 미소를 띠면서 거들었다.

"저 사람의 함부로 지껄여 대는 말버릇에 지나지 않는 이야기라오. 저 사람은 언제나 생각머리가 모자란 사람이랍니다."

그는 크리스토퍼를 향해 나무라는 듯한 투로 말했다.

"자네는 잘 알지 못하는 신사 양반한테 너무 버릇없이 굴지 말도록 하게. 북극에서 오시다시피 한 먼 여행을 하신 분한테 말이야."

크리스토퍼 코니는 입을 다물었다. 좌중의 동조를 얻지 못하자 자신의 감정을 혼자 삼켰다.

"제기랄, 나는 내 나라를 저 젊은이의 반만치라도 사랑한다면 그곳을 떠나기는커녕 이웃 사람의 돼지우리라도 치우면서 그곳에 눌러 살겠다. 나는 보터니 베이를 사랑하지 않는 것과 마찬가지로 내 나라를 사랑하지 않아!"

"자, 저 젊은 양반한테 그의 발라드나 끝마치게 하도록 하지. 잘못하다간 여기서 밤새우겠어" 하고 롱웨이즈가 말했다.

"그것이 전부올시다."

파프레이는 사과하듯 말했다.

"여하튼, 한 곡 더 듣도록 합시다!" 하고 잡화상 주인이 말했다.

"숙녀들을 위해 한 곡 불러 주시겠어요, 선생님?" 무늬를 넣은 보랏빛 앞치마를 두른 뚱뚱한 어느 여인이 청했다. 앞치마의 허리끈이 뒤쪽에 매달려 있어 눈에 잘 띄지 않았다.

"그 양반한테 한숨 돌릴 겨를을 주세요. 숨 쉴 겨를을요. 쿡섬 아주머니. 그 양반 아직 호흡도 돌아오지 않았어요." 유리장이가 말했다.

"괜찮습니다. 아직은 몇 곡을 더 부를 수 있습니다!" 하고 그 스코틀랜드 청년은 소리쳤다. 그는 즉시 〈오 내니〉4를 틀리지 않는 가락으로 부른 후 좌중의 진지한 청에 따라 〈올드 랭 사인〉5을 끝으로 같은 감상조의 노래를 한두 곡 더 불렀다.

이때쯤 파프레이는 쓰리 마리너즈의 손님들의 마음을 완전히 사로잡았다. 그가 그 순간 이따금씩 이상하게 심각한 말을 던져 사람들에게 터무니없는 감정을 불러일으킴에도 불구하고, 심지어 코니 노인까지도 감동했던 것이다. 그들은 그 청년의 기풍이 그의 주위에 일으킨 듯한 황금빛 아지랑이를 통해 그를 바라보기 시작했다. 캐스터브리지에는 감상이 있었다―캐스터브리지에는 낭만이 있었다. 그러나 이 이방인의 감상은 질적으로 달랐다. 그렇지 않으면 아마 그 차이들은 주로 피상적일는지도 모르겠다. 그들에게 그는 동시대인들을 심취시키는 어떤 새로운 학파의 시인이었던 것이다. 그는 실로 무엇을 안겨 주는 일은 없었다. 그러나 그의 청중이 그때까지 마음속으로나마 느껴 왔었던 바를 모두 말로 표현해 준 첫 번째 사람임에는 틀림없었다.

그 청년이 노래하는 동안 그 말수 적은 여관집 주인은 다가와서 의자에 몸을 기대고 서 있었다. 스태니지 부인까지도 바 안의 의자에서 몸을 빼내 문 앞까지 나올 수 있었다. 그녀는 문기둥을 안고 돌고 있었으므로 문기둥이 흔들렸다. 마치 짐마차꾼이 술통의 위 가장자리를 잡고 흔들어도 수직을 유지하고 흔들리는 것 같았다.

"그런데 캐스터브리지에서 사실 작정이세요, 손님?" 하고 여주인이 물었다.

"아, 아니요. 아닙니다!" 하는 스코틀랜드인의 목소리에는 숙명적인 듯 풀이 죽은 기색이 담겨 있었다.

"저는 이곳을 지나갈 뿐입니다! 저는 브리스톨로 가는 길입니다. 그곳에서 외국으로 가려고요."

"그거 정말 서운한 이야기구려" 하고 솔로몬 롱웨이즈가 말했다.

"젊은이같이 가락 좋은 사람이 우리 틈에 들어오면 우리는 쉽사리 놓칠 수 없다오. 정말이지 멀리서 이리와 곰을 비롯한 여러 가지 위험한 동물들이 여기의 개똥지빠귀만치나 흔한 영원한 눈의 나라에서 온 사람과 친구가 된다는 것은 우리에게 흔치 않은 일인데. 그뿐만 아니라 당신 같은 사람이 입만 열면 우리같이 집구석에만 처박혀 있는 사람들은 좋은 식견을 얻게 마련인데."

"아닙니다. 그러나 여러분들께서는 저의 나라를 오해하고 계십니다" 하고 젊은이는 비장한 눈초리로 그들을 둘러보면서 말했다. 그들의 오해를 바로잡으려는 갑작스런 열성으로 그의 눈에는 불꽃이 이글거리고 그의 볼은 빨갛게 달아올랐다.

"그곳에는 만년설도, 늑대 떼도 전혀 없습니다! 겨울철의 눈과 여름에 이따금 조금씩 내리는 눈 외에는, 그리고 여기저기 어슬렁거리는 늑대6 몇 마리 외에는 없어요. 그것도 여러분들께서 위험하다 하신다면 말입니다. 그러나 여름철에 에든버러로 여행을 와 보십시오. 그래서 아더스 시트, 그 주위를 둘러보십시오. 그 다음으로는 — 5월과 6월에 — 호수와 스코틀랜드 고지의 특유한 풍경을 구경해 보십시오. 그러면 여러분들께서는 그곳이 결코 늑대 떼와 만년설의 나라라고는 하시지 못할 겁니다!"

"못하고말고. 이치에 맞는 말이야" 하고 버즈포드가 말했다. "머릿속이 깡그리 비어 있으니 그런 말을 할 수밖에 없다오. 그 사람은 바로 촌뜨기라오. 사귈 만한 사람이 못 돼요. 그 사람한테 신경 쓰지 마시오, 젊은이."

"그런데 당신은 플록 베드7며 이불, 쇠 냄비, 밥그릇 들을 갖고 가시오? 아니면 맨몸으로 가시오?" 크리스토퍼 코니가 물었다.

"저는 제 짐을 이미 부쳐 놓았습니다. 얼마 되지는 않지만. 항해가 오래 계속될 테니까요."

시선을 멀리 향하면서 그는 이렇게 덧붙였다. "그러나 '인생이란 뛰어들지 않는 한 성공하지 못하는 법이야'라고 저는 혼잣말을 했지요. 그래서 저는 가기로 결심했습니다."

엘리자베스-제인이 적지 않게 느끼고 있는 서운함이 좌중의 손님들의 얼굴에도 역력히 나타났다. 의자 뒤에서 파프레이를 바라다보며 그녀는 그의 매혹적인 노래가 그를 예의바르고 정열적인 사람이라고 생각하게끔 한 것 못지않게 그의 감상이 그를 생각이 깊은 사람으로 보여 주었다는 결론에 다다랐던 것이다. 그녀는 사물을 직시하는 그의 진지한 태도를 흠모했다. 그는 캐스터브리지의 술주정뱅이들처럼 모호한 행동이나 남을 속이는 일을 장난으로 생각하지 않았다. 틀림없이 그렇지 않았다. 그러한 성품이라고는 전혀 없었다. 그녀는 크리스토퍼 코니와 그 패거리의 졸렬한 농담들이 싫었다. 그도 그런 농담들을 좋게 생각하지 않았다. 그는 인생과 생활환경에 관한 그녀의 생각과 꼭 같은 생각을 하고 있는 듯했다. 다시 말해 인생과 생활환경 이란 희극적이기보다는 비극적이며, 사람이란 경우에 따라 즐거움을 맛보더라도 그 즐거움의 순간은 막간의 여흥에 불과할 뿐, 결코 인생 이란 긴 여정의 일부는 아니라는 것이었다. 그들의 인생관이 이렇게 도 비슷하다는 사실은 참으로 신기한 노릇이 아닐 수 없었다.

아직도 이른 시간이었지만 스코틀랜드 청년은 물러가 쉬고 싶다고 했다. 그 말을 듣고 여관집 안주인은 엘리자베스에게 위층으로 올라 가 젊은이의 잠자리를 펴 주라고 귓속말을 했다. 엘리자베스는 촛대 를 들고 시키는 대로 위층으로 올라갔다. 불과 몇 분 만에 끝나는 일 이었다. 촛대를 잡고 되돌아 내려오기 위해 층계 앞에 이르자 파프레 이가 계단 아래에서 올라오고 있었다. 그녀는 몸을 피할 도리가 없었 나. 그늘은 계단이 바뀌는 곳에서 마주쳐 비켜섰다.

그녀는 그녀의 검소한 옷차림에도 불구하고 어느 면으로는 흥미 있 어 보였음에 틀림없었다. 아니 그 검소한 옷차림 덕택이었을지도 모 른다. 그녀는 진지하고 얌전한 성격의 처녀였기 때문이다. 이러한 성 격의 소유자에게는 검소한 옷이 잘 어울렸다. 마주친 것이 약간 어색 하여 그녀의 얼굴은 화끈하기까지 했다. 그래서 그녀는 바로 코밑에 들고 있는 촛불에만 두 시선을 모으고 그를 지나쳤다. 그는 그녀와 이 렇게 마주치자 미소를 지어 보였다. 그는 뒤이어 곧 노래라는 나래 위 에 몸이 두둥실 실려 그 나래의 반동을 쉽사리 정지시킬 수 없는, 일 시적으로 마음이 유쾌해진 사람의 태도로, 그녀가 들으라는 듯이 옛 민요를 감미롭게 뽑아냈다.

내가 나무 그늘 드리운 문에 들어설 때,

날은 저물어 가고 있는데.

오오, 사뿐사뿐 누군가 계단을 내려오고 있었네.

내 사랑 바로 어여쁜 페그가. 8

엘리자베스-제인은 약간 당황하여 서둘러 내려왔다. 스코틀랜드
인의 목소리는 사라지고, 그의 닫힌 방문 안에서 콧노래로 바뀌었다.

여기서 그 구경과 감상적인 기분은 일단 끝났다. 그 직후 그녀가
어머니와 다시 어울렸을 때 어머니는 여전히 생각에 잠겨 있었다. 한
젊은이의 노래가 아니라 전혀 다른 문제에 대한 생각이었다.

"우리가 잘못했어" 하고 그녀의 어머니는 귓속말을 했다. 스코틀랜
드인에게 들리지 않게 하기 위해서였다.

"네가 오늘 밤 여기서 결코 시중들지 말았어야 하는 건데. 우리를
위해서가 아니라 그분을 위해서 말이야. 만약 그분이 호의를 베풀어
우리를 도와주다가 네가 여기 머물면서 한 짓을 알게 되면 이 도시의
시장으로서 갖는 그의 당연한 자존심이 상하게 될 거란 말이다."

어머니와 시장의 진정한 관계를 알았다면 그런 일을 어머니보다 아
마 더 걱정했을 엘리자베스는 어머니의 이야기에 별로 마음의 동요를
느끼지 않았다. 그녀의 "그분"은 가련한 어머니의 "그분"과는 전혀 다
른 사람이었다.

"저는 그 청년에게 잠시 시중들었다는 것을 전혀 걱정하지 않아요.
그분은 대단히 점잖고 유식해요. 이 호텔의 어떠한 사람보다 나아요.
사람들은 이곳에서 그들끼리 나누고 있는 그 험상궂은 농담을 할 줄

모른다 해서 그분을 고지식한 사람으로만 생각해요. 물론 그분은 몰라요. 그분은 마음이 너무 세련되어서 그따위 것들은 모르지요!"

이렇게 그녀는 진지하게 역설했다.

한편 그녀 어머니의 "그분"은 그들이 생각했던 것만큼 멀리 가지 못했다. 쓰리 마리너즈를 나온 후 그는 그 여관 앞을 왔다 갔다 하면서 텅 빈 하이스트리트를 이리저리 거닐고 있었다. 스코틀랜드인의 노랫소리가 덧문 위의 심장형 구멍들을 통해 그의 귓전에 와 닿았다. 그 노래가 그의 발걸음을 문밖에 오랫동안 멈추게 했던 것이다.

"확실히, 확실히 저자가 나를 잡아끌어!" 하고 그는 혼자 중얼거렸다. "내가 너무도 외롭기 때문이겠지. 그자가 내 말대로 머물러만 준다면 나는 내 사업의 3분의 1이라도 떼어 주었을 거야!"

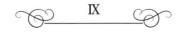

IX

중대한 결정

엘리자베스-제인이 이튿날 아침 경첩이 달린 여닫이 창문을 열자 달콤한 바람이 곧 다가올 가을의 내음을 안겨 주었다. 마치 그녀가 외진 산골에 있는 것처럼 완연한 가을 공기를 맛보게 했다. 캐스터브리지는 도시 분위기와 반대라기보다는 오히려 주변의 시골 생활을 보완해 주는 도시였다. 이 도시의 높은 지대에 있는 목초지의 곡물 밭에서 서식하는 벌과 나비들이 낮은 지대의 초원으로 날아가고 싶으면 삥 돌아가는 것이 아니라, 그들이 낯선 지대를 날아다니고 있다는 생각은 전혀 없이 하이스트리트로 곧장 날아 내려왔던 것이다. 그뿐만 아니라 가을이면 엉겅퀴의 하얀 솜털들이 공중을 날아다니다가 길가 상점의 창문에 내려앉기도 하고 바람에 떠밀려 시궁창 안으로 날려 들어가기도 했다. 헤아릴 수 없이 많은 울긋불긋한 단풍잎들이 포장도로 위를 이리저리 굴러다니다가 마치 치마를 입은 수줍은 여인이 낯선 집을 방문할 때 망설이는 모습같이 바닥을 긁으며 사람들이 드나드는 문지방까지 슬쩍 날아 들어왔다.

목소리가 들려왔고, 그중 하나는 아주 가까운 곳에서 들려왔다. 엘리자베스-제인은 창문 커튼 뒤로 고개를 내밀고 바깥을 힐끗 내다보았다. 그녀의 시야에 들어온 사람은 헨처드였다. 그는 이제는 이미 유명한 인사로서가 아니라 한 사람의 번창하는 사업가로 거리의 중간 지점에서 발걸음을 멈춰 서 있다. 그 스코틀랜드 남자는 그녀의 방과 인접한 창문에서 밖을 내다보고 있었다. 헨처드는 그 여관 앞을 지나가다가 전날 밤에 만났던 그 젊은이가 창밖을 내려다보고 있는 모습을 우연히 알아본 듯했다. 그가 엉거주춤한 모습으로 몇 걸음 되돌아오자 도널드 파프레이는 창문을 좀더 활짝 열어젖혔다.

"젊은이도 곧 떠나려나 보군?" 하고 헨처드는 올려다보며 말했다.

"예, 시장님. 지금 막 떠나려는 참이었습니다" 하고 대답했다. "마자가 올 때까지 걸어갈까 합니다."

"어느 쪽으로?"

"시장님께서 가고 계시는 길로요."

"그럼, 우리 시내 저 꼭대기까지 함께 걸을까?"

"잠깐만 기다려 주신다면요" 하고 스코틀랜드 젊은이가 말했다.

잠시 후 그 젊은이는 손에 가방을 들고 나왔다. 헨처드는 젊은이의 손에 들린 가방이 마치 원수라도 되는 것처럼 못마땅한 듯이 바라보았다. 그 가방은 젊은이가 떠나는 일에 아무 차질이 없음을 보여주고 있는 것 같았다.

"이보게, 젊은이." 그가 말했다. "자네는 현명한 사람이 되어야 해, 그러니까 나하고 함께 이곳에 머물도록 하세."

"예, 예. 그것이 보다 현명한 길이 될지도 모릅니다" 하고 도널드는 멀리 떨어져 있어 아주 작게 보이는 집들을 바라보면서 말했다.

"사실대로 말씀드린다면 저의 계획은 막연하기도 합니다."

그들은 이때쯤 그 여관 주위를 이미 벗어났기 때문에 엘리자베스-제인은 더 이상 두 사람의 대화를 듣지 못했다. 그러나 그들이 계속 대화를 나누고 있는 모습이 보였다. 헨처드는 이따금 젊은이를 향해 어떤 말은 고개를 돌려 몸짓을 해 가면서 강조하며 말하고 있었다. 이렇게 그들은 킹스암즈 호텔, 마켓 하우스, 성 피터스 교회 묘지의 담을 지나 길게 늘어진 거리의 위쪽 끝으로 올라가고 있었으므로 마침내 두 알의 옥수수 알갱이만큼이나 작게 보였다. 그때 그들은 갑자기 오른쪽 길로 접어들면서 브리스톨로드로 들어서더니 더 이상 눈에 들어오지 않았다.

"그분은 참 좋은 사람이었는데… 이제 떠나 버렸어" 하고 엘리자베스는 혼잣말로 중얼거렸다. "하기야 나와 그 사람과는 아무 관계도 아니었어, 그러니 나한테 작별인사를 해야 할 이유도 없었지 뭐야."

이러한 천진난만한 생각이 — 그 속에 숨어 있는 약간 냉담한 감정과 함께 다음과 같은 조그마한 사실에서 저절로 피어났던 것이다. 즉, 그 스코틀랜드 남자가 여관 문을 나오면서 우연히 그녀와 마주쳤는데 고개를 끄덕거리거나 미소를 지어 보인다거나, 혹은 한 마디 말이라도 건네거나 할 생각이 아니었으므로 곧 눈길을 돌려 버렸던 것이다.

"아직도 생각하고 있어요, 엄마!" 하고 그녀는 안쪽으로 몸을 돌리면서 말했다.

"그래, 나는 헨처드 씨가 그 청년을 갑자기 좋아하게 된 일을 생각하고 있단다. 그분은 언제나 그랬었어. 그런데 그분이 자기와 아무 관계없는 사람에게 그처럼 다정하게 대한다면 틀림없이 자기 친척에게도 마찬가지로 따뜻하게 반겨 주지 않겠니?"

모녀가 이 문제로 한창 이야기하고 있을 때 그들의 침실 창문 높이만큼 건초를 실은 다섯 대의 큰 마차들이 행렬을 지어 지나갔다. 그들은 시골에서 들어오는 중이었고, 건초 더미를 가득 실은 채 밤새 먼길을 지나오느라 말은 땀으로 범벅이 되어 코에서 김을 뿜어 대고 있었다. 마차마다 끌채1에는 조그마한 판자가 걸려있고, 그 위에는 하얀 페인트로 "헨처드, 곡물 중개인 겸 건초 상인"이라고 써져 있었다. 그 광경을 본 수전은 딸을 위해 헨처드와 다시 만나야 한다는 자신의 신념을 굳히게 되었다.

이러한 그녀의 생각은 아침 식사 중에도 계속되었다. 그리하여 식사가 끝나자 헨처드 부인은 그의 친척 수전이자, 어느 선원의 미망인이 이 도시에 왔다는 내용의 편지와 함께 좋든 나쁘든 엘리자베스-제인을 헨처드에게 보내기로 결심했다. 그가 두 모녀를 알아차리든 아니든 모든 운명은 헨처드에게 맡겨 둔다는 것이었다.

그녀가 이러한 **중대한 결정**을 내린 것은 두 가지의 큰 이유에서였다. 그는 그때까지 줄곧 고독한 홀아비로 불렸다는 것이 첫째 이유이고, 둘째 이유는 그가 옛날에 아내를 돈을 받고 팔아넘긴 사실을 치욕으로 생각해 왔다는 점이었는데, 두 가지가 다 좋은 징조였다고 판단했기 때문이다.

"만약 그분이 모른다고 말한다면." 엘리자베스-제인이 일어서서 보닛 모자2까지 쓰고 막 떠날 채비를 할 즈음 어떻게 처신할 것인지를 덧붙여 일러 주고 있었다.

"만약 그분이 이것을 이 도시에서 달성한 높은 지위에 어울리지 않는 것으로 생각하신다면, 그분의 먼 친척으로서 우리 모녀의 방문이 곤란하다면, '시장님, 저희들은 억지로 밀고 들어가지는 않겠어요. 여기까지 왔던 때와 마찬가지로 조용히 캐스터브리지를 떠나 저희들이 살던 곳으로 돌아가겠어요'라고 말씀드려라 …. 나는 그분이 차라리 그렇게 말씀하신다면 마음이 편하겠다는 생각마저 드는구나! 나는 그분을 너무도 오랫동안 만나지 못했고 또 그분과는 연분이 너무도 적기 때문이야."

"하지만 그가 만약 반가워하신다면?" 하고 좀더 낙관적으로 딸이 물었다.

"그렇다면" 하고 헨처드 부인은 조심스럽게 대답했다. "언제 어떻게 그분이 우리들을, 혹은 **나를** 만나겠다는 쪽지를 내 앞으로 써달라고 해라."

엘리자베스-제인이 계단 쪽으로 몇 걸음 떼어 놓았을 때였다.

"그리고 그분한테 말씀드려" 하고 그녀의 어머니는 덧붙였다. "나는 그분한테 뭘 원하는 것은 없다는 걸 알고 있으며, 나는 그분이 성공한 것을 보고 기쁘다고, 그리고 그분이 오래오래 행복하게 사시기를 바란다고. 자 됐다, 가거라."

이리하여 썩 내키지 않는 심정으로, 마지못한 억눌린 심정으로 이 가련한 여인은 아무것도 모르는 딸에게 그 심부름을 시켰다.

엘리자베스가 별로 서두르지 않는 걸음으로 하이스트리트를 걸어 올라간 것은 오전 10시 경이었다. 그날은 장날이었다. 그녀의 현 위치는 부자 친척을 찾으라는 단순한 임무를 위임받은 가난한 친척에 불과했다. 좀도둑들이 이 평온한 시민들의 마음을 괴롭힐 염려는 전혀 없었으므로 여염집의 대문들은 이 따스한 아침 시간에 대개 열려 있었다. 따라서 이렇게 열려 있는 길고 곧은 출입구를 통해, 마치 터널을 통해 보듯 금련화, 푸크시아,3 진홍색 제라늄, 블러디 워리어즈,4 금어초,5 달리아의 꽃들로 빨갛게 불타고 있는 뒤편의 이끼 낀 정원들이 보였다. 이 꽃들은, 이 고장의 거리에서 볼 수 있는 숭엄한 것들보다 캐스터브리지에 남아 있는 겉껍질 덮인 회색 석조물들을 한층 더 돋보이게 했다.

이러한 집들의 구식 후면보다 더 낡은 구식 전면들이 보도 가에 우뚝우뚝 솟아 있고, 내닫이창들은 요새처럼 보도 위로 튀어나와 있어 시간에 쫓기는 산보객은 몇 야드마다 '**오른발로 한 발 나아갔다가 왼발로 미끄러져 한 발 다가가는 무용 동작**'6으로 그것들을 피해가야 했다. 이런 산보객은 또한 문 앞의 층계, 구두 흙 털개, 쪽문, 교회의 버팀벽, 그리고 원래는 그렇지 않았으나 지금은 밖으로 안으로 굽이굽이 휘어버린 벽의 돌출된 모퉁이로 인해 여러 가지의 그리스 여신, 테르프시코레7의 형상들을 흉내 내야 했다.

보행인들의 발길을 한없이 방해하는 이러한 고정된 장애물 외에도 움직이는 수많은 물체들이 보도와 차도를 난처할 정도로 점령하고 있었다. 우선 캐스터브리지를 들락날락하는 운송업자들의 마차8들이 멜스톡, 웨더베리, 다힌토크즈, 셔톤-아바스, 킹스비어, 오버콤, 그리고 많은 인근의 도시들과 마을들로부터 몰려들어왔다 나가곤 했다. 마차 주인들은 한 부족으로 간주할 수 있을 만큼 수가 많았으며,

한 종족이라 할 만한 특수성을 지니고 있었다. 이곳에 막 도착한 마차들은 길 양쪽에 빽빽이 늘어서 보도와 차도 사이에 군데군데 장벽을 형성하고 있었다. 더욱이 상점마다 보도 가장자리의 돌 위에 트레슬9과 상자들을 내놓고 그 위에 상품들을 절반가량 진열해 놓았다. 그들은 두 허약한 늙은 순경들의 충고에도 진열을 매주 조금씩 차도 안으로 넓히고 있었기 때문에 마차들이 길 한복판으로 지나갈 만한 꼬불꼬불한 좁은 길만 남아 있어서 마차 모는 기술을 연마하기에 좋은 기회를 제공해 준 셈이다.

양지 쪽의 보도 위로는 연애 이야기로 유명한 크랜스턴의 고블린 페이지10의 '보이지 않는 손'이 벗겨 주듯 여행자가 모자를 벗고 멋진 뷔페 식사를 할 수 있도록 차양이 설치된 가게들이 있었다. 팔려 나온 말들이 그들의 앞다리들은 보도 위에, 뒷다리들은 차도에 둔 채 줄줄이 매여 있었다. 이러한 자세로 서 있는 말들은 그 앞을 지나 등교하는 어린 학생들의 어깨를 이따금씩 깨물었다. 보도가의 다른 집보다 약간 뒤로 물러서 있는 집 앞에 공터가 조금이라도 있다면 그곳은 돼지 장사들이 그들의 가축우리로 이용하는 곳이 된다.

소지주, 농부11, 목축업자, 주민 들이 이 고색창연한 거리에서 상거래를 위해 몰려들어 대화 대신 다른 방법으로 의사소통했다. 상거래에서 그들과 얘기하는 사람의 표정을 보지 못하면 그 사람의 말뜻을 전혀 이해하지 못한다. 여기서는 얼굴, 팔, 모자, 지팡이, 몸뚱이가 혀나 다름없이 대화를 했다. 만족을 표시하기 위해 캐스터브리지의 장사꾼들은 그들의 언어 이외에 두 볼을 널따랗게 펴 보이고, 두 눈을 길게 떠 보이거나, 두 어깨를 뒤로 젖혀 보였다. 때로는 뒤로 너무 벌렁 젖혔기 때문에 길 저쪽 끝에서도 알아볼 수 있었다.

헨처드의 달구지와 마차들이 덜컹거리면서 앞을 통과하고 있는데도 누가 의아하게 여긴다면 그의 빨간 입 안과 과녁처럼 빙글빙글 도는 눈을 보고 그것을 알 수 있었다. 지팡이 끝으로 인접해 있는 벽 위의 이끼를 여러 번 찔러 대거나 바르게 쓴 모자를 약간 비스듬하게 고쳐 씀으로써 심사숙고하고 있다는 것을 나타냈고, 몸을 낮추어 두 무릎을 마름모꼴로 벌리고 두 팔을 뒤틀어 지루함을 나타냈다.

어느 모로 보아도 정직하기만 한 이 자치도시의 거리에서는 속임수와 교묘한 책략은 발붙일 곳이 없었다. 가까운 법정에서 변호사들이 그들의 변론을 진행하던 중에, 분명히 실수였겠지만, 순전히 관용의 측면에서 상대방을 위해 열변을 토했다는 말도 있다.

이렇게 캐스터브리지는 어느 면으로도 인근 시골 생활권의 기둥이자 중심지였다. 푸른 초원 위에 놓인 공통점이라고는 전혀 없는 둥근 돌들처럼 서로 이질적인 몸뚱이로 놓여 있는 많은 제조업 도시와는 달랐다. 캐스터브리지는 이웃 마을처럼 직접 농사를 짓지 않았을 뿐이지 농업에 의존하면서 생활을 유지했다. 그 이상은 아무것도 아니었다. 주민들은 시골 상황의 변동을 하나하나 죄다 알고 있었다. 그 변동은 노동자의 수익만큼 그들의 수익에 영향을 미쳤기 때문이다. 같은 이유로, 그들은 사방 10여 마일에 있는 귀족들의 마음을 움직이는 문제와 즐거움에 관심을 가졌다. 직업인 가족들의 만찬회 석상에서도 화젯거리는 곡물, 가축의 질병, 파종, 수확, 울타리치기, 그리고 나무심기가 전부였다. 한편 정치는 권리와 특권을 가진 시민의 관점보다는 자기 고장의 이웃 사람의 관점에서 보았다.

시장이 서는 이 희귀한 옛 거리에서 그 기묘한 모습 때문에 다소 그 럴듯하게 사람들의 눈을 기쁘도록 하는 근사한 기계들과 혼잡 모두, 어느 바닷가의 오두막에서 어망 뜨는 일을 이제 막 그만 둔 엘리자베스-제인의 미숙한 시선에는 도시에서만 볼 수 있는 새로운 것이었다.

그녀는 어떻게 가야 하는지 거의 물을 필요 없이 찾아갈 수 있었다. 헨처드의 집은 앞쪽이 희미한 빨간색과 회색의 멋진 벽돌로 지어진 제일 좋은 집 가운데 하나였다. 앞문이 열려 있었기 때문에 그녀는 다른 집에서처럼 출입 통로를 통해 정원 끝까지 볼 수 있었다. 거의 4분의 1마일이나 되는 기다란 정원이었다.

헨처드는 집 안에 없었다. 창고 마당에 있었던 것이다. 그녀는 이끼 낀 정원 안으로 안내되어 담에 붙은 문을 하나 통과했다. 그 문은 그곳에서 길러진 과수의 세월을 말해 주는 녹슨 못으로 장식되어 있었다. 그 문이 마당 쪽으로 열렸다. 여기서부터 그녀는 홀로 남겨져 스스로 그를 찾아야만 했다. 이곳에는 측면에 건초를 보관하는 곳간이 있었다. 그녀가 그날 아침 여관 앞을 지나가는 것을 보았던 짐마차들에서 수십 톤의 마초와 건초가 다발로 묶여 그 곳간 안에 쌓이고 있었다. 그 마당의 다른 부분에는 석조 받침대 위에 목조 곡창이 서 있었다. 이곳은 플랑드르 사다리를 사용해야만 접근할 수 있었고, 곡물 저장소는 몇 층 높이였다. 어디에서나 이곳의 문들은 열려 있었고 빽빽이 쌓은 터져나갈 듯한 밀 포대들을 볼 수 있었다. 그 정도 양이라면 세상에 기근으로 굶주려 죽을 사람은 없겠다는 생각이 들었다. 12

그녀는 곧 있을 대면을 불안하게 의식하면서 이곳을 이리저리 쏘다녔다. 마침내 그녀는 사람 찾는 일에 아주 지쳐 버렸다. 그녀는 헨처드를 어디서 찾을 수 있을지 한 소년한테 용기를 내어 물었다. 그 소년은 그녀가 그때까지 보지 못했던 한 사무실로 그녀를 안내해 주었다. 문을 노크하자 "들어오시오" 하는 큰 소리가 들려왔다.

엘리자베스는 손잡이를 틀었다. 한 사람이 책상 위에 있는 모종의 견본 자루 위로 몸을 숙이고 그녀 앞에 서 있었다. 그는 곡물 도매상이 아니라 스코틀랜드 청년 파프레이였으며, 한 움큼의 밀알을 이 손에서 저 손으로 붓고 있었다. 그의 모자는 뒤편 못에 걸려 있었고, 그의 여행 가방에 새겨진 장미들은 그 방의 한쪽 구석에서 빨갛게 불타고 있었다.

헨처드를 만날 것에만 대비해서 감정을 조절하고 할 말을 생각했던 그녀는 순간 당황했다.

"예, 무슨 일이지요?" 하고 스코틀랜드인은 그곳을 평생 관리한 사람처럼 말했다.

그녀는 헨처드를 만나고자 한다고 말했다.

"아아, 예, 잠깐 기다려 주시겠습니까? 그분은 지금 막 손님을 만나러 가셨습니다."

그 청년은 분명히 그녀가 그 여관에서 보았던 소녀임을 알아차리지 못했다. 그는 그녀에게 의자를 건네주면서 앉으라 하고는 다시 그 견본 자루들 쪽으로 몸을 돌렸다. 엘리자베스-제인이 그 청년의 출현에 놀라며 기다리는 동안 우리는 그가 이곳에 오게 된 경위를 간단히 설명하고 넘어가는 것이 좋을 듯하다.

그날 아침 새롭게 알게 된 두 사람은 그녀의 시야를 벗어나 배스와 브리스톨로 향했을 때 아무런 이야기도 없이 침묵 속에 걷기만 했다.

이렇게 걷다가 마침내 그들은 북쪽과 서쪽의 가파른 경사지가 합류하는 한 모퉁이에 이르는, 초크워크라는 이 도시의 성곽 위에 있는 대로를 걸어 내려갔다. 이 높은 사각 토루13의 모퉁이에서 광대한 들판이 한눈에 들어왔다. 오솔길 하나가 푸른 언덕 아래로 가파르게 내리달려 그 성곽 위의 그늘진 산책길로부터 그 경사지의 기슭에 있는 차도까지 이어져 있었다. 그 스코틀랜드인이 내려가야 하는 길은 이 오솔길이었다.

"글쎄, 당신의 성공은 여기에 있소" 하면서 헨처드는 오른손을 내뻗고 왼손으로는 그 내리막길을 막고 있는 작은 문을 잡았다.

그의 그런 동작 속에는 감정이 거절당하고 소망은 좌절된 사람의 서투른 태도가 담겨 있었다.

"나는 가끔 이때를, 그리고 당신이 어떻게 적시에 나타나 어려움에 처한 내게 한줄기 빛이 되었는지를 생각하게 될 거요."

여전히 그 청년의 손을 잡은 채 그는 잠시 중단했다가 침착하게 이렇게 덧붙였다.

"그런데 나라는 사람은 말 한마디가 모자라 어떤 기회를 놓칠 인간이 아니오. 그래서 당신이 영원히 가 버리기 전에 내 말하리다. 다시 말하지만 당신 내 곁에 있어 주겠소? 자, 이거 명명백백하지 않소? 내가 당신한테 이렇게 떼쓰는 것이 전적으로 이기심 때문만은 아니라는 걸 알 거요. 내 사업이 비범한 지적 능력을 요구할 만큼 아주 과학적인 일은 아니오. 물론 그 자리를 맡을 만한 다른 사람도 있다는 건 의심할 여지가 없지. 이기적인 면도 약간 있긴 하지만. 하나 그보다 더한 것도 있다오. 나는 무엇이건 되풀이하는 사람이 아니라오. 자,

116

나랑 함께 잘해 봅시다. 그리고 당신의 조건을 들어 봅시다. 내 기꺼이 응할 터이니, 한 마디의 반대도 없이 말이오. 제기랄, 파프레이, 나는 당신을 끔찍이도 좋아하오."

젊은이의 손은 한 1~2분 동안 헨처드의 손에 단단히 잡혀 있었다. 그는 그 아래 펼쳐진 비옥한 평야를 내려다보다가 이 도시의 꼭대기 위로 다다른 그늘진 산책길을 따라 뒤로 눈길을 돌렸다. 그의 얼굴은 상기되었다.

"이렇게까지는 기대하지 않았습니다. 결코! 이건 신의 뜻입니다! 어느 누가 감히 그걸 거역하겠습니까? 못하지요. 저는 미국으로 가지 않겠습니다. 이곳에 머물러 시장님의 사람이 되겠습니다!"

그때까지 헨처드의 손에 힘없이 잡혀만 있던 그의 손은 헨처드의 손아귀를 꽉 움켜잡았다.

"잘 생각했어" 하고 헨처드가 말했다.

"저도 좋습니다." 도널드 파프레이가 말했다.

헨처드의 얼굴에서는 힘이 넘쳐 사나워 보이기까지 한 만족감이 뿜어져 나왔다. "이제 당신은 내 친구야!" 하고 그는 기뻐 소리쳤다.

"내 집으로 돌아갑시다. 명확한 조건으로 그걸 즉시 확인해 둡시다. 우리 서로 마음이 편안하도록 말이오."

파프레이는 자신의 가방을 집어 들고 왔던 때와 마찬가지로 헨처드와 함께 북서 대로를 따라 되돌아갔다. 헨처드는 이제 온통 자신감에 넘쳐 있었다.

"나는 어떤 사람을 좋아하지 않을 때는 이 세상에서 가장 냉정한 사람이라오. 하나 그 사람이 내 마음을 사로잡을 때 나는 꼼짝달싹 못하지. 아침 식사 한 번쯤이야 더 할 수 있겠지요? 쓰리 마리너즈 같은 곳에서 내놓을 만한 게 있었더라도 그런 이른 시간에 많이 먹진 못했을 거요. 당신이 먹을 만한 것도 없었겠지. 그러니 내 집으로 가서 실속 있는 먹을 만한 걸로 실컷 먹고, 좋다면 조건을 명문화하도록 합시다. 나는 약속을 철석같이 지키는 사람이긴 하지만. 언제나 아침에는 성찬을 든다오. 내 집에서는 지금 굉장한 비둘기 파이를 요리하고 있는 중이오. 당신이 원한다면 집에서 빚은 술도 좀 마실 수 있고."

"술을 마시기에는 아침 바람이 너무 셉니다" 하고 파프레이는 미소를 지어 보였다.

"아, 그렇군. 그걸 몰랐군. 난 내 맹세 때문에 술을 하지 않지만 일꾼들 때문에 빚지 않을 수 없다오."

이렇게 대화를 나누면서 그들은 돌아와 뒷길로 헨처드 가문의 집 안에 들어섰던 것이다. 여기서 아침 식사를 하며 조건에 대한 합의를 보았다. 헨처드는 그 스코틀랜드 청년의 접시 위에 아낌없이 음식을 가득 담아 주었다. 그는 파프레이가 자신의 편지를 써서 우체국에 보낼 때까지 만족할 수 없었다. 그 일이 마무리되자 이 강한 충동의 소유자는 자신의 새 친구가 적어도 어떤 적당한 숙소가 마련될 때까지는 자신의 집에서 기거할 거라고 선언했다.

그러고 나서 헨처드는 파프레이를 데리고 다니며 여기저기 안내하고 밀과 다른 건초를 저장해 놓은 여러 창고를 보여 주었다. 그런 후에 마침내 엘리자베스가 앞서 두 사람 중 나이가 어린 파프레이를 발견했던 사무실로 들어갔던 것이다.

X

엘리자베스-제인 뉴슨

그녀는 여전히 스코틀랜드 젊은이가 바라보는 가운데 조용히 앉아 있
었다. 헨처드가 엘리자베스를 불러들이기 위해 안쪽 사무실의 문을
열었다. 바로 그때 한 남자가 다가와서 문으로 걸어 들어왔다. 그 남
자는 베데스다의 걸음 빠른 불구자처럼 앞으로 성큼 나서서 그녀보
다 먼저 들어섰다. 그녀는 그 사람이 헨처드에게 하는 말을 들을 수
있었다.

"제가 조슈아 조프입니다. 시장님, 약속하신 새 지배인입니다."

"새 지배인이라니! 그 지배인은 자기 사무실에 있는데" 하고 헨처
드는 퉁명스럽게 말했다.

"자기 사무실에 있다니요!" 하고 남자는 어리벙벙한 표정으로 되물
었다.

"내가 목요일이라고 말하지 않았어!" 하고 헨처드가 말했다.

"자네가 약속을 지키지 않았기 때문에 나는 다른 지배인을 고용했
네. 처음에는 나도 그 사람이 자네인 줄로 알았거든, 사업이 정신없

이 돌아가고 있는 판인데 내가 계속 기다리고 있었을 것 같나?"

"시장님께서는 목요일 아니면 토요일이라고 말씀하셨습니다" 하고 새로 온 남자는 편지 하나를 꺼내면서 말했다.

"어쨌든, 자네는 너무 늦었네" 하고 곡물 도매상은 말했다.

"자네에게는 미안하네만 더 이상 할 말이 없게 되었네."

"시장님께서도 저만큼 바쁘신가 보군요" 하고 그 남자는 혼자 중얼 거렸다.

"면담에 달려있지. 자네한테는 미안하네. 정말로 대단히 미안하게 되었어. 하지만 이제는 어쩔 도리가 없어" 하고 헨처드는 말했다.

더 이상 할 말이 없게 된 남자가 방에서 나오다가 엘리자베스-제인 과 마주쳤다. 그녀는 그 사람의 입이 분노로 경련을 일으키고 있는 것 을 볼 수 있었다. 쓰라린 실망감과 억울함이 그의 얼굴 전체에 씌어 있었다. 이제 엘리자베스-제인이 들어갔다.

그녀는 이 저택의 주인 앞에 섰다. 어떤 신체적 이유 때문은 아니 겠지만 항상 빨간 불똥을 담고 있는 듯한 그의 검은 두 눈동자는 두 눈썹 아래서 무관심하게 이리저리 구르다가 그녀 앞에 멈췄다.²

"그런데, 무슨 일로 왔지요, 아가씨?" 그는 붙임성 있게 물었다.

"말씀을 좀 드릴 수 있을까 해서요. 사업에 관한 이야기는 아닙니 다, 선생님.³ 괜찮으신가요?" 하고 그녀는 물었다.

"안 될 거야 있겠소. 말해 보시오." 그는 좀더 친절한 눈빛으로 그 녀를 바라보았다.

"선생님께 말씀을 전달하라고 심부름을 보낸 사람이 있습니다" 하고 그녀는 천진난만하게 말을 이었다. "결혼에 의해 선생님의 먼 친척

되는 사람인 어느 선원의 미망인 수전 뉴슨이 이 도시에 지금 와 있다는 걸 말씀드리려고 말이에요. 그리고 선생님께서 그녀를 만나 주실 수 있는지 여쭤어 보라고 했어요."

그의 표정에서 **붉고 검은**4 색깔이 미세하게 흔들렸다.

"오, 수전이 아직 살아 있구려?" 하고 그는 힘겹게 입을 열었다.

"예, 시장님."

"그럼 아가씨가 그 부인의 딸인가?"

"예, 선생님. 그분의 외동딸이에요."

"자네 이름은 무엇인가? 세례명은?"

"엘리자베스-제인이에요, 선생님."

"방금 성은 뉴슨이라고 하지 않았던가?"

"예, **엘리자베스-제인 뉴슨**이에요."

이 말을 듣고 헨처드는 자신의 결혼생활 초기에 웨이던의 가축 장터에서 있었던 거래사건이 가족사에 기록되지 않았다는 것을 즉시 알아차렸다. 그것은 그가 기대할 수 있었던 것 이상이었다. 아내는 자신의 파렴치한 악행에도 불구하고 그를 증오하지 않았으며, 자신이 당한 일을 자식이나 세상에 발설하지 않았다는 뜻이었다.

"나는 아가씨가 가져온 소식에 상당히 흥미를 느끼고 있어" 하고 그는 말했다. "그뿐만 아니라 이것은 사업상의 이야기도 아니고, 기쁜 일이니 함께 안으로 들어가 이야기를 나누는 게 좋겠어."

그는 엘리자베스가 놀랄 만큼 자상한 태도로 그녀를 사무실 밖으로 데리고 나와 바깥 사무실을 통해 외부로 안내했다. 그 바깥 사무실에서는 이제 막 첫 임무를 맡은 도널드 파프레이가 철저한 태도로 저장용 상자와 견본을 세밀히 검사하고 있었다. 헨처드가 그녀 앞에 서서 벽에 있는 문을 열자 갑작스럽게 정원과 꽃들이 펼쳐졌고, 그는 이곳을 거쳐 집 안으로 들어갔다. 그가 엘리자베스를 안내한 식당에는 그가 파프레이를 위해 차렸던 넉넉한 아침 식사의 잔해가 아직도 그대로 널려 있었다. 식당은 아주 진한 스페인풍의 빨간색으로 칠해진 육중한 마호가니 가구로 화려하게 꾸며져 있었다. 양쪽 덧판이 너무 낮게 매달려 바닥에 닿을 듯한 펨브로크 테이블5이 코끼리 같은 형상의 다리와 발에 받친 채 벽에 붙어 서 있었고, 그중 한 테이블 위에는 2절판으로 된 거대한 책 3권이 놓여 있었다. 《가족 성경책》 한 권과 《요세푸스》6 그리고 《인간의 완전한 임무》7라는 책이었다.

벽난로에는 세로 홈이 파진 반원형의 등이 불을 지피는 바닥에 붙어 있고, 그 바닥 위에는 항아리들과 꽃줄 장식이 균형 있게 새겨져 있었다. 의자에는 치펀데일8과 셰라턴9이라는 이름이 새겨져 있었다. 사실상 그 의자의 장식 무늬는 그 유명한 목수들도 듣지도 혹은 보지도 못한 것들이었을지도 모른다.

"앉아, 엘리자베스-제인! 자, 앉아라" 하고 그녀의 이름을 부르는 그의 목소리는 떨렸다. 자신도 앉으면서 그는 두 손을 무릎 사이에 두고 시선은 양탄자 위로 향했다.

"그런데 어머니께서는 건강하신가?"

"어머니께서는 여행으로 약간 지쳐 계십니다, 선생님."

"어느 선원의 미망인이라, 그분은 언제 돌아가셨는가?"

"아버지는 지난봄10에 돌아가셨어요."

헨처드는 그녀의 '아버지'라는 말에 찔끔했다.

"아가씨와 어머니는 그러니까 해외에서 오는 길인가? 미국? 아니면 오스트레일리아?" 그가 물었다.

"아니요. 저희들은 지난 몇 해 동안은 영국에서 살았어요. 저희들이 캐나다에서 돌아온 건 제가 열두 살 때였어요."

"아, 그랬군." 그렇게 대화하면서 그는 아내와 딸을 그토록 완벽한 어둠 속에 감추어 자신이 그들은 죽었다고 오래전부터 생각해 왔다는 정황의 전후 사정을 이제야 알아냈다. 이러한 사정이 명백해지자 그는 다시 현실로 돌아왔다.

"그런데 어머니께서는 지금 어디에 묵고 계신가?"

"쓰리 마리너즈 여관에요."

"그런데 아가씨가 그분의 딸 엘리자베스-제인이란 말이지?" 하고 헨처드는 되풀이하면서 자리에서 일어나 그녀에게로 가까이 다가가 그녀의 얼굴을 자세히 들여다보았다.

"나는 말이다" 하면서 그는 갑자기 흘러내리는 눈물을 감추려고 시선을 피해 버렸다. "내가 편지를 써 줄 테니 어머니에게 전해 다오. 나는 어머니를 만나고 싶구나…. 어머니의 돌아가신 남편이 남긴 재산을 별로 물려받지 못하신 모양이지?"

그의 눈길은 엘리자베스의 옷에 꽂혔다. 검은색 옷이긴 했지만 그런대로 수수했고, 그녀에게는 제일 좋은 옷이긴 했어도 캐스터브리지 사람들의 눈에도 확실히 유행이 지난 볼품없는 옷이었다.

"그저 그래요" 하고 그녀는 대답했다. 그녀는 자신의 입으로 말할 필요 없이 그가 그런 사실을 알아차려 주는 것이 기뻤다.

그는 책상 앞에 앉아 몇 줄 썼다. 그 다음 호주머니에서 5파운드짜리 지폐 한 장을 꺼내 편지와 함께 봉투에 넣다가 다시 생각난 듯 그 위에 5실링을 더 넣었다.[11] 그것을 모두 조심스럽게 봉한 후 그 위에 "쓰리 마리너즈 여관, 뉴슨 부인에게"라고 써서 그 봉투를 엘리자베스에게 건네주었다.

"그걸 어머니한테 친히 전해라. 여기서 너를 만나게 되어 정말로 기쁘다, 엘리자베스-제인아. 정말로 아주 기뻐. 우리 한자리에 앉아 나눌 이야기가 많아. 지금 당장은 안 되겠지만."

그는 헤어질 때 그녀의 손을 잡았다. 그의 손길이 너무도 따스해, 그때까지 애정이라고는 거의 모른 채 자라 온 그녀는 대단히 감동했다. 그녀의 엷은 회색빛 두 눈에는 눈물이 솟아올랐다. 그녀가 떠난 순간 헨처드의 마음 상태는 한층 더 분명해졌다. 문을 닫고 식당에 꼿꼿하게 앉아 눈앞의 벽을 바라보았다. 그는 그 벽 위에서 자신의 지난 내력을 읽는 듯했다.

"맙소사!" 그는 자리에서 벌떡 일어서면서 갑자기 소리쳤다. "내가 그 점을 생각하지 못했군, 혹시 이들이 남의 이름을 사칭하고 있는지도 몰라. 수전과 그 아이는 이미 죽었을 거야!"

그러나 엘리자베스-제인의 그 무엇인가가 그의 마음을 곧 달래 주었다. 자신이 그녀를 직접 본 그대로 의심할 여지가 없었다. 그뿐만 아니라 몇 시간 후면 그 아가씨와 어머니의 신원은 판가름 날 것 아니겠는가. 그는 편지에 그날 밤 그녀를 만나자고 썼기 때문이다.

"비만 오면 반드시 억수같이 쏟아지기 마련이지!"[12] 하고 헨처드는 중얼거렸다. 그의 새 친구 스코틀랜드 젊은이에 의해 들떠 있었던 그의 관심은 이제 이 사건으로 인해 식어 가고 있었다. 도널드 파프레이는 그날 낮 동안 그를 별로 보지 못했기 때문에 주인의 급변한 심기를 이상하게 생각했다.

　그동안 엘리자베스는 여관에 도착했었다. 그녀의 어머니는 도움을 바라는 한 가난한 여인의 호기심으로 그 쪽지를 받는 것이 아니었기 때문에 그것을 보자 대단히 감동했다. 그녀는 그 쪽지를 당장 읽기에 앞서 엘리자베스에게 그녀를 맞이하는 그의 태도와 말씨를 물어보았다. 엘리자베스가 나가자 그녀는 그 편지를 열었다. 편지에는 이렇게 쓰여 있었다.

　가능하다면 오늘 밤 8시에 버드머스로드에 있는 링13에서 나를 만나 주오. 그곳은 찾기 쉬운 곳이오. 지금으로선 더 이상 말이 나오지 않구려. 만나서 모든 이야기를 나누기로 하오. 당신에 관한 그 소식에 나는 거의 미칠 것만 같소. 그 애는 아무것도 모르는 듯하였소. 내가 당신을 만날 때까지 그 애는 모르게 해 두시오.

M. H.

　그는 동봉한 5기니에 관해서는 언급하지 않았다. 그만한 액수라면 큰돈이었다. 그 돈은 그가 그녀를 되샀다고 그녀에게 넌지시 암시하는 것인지도 모른다. 그녀는 자신이 헨처드로부터 만나달라는 청을 받았다고 엘리자베스-제인에게 말하고 날이 저물기를 초조히 기다렸다. 그녀는 아울러 혼자 가겠다고 말했다. 그러나 그녀는 만날 장소가 그의 집이 아니라는 사실은 딸에게는 비밀로 했고 그 편지도 넘겨주지 않았다.

XI

캐스터브리지의 원형 경기장

캐스터브리지의 원형 경기장은 영국에서 현존하는 것 중 최상은 아니지만, 옛 로마시대의 훌륭한 원형 경기장들 가운데 하나로 알려져 있는 명칭에 불과했다.

캐스터브리지는 모든 거리, 골목, 그리고 어느 경내에서도 옛 로마의 숨결이 물씬거렸다. 도시와 예술을 보아도 로마 제국의 흔적을 그대로 간직하고 있을 뿐 아니라 로마제국시대에 죽은 사람들까지 숨겨두고 있는 것 같았다.

이 도시에서 들판이나 정원을 약 1~2피트 정도의 깊이만 파내면 옛 로마제국의 키가 큰 병사나 사람이 발굴되었다. 그들은 그곳에서 1,500년이란 오랜 기간 동안 말없이 누워 있으면서 휴식을 취하고 있었던 것이다. 그들은 대개 계란껍질 속의 병아리처럼 백토질1의 타원형 구덩이에 길게 누운 채 발견됐다. 무릎은 가슴 위로 끌어올려져 있었고, 때로는 창의 유물들이 팔에 걸쳐져 있었으며, 가슴과 이마에는 장식 핀이나 청동으로 만든 브로치가 달려 있었다. 두 무릎 부근에는 주전자가, 목에는 항아리가, 입에는 병이 놓여 있었다. 캐스터브리지 거리를 지나가는 소년과 어른은 눈에 익은 광경에 잠시 눈길을 돌려 바라보았다. 그들은 신비로운 시선으로 유골을 바라보며 이런저런 추측을 쏟아내곤 했다.

상상력이 풍부한 주민들은 그들의 정원에서 비교적 최근에 발견되는 유골에는 약간의 거부감을 느꼈을 테지만 회백색의 소름끼치는 형체에는 전혀 마음의 동요를 느끼지 않았다. 그들은 너무도 오랜 옛날에 살았던 것이며, 그들의 시대는 지금과 너무도 달랐으며, 그들이 품었던 희망과 삶의 원동력은 오늘날 우리들과는 너무도 동떨어져 있었기 때문에 그들과 현재 이곳에 살고 있는 사람들 사이에는 혼령조차도 건널 수 없을 만큼 너무도 넓은 심연이 가로놓여 있는 듯했다.

이 원형 경기장은 둥글게 울타리를 두른 거대한 원형으로서, 남북으로 그 지름의 양 끝에 좁은 골짜기가 하나씩 있었다. 그 안쪽의 경사진 면으로 본다면 거인 요툰족[2]의 타원형 그릇[3] 모양을 하고 있었다. 이곳 캐스터브리지에서 원형 경기장의 의미는 현대 로마에 폐허가 되어버린 콜로세움이 갖는 의미와 비슷했다. 저녁 해질 무렵은 이 선정적인 장소가 주는 진정한 인상을 느끼기에 적당한 시간이었다. 이 시각에 경기장의 한복판에 서 보면 그 장소가 얼마나 광대한지 서서히 실감할 수 있다. 그러나 대낮에 그 꼭대기에서 대충 보게 되면 그런 사실은 묻혀 버리기 일쑤이다. 을씨년스러우면서도 장엄하며 한적하기는 하지만 이 도시의 어느 쪽에서나 쉽게 접근할 수 있었기 때문에 이 역사적인 원형장소에서는 은밀한 만남이 종종 이루어졌다. 이곳에서 갖가지 음모가 일어났으며, 불화와 반목이 있은 후에도 일시적으로나마 화해하기도 했던 것이다. 그러나 누구에게나 한 가지의 만남 — 가장 흔한 만남 — 이 원형 경기장에서는 거의 이루어지지 않았는데, 그것은 행복한 연인들을 위한 밀회였다.

이곳은 접근하기 편하고 또 주변 환경과 격리되어 있어 누군가와 만나 이야기하는 장소로는 더없이 좋은 곳임에도 불구하고 행복한 연인이 이 폐허가 된 경기장을 선호하지 않는 이유는 이곳에서 음흉한 일들만 일어났기 때문일지도 모른다. 이 경기장의 역사를 보면 그 사실을 금방 알 수 있다. 초기에는 이 경기장 안에서 혈기왕성한 경기가 벌어졌지만 나중에는 이와 동떨어진 사건들이 덧붙여졌다. 다시 말해 수십 년 동안 이곳의 한쪽 구석에 이 도시의 교수대가 자리 잡았으며, 1705년에는 남편을 살해한 한 여인이 이곳에서 절반쯤 목이 졸려 1만 명의 관중 앞에서 화형을 당했던 것이다. 전설에 의하면 어느 정도 불에 탔을 때 그녀의 심장이 터져 몸 밖으로 튀어나와 구경꾼들을 대경실색하게 했으며, 그 일이 있고나서 이 장면을 목격한 그 1만 명의 사람은 어느 누구도 불에 구운 고기를 먹지도 않았으며 아예 쳐다보지도 않았다고 한다. 이러한 과거의 비극 이외에도 이 경기장에서는 거의 죽을 때까지 치고받는 권투시합이 열렸다.

꼭대기 위로 기어오르지 않는 한 외부세계와는 완전히 격리된 경기장에서 끔찍한 일이 최근까지 벌어졌다. 그런데 이 도시의 주민들은 이 경기장 주위에서 일상생활을 영위하면서도 그 꼭대기에 기어오르는 수고를 감수하는 사람은 거의 없었다. 따라서 가깝기는 하지만 대낮에도 각종 범죄가 이곳에서 끊임없이 기승을 부렸다.

최근에는 일부 소년들이 이 한복판의 경기장을 크리켓 시합 장소로 사용하여 이 폐허에 명랑한 분위기를 불어넣었다. 그러나 소년들의 놀이는 앞서 말한 이유로 따분해지기 일쑤였다. 흙으로 된 이 원형 경기장이 강요하는 음침한 분위기가 허공 이외의 모든 것과 격리시켜 감탄을 보낼 행인의 시야를 가리고, 외부인이 보낼 법한 찬사를 차단해 버렸기 때문이다. 그러한 분위기 속에서 하는 놀이는 빈 집에 대고 고함치는 것과 다를 바 없었다. 그 소년들은 겁이 났을지도 모른다. 여름날 대낮에 어떤 사람들이 그 경기장 안에서 책을 읽다가, 혹은 졸다가 어느 순간 시선을 들어 보니 로마 황제 하드리아누스4의 군단 병력이 마치 검투 시합을 지켜보듯 경기장 안을 노려보면서 경사면 위에 도열해 있는 모습이 보이고 그들의 환호성이 들렸는데, 그 장면이 마치 전광석화같이 빨라서 잠시 보이다가 곧 사라져 버렸다는 이야기를 어떤 노인들에게 들은 적이 있기 때문이다.

남쪽의 입구 밑에는 경기에 참가한 야수와 육상선수 들이 대기한 동굴이 아직도 남아 있다고 한다. 경기장의 바닥은 마치 그리 오래되지 않은 과거의 원래 목적으로 사용되고 있기라도 하듯 아직도 부드러웠으며, 형태는 원형을 유지하고 있었다. 관중이 그들의 좌석으로 오르던 경사면 위의 좁은 길들은 아직 그대로였지만, 모두 잡초로 뒤덮였다. 이 잡초는 여름이 끝날 무렵이면 시들어버린 줄기가 꾸부러져 엉키면서 바람이 부는 대로 이리저리 굽이쳐, 귀담아 듣는 사람의 귀에는 에올리언5의 선율을 들려주고 또한 떠다니는 엉겅퀴의 털을 잠깐씩 붙들어 두었다.

헨처드는 자신이 오래전 잃었던 아내를 만나기 위해 그가 생각할 수 있었던, 남의 눈에서 제일 안전한 곳이자 해가 진 후 지리에 밝지 못한 사람이라도 쉽게 찾을 수 있는 곳으로 이곳을 선택했다. 평판을 지켜야 하는 이 도시의 시장으로서 그는 모종의 확고한 대책이 마련될 때까지 그의 아내를 집으로 초대할 수 없었다.

8시 직전에 그는 황폐해진 이 흙더미에 접근하여 앞서 말한 동굴들의 **잔해**[6] 너머로 내려가는 남쪽의 작은 길을 따라 들어갔다. 그는 공식 출입구라 할 수 있는 북쪽의 커다란 틈으로 한 여인의 형상이 들어오는 것을 볼 수 있었다. 그들은 경기장 바닥 한가운데에서 만났다. 어느 누구도 말이 없었다. 말이 필요 없었던 것이다. 그 가련한 여인은 헨처드에게 몸을 기댔다. 그는 두 팔로 그녀를 받쳐 주었다.

"나는 술은 입에 대지도 않아." 그는 나직한 머뭇거리는, 사죄하는 목소리로 말했다. "내 말 듣소, 수전? 난 이제 술을 마시지 않아. 그날 밤 이후 한 번도 마신 일이 없어." 그것이 그의 첫 말이었다.

그는 아내가 알았다는 듯으로 고개를 숙이는 것을 느낄 수 있었다. 한 1~2분이 지난 후 그는 다시 입을 열었다.

"수전, 당신이 살아 있었다는 사실을 내가 알았더라면! 하지만 당신과 그 애가 죽어 이 세상에 이미 없다고 믿었던 갖가지 이유가 있었다오. 나는 당신을 찾으려고 할 수 있는 짓은 다 해 보았어. 방방곡곡으로 헤매기도 하고, 광고도 내 보고. 당신이 그 사람과 함께 어떤 식민지로 떠나다가 항해 중에 익사했다는 것이 나의 최후의 결론이었소. 당신은 왜 그렇게 침묵만을 지키고 있었소?"

"오오, 마이클! 그 사람 때문이었어요. 무슨 다른 이유가 있었겠어요. 저는 우리들 어느 한쪽의 생명이 다할 때까지 그분한테 신의를 지켜야 한다고 생각했어요. 어리석게도 저는 그 거래에 엄숙하고 구속력 있는 무언가가 있었다고만 믿었지요. 저는 그분이 저에게 참으로 성실하게 대해 주셨기 때문에 경의를 표해서라도 그분을 감히 버릴 수 없다고 생각했어요. 저는 지금 그분의 미망인으로서 당신을 만나고 있는 것에 불과해요. 저는, 저 자신은 당신한테 내세울 아무런 권리가 없다고 생각해요. 그분이 돌아가시지만 않으셨다면 저는 결코 나타나지도 않았을 거예요, 결코! 그 점에 관해서는 당신도 확신하실 거예요."

"쯧쯧쯧! 당신은 어쩌면 그렇게도 바보스러웠지?"

"저도 모르겠어요. 하지만 대단히 악독한 짓이었을 거예요. 제가 그렇게 생각하지 않았더라면 말이에요!"라고 말하는 수전은 거의 울다시피 했다.

"그래그래, 그랬을 거야. 내가 당신을 우둔한 여인이라고 생각하는 이유도 바로 그 점이야. 하지만 나를 이 지경으로 만들어 놓았으니!"

"뭐라고요, 마이클?" 그녀는 깜짝 놀랐다.

"글쎄, 우리가, 그리고 엘리자베스-제인과 다시 함께 살려는 이 고충 말이오. 그 애한테는 죄다 털어놓지 말아요. 그 애는 우리 두 사람을 다 멸시할 거요. 그걸 내가 참아 낼 수 있겠나!"

"그것이 그 애를, 당신에 관해선 아무것도 모르는 채로 키워 온 이유예요. 저 역시 그런 걸 견뎌 낼 수 없어요!"

"그런데 우리는 그 애를 그 애의 현재의 믿음 속에 묶어 둘, 그리하여 그런 상황 속에서 사태를 바로잡을 계획을 한 가지 의논해야겠소. 당신은 내가 이곳에서 크게 사업하고 있고, 이 도시의 시장이며, 교구위원7이란 이야기들을 들었겠지?"

"예" 하고 그녀는 들릴락 말락 대답했다.

"그 애가 우리의 치욕을 알게 되지나 않을까 하는 불안감과 함께 이러한 내 신분 때문에 극도로 조심해서 행동해야 하오. 따라서 당신 두 사람이 내가 한때 학대하고 내쫓았던 아내와 딸로서 어떻게 하면 내 집으로 터놓고 들어올 수 있을지를 모르겠단 말이오. 그래서 그게 큰 일이야."

"우리 모녀는 곧 떠나야겠어요. 제가 온 건 다만⋯."

"아니, 아니야, 수전. 당신이 가서는 안 돼. 당신은 내 말을 오해하고 있군!" 하는 그의 말은 친절하면서도 엄했다.

"난 이런 계획을 생각해 보았소. 즉, 당신과 엘리자베스가 뉴슨 씨의 미망인과 그녀의 딸로 도시의 어느 오두막집에 살고 있으면 내가 당신을 만나 당신한테 구애하고 당신과 결혼하여 엘리자베스는 내 의붓딸로서 내 집으로 들어온다는 거요. 너무도 자연스럽고 하기 쉬운 일이라 생각만 해도 반쯤 달성된 거나 다름없어. 이렇게 하면 한 젊은 이로서 어둡고, 고집 세고 치욕스러웠던 내 인생을 절대 폭로하지 않아도 되고 그 비밀은 당신과 나만 알고 있는 일이 될 거요. 그러면 나는, 당신은 물론 내 하나뿐인 자식을 한 지붕 밑에서 보는 즐거움을 갖게 될 것이오."

"저는 전적으로 당신의 처분에 맡기겠어요, 마이클." 그녀는 유순하게 말했다. "제가 여기 온 목적은 엘리자베스를 위해서예요. 저는 만약 당신이 저더러 내일 아침 다시 떠나라고 하신다면, 당신 가까이 다시는 오지 말라 하신다면 기꺼이 떠나겠어요."

"자, 자, 우리가 그런 이야기나 하자고 만난 것은 아니야" 하고 헨처드는 점잖게 말했다. "물론 당신이 다시 떠나서는 안 돼. 내가 제의한 계획을 얼마 동안 잘 생각해 보아요. 그래서 더 나은 계획이 떠오르지 않으면 우리 그대로 합시다. 운 나쁘게도 나는 한 이틀 동안 사업상 출장을 떠나게 될 거요. 하지만 그동안 당신은 숙소를 정할 수 있을 거요. 이 도시에서 당신 모녀한테 적합한 유일한 장소는 하이스트리트 위의 도자기 가게 건너에 있소. 그렇지 않으면 조그마한 오두막집을 구할 수도 있을 거고."

"하이스트리트에 있는 숙소라면 비싸겠지요, 아마?"

"걱정 말아요. 우리의 계획을 달성하자면 당신은 반드시 처음에 점잖게 출발해야 하오. 돈 문제는 나한테 맡기도록 해요. 내가 돌아올 때까지는 충분하겠소?"

"그럼요."

"그리고 지금의 여관에서는 지내기가 괜찮소?"

"그렇고말고요."

"그런데 그 애는 우리들의 치욕을 전혀 모르고 있겠지? 그것이 무엇보다 나를 제일 불안에 떨게 하오."

"그 애가 그 사실을 꿈에도 생각하지 못한다는 걸 잘 아신다면 놀라실 거예요. 그 애가 그런 일을 어떻게 떠올릴 수 있겠어요?"

"옳아!"

"저는 우리가 한 번 더 결혼하는 게 좋을 것 같아요" 하고 헨처드 부인은 한참 후에 말했다.

"그런 일이 있은 지금에 와서 그것이 유일한 올바른 길인 듯해요. 이제 전 엘리자베스-제인에게로 돌아가서 그 애에게 우리 친척 헨처드 씨가 친절하게도 우리 모녀더러 이 도시에 머물러 있기를 바라고 계신다고 말해야겠어요."

"좋소. 그렇게 하도록 하시오. 나도 당신과 얼마 정도 동행할까 하오."

"아니, 안 돼요, 위험한 일은 말아요!" 하고 헨처드의 아내는 급하게 말했다. "전 길을 찾아 돌아갈 수 있어요. 밤이 깊지도 않았고요. 제발 저 혼자 가도록 내버려 두세요."

"좋소. 하나 꼭 한 마디만 더. 당신 나 용서하오, 수전?"

그녀는 뭐라고 중얼거렸다. 그러나 대답할 말을 꾸미기가 어려운 듯해 보였다.

"걱정 마오. 말하기 곤란하면 안 해도 되오." 그가 말했다. "앞으로의 내 처사를 보고 나를 판단하시오. 잘 가시오!"

헨처드는 자기 아내가 좁은 아래쪽의 길을 따라 빠져나가 시내를 향해 나무숲속으로 내려가는 동안 뒤로 물러나 원형 경기장의 솟아오른 부분에 서 있다가 나무 밑을 지나 시내로 내려갔다. 그런 다음 헨처드 자신도 서서히 발길을 돌려 집으로 향했다. 그의 발걸음이 너무도 빨라 그의 집 문 앞에 다다랐을 때쯤에는 그가 조금 전 헤어졌던 그 아내도 거의 여관에 이르렀다. 그는 아내가 길을 올라가는 뒷모습을 지켜보다가 방향을 틀어 집 안으로 들어갔다.

XII

지금의 나

시장은 아내가 시야에서 사라질 때까지 지켜본 후 문 안으로 들어섰다. 터널 모양의 통로를 지나 정원 안으로 걸어 들어갔다. 그곳에서 그는 나시 뒷문을 통해 창고와 곡물 저장고가 있는 곳으로 발길을 돌렸다. 사무실 창에서는 불빛이 밖으로 흘러 나왔다. 내부를 가릴 차양이 없었기 때문에 헨처드는 도널드 파프레이가 몇 시간 전이나 다름없이 그대로 앉아 있는 것을 볼 수 있었다. 그는 장부를 면밀하게 살피는 일부터 시작하여 이 집의 사업관리 업무에 종사하고 있었다. 헨처드는 가볍게 말하면서 사무실 안으로 들어섰다.

"이렇게 늦게까지 일하는 자네를 방해하고 싶진 않네."

그는 파프레이가 앉은 의자 뒤에 서서 명석한 스코틀랜드 사람이 헨처드 장부의 복잡한 숫자를 안개를 걷어 내듯 깔끔하게 정리하는 재능을 지켜보았다. 이를 지켜보던 곡물 도매상인 헨처드의 표정은 마치 감탄하는 사람의 태도였다. 한편으로는 대수롭지도 않으면서 지나치게 세세한 사항에도 그처럼 신경을 쓰는 게 안쓰럽다는 일말

135

의 동정심이 왈칵 쏟아질 것 같았다. 헨처드 자신은 때 묻은 장부를 세밀히 파헤치기엔 정신적으로나 육체적으로나 어울리지 않았다. 그는 현대적 의미로 말한다면, 아킬레스의 교육2을 받았던 것이며 글씨 쓰기는 애를 먹이는 특수한 기술의 하나라고 생각했었다.

"오늘 밤은 이제 그만하게나" 하면서 그는 자신의 커다란 손으로 젊은이가 살피던 회계장부를 덮어 버렸다. "내일도 시간은 충분해. 나와 함께 집 안으로 들어가서 저녁이나 들도록 하세, 자 그만하게! 내가 같은 말 반복하게 만들지 말게나."

그는 우호적인 태도로 그 회계장부들을 강제로 덮어 버렸다.

도널드는 자기의 숙소로 돌아가고 싶었다. 그러나 그는 자기의 동료이자 고용주인 그가 일단 무언가 요구하고 또 충동을 일으키면 자제할 줄 모르는 사람이란 것을 이미 알고 있는 터라 어쩔 수 없이 요구대로 따랐다. 그는 헨처드의 온정을, 비록 그것이 때로는 불편하기도 했지만 좋아했다. 좋은 점인 동시에 그들 성격상의 큰 차이점이기도 했다.

그들은 사무실을 잠그고, 그 젊은이는 자기의 동료를 따라 조그마한 개인용 출입문을 통해 들어갔다. 이 문은 안쪽의 정원으로 곧장 통해 바깥의 일터와 한 발 안쪽의 정원을 잇는 통로 역할을 했다. 정원은 정적에 싸인 채 이슬을 머금고 꽃향기로 가득 차 있었다. 처음 얼마 동안은 잔디밭과 화단이 있고, 그 다음부터는 과수원이 펼쳐진 이 정원은 집 건물에서 뒤쪽의 후미진 곳까지 뻗어 있었다. 과수원에서는 이 집 건물만큼이나 나이 먹은, 시렁에 묶인 긴 에스팰리어3들이 옹이투성이로 너무 굵게 자라는 바람에 땅바닥에서 그들의 말뚝을 뽑아 올린 채로 괴로운 고통 속에 뒤틀려 몸을 비비 꼬고 있었다. 마치 잎이 난 라오콘4 같았다. 향기로운 냄새를 풍기는 꽃이 눈에 띄지는 않았다. 두 사람은 이 속을 지나 집 안에 들어갔다.

푸짐했던 아침 식사 때와 같은 환대가 되풀이됐다. 식사가 끝나자 헨처드는 말문을 열었다.

"여보게, 내 친구. 난로 쪽으로 자네 의자를 당겨 오게. 따뜻한 불을 좀 때야겠어. 9월이라 해도 나는 불을 피우지 않은 난로 옆에 있는 것만큼 싫은 건 또 없어."

그가 난로에 땔감을 넣고 불을 지피니 활활 타오르는 광채가 사방으로 번졌다.

"참, 이상한 일이야," 헨처드가 말했다. "순전히 사업성의 이유로 우리가 만나 이제 겨우 그 첫날이 지났을 뿐인데 내가 자네한테 내 가족에 관한 이야기를 털어놓고 싶어지니 말이야. 하지만, 제기랄, 난 외로운 사람이야, 파프레이. 나한텐 당신 말고는 이야기할 사람이 없다네. 또 자네한테 이야기하지 못할 것도 없겠지?"

"제가 조금이라도 도움이 된다면 기꺼이 들어 드리겠습니다" 하면서 도널드는 벽난로 선반 위에 놓인 정교한 나무 조형들 위로 시선을 보내고 있었다. 자세히 보니 보자기가 씌워진 하나의 황소 머리를 중심으로 꽃으로 장식이 된 고대 그리스의 현악기, 방패, 그리고 화살통 들이 놓여 있었고, 두 가장자리에는 얕게 양각된 아폴로와 다이애나5의 머리상이 놓여 있었다.

"과거의 내가 항상 **지금의 나**는 아니었지" 하는 헨처드의 확고하고 묵직한 목소리가 다소 떨렸다. 그는 지금 그의 오랜 친구에게는 결코 말하지 않을 이야기를 새로 사귄 친구에게는 죄다 털어 놓으려는 이상한 충동에 사로잡힌 것이 분명했다.

"나는 건초 묶는 일꾼으로 사회에서 첫 출발을 했어. 그런데 나는 혈기왕성한 열여덟 살 때 내 직업을 믿고 결혼했지. 자네는 내가 기혼자라고 생각했나?"

"주민들이 시장님께서 홀아비라고 말하는 건 들었습니다만."

"아, 그랬었군. 그런 이야기를 하는 것도 당연하지. 한데, 난 19년 전인가 그 무렵에 아내를 잃었어, 내 잘못으로⋯. 그래서 지금 내가 홀아비 신세라네. 어느 여름날 저녁 난 일자리를 찾아 돌아다니고 있었지. 난 그 당시만 해도 퍽 술을 많이 마시던 사람이었어."

헨처드는 잠시 말을 중단하고 몸을 뒤로 털썩 기댔다. 그의 팔꿈치는 식탁 위에 놓여 있고 그의 이마는 손으로 가려졌다. 그러나 그 손은 그가 그 선원과의 거래 사건을 상세히 이야기할 때 그의 얼굴에 나타나는 굽힐 줄 모르는 반성의 빛을 감추지 못했다. 처음 스코틀랜드 젊은이의 얼굴에서 보였던 무관심한 티는 어느새 사라졌다.

헨처드는 아내를 찾으려 했던 일을, 그가 했던 맹세를, 그때 이후 지금까지 살아온 그의 외로운 생활을 차근차근 이야기했다.

"나는 19년 동안 내 맹세를 지키는 중이야" 하고 그는 말을 계속했다. "그리고 나는 자네가 보다시피 지금의 자리에 올라섰네."

"그러셨군요!"

"그런데, 그 세월 동안 난 아내 소식을 들을 길이 없었어. 천성이 여자를 좋아하는 기질이 아니라서 부부관계를 멀리하고 살아도 힘들다는 걸 모르고 살았어. 바로 오늘까지 아내 소식을 전혀 들을 수 없었단 말이야. 그런데, 이제 그 아내가 돌아왔어."

"돌아왔다니요, 그 부인께서!"

"오늘 아침, 바로 오늘 아침에. 그럼 이제 난 어떻게 해야 하지?"

"부인을 받아들여 함께 살 수 없단 말씀이신가요? 조금씩 잘못을 갚아 나가면 되지 않겠습니까?"

"안 그래도 그렇게 계획하고 제안했다네. 하지만 파프레이" 하고 헨처드는 침울한 어조로 계속했다. "내가 수전과 다시 결합하게 된다면 나는 또 다른 죄 없는 한 여인을 그르치게 된단 말이야."

"설마 그럴 리가 있습니까?"

"세상일이란 게 보통 그렇지 않나, 파프레이, 나 같은 사람이 20년 동안이나 인생의 온갖 풍파를 견뎌 오면서 더 이상 실수 없이 산다는 것은 거의 불가능한 일이지. 나는 여러 해 동안 특히 감자와 뿌리채소가 나오는 철이면 사업을 위해 저지섬6으로 훌쩍 건너가곤 하던 것이 버릇이 되었다네. 나는 그곳 사람들과 그 방면의 장사를 지금도 크게 하고 있어. 한데 어느 가을 내가 그곳에 묵고 있을 때 생긴 병으로 그만 앓아눕게 되었어. 병중에 나는 내 가정생활의 외로움 때문에 가끔 우울한 기분에 빠지곤 했는데, 그때는 세상이 온통 지옥같이 어둡기만 하고, 난 욥7처럼 내가 태어난 날을 저주하기에 이르렀거든."

"아, 저는 그런 기분에 빠져 보지 못했습니다" 하고 파프레이가 말했다.

"그렇다면 앞으로도 절대로 그런 일이 없기를 하느님께 기원하게. 젊은 친구. 내가 그런 상태에 빠졌을 때 나를 가엾게 본 한 여인으로부터 동정을 받게 되었어. 내가 숙녀라고 불러야 할 젊은 여인이야.

좋은 가문 출신으로 훌륭한 교육을 받으며 잘 자란 여인이지, 곤란에 처해 급료를 모두 압류당했던 어느 경망한 군인 장교의 딸이라네. 그 부친은 이제 죽어서 안 계시고 그 여인의 어머니 또한 돌아가셨어. 그 래서 그녀도 나처럼 외로운 처지였는데, 우연히 내가 묵고 있던 하숙 집에 머물고 있었거든. 이런 가운데 내가 아파 눕게 되자 그녀는 내 간호를 떠맡게 되었어. 그때부터 그녀는 어리석게도 나를 좋아하게 됐지 뭐야, 그 이유야 아무도 모르지만. 나는 그만한 사람이 되지 못 했으니까. 그러나 한집에 같이 기거하게 되자 그녀의 감정은 따스해 졌고, 우리는 자연히 친숙해졌어. 우리의 관계가 어느 정도였는지 속 속들이 다 말하지는 않겠네. 우리는 결혼을 약속했었다는 말로 대신 하지. 그러다 보니 추문이 퍼져 나갔는데 이 일이 나한테는 별로 상처 가 되지 않았으나 그녀에게는 커다란 충격이었어. 그러나, 파프레 이, 남자 대 남자로서 자네와 나 두 사람 사이의 이야기로, 단언하건 대 여자 꽁무니를 쫓아다니는 일이 나한텐 악덕도 미덕도 아니었다는 걸 분명히 말해 두겠어. 그 여자는 세상의 이목은 전혀 상관치 않았 어. 아마 난 더 그랬을 거고. 그건 내 음울한 생활 때문이었을 거야. 그 추문이 일어난 것도 이런 상황에서였어. 마침내 나는 몸이 회복되 어 떠나 버렸어. 내가 떠나자 그녀는 나 때문에 많은 고통을 겪었다 네. 그녀는 매번 편지를 쓸 때마다 나한테 그런 사연들을 빼놓지 않고 말했거든. 결국 최근에 와서는 난 그녀한테 무엇을 빚진 기분을 느끼 게 되었어. 난 수전의 소식을 오랫동안 듣지 못한 상태에서 이 두 번 째 여인에게 돌아가는 것이 내가 할 수 있는 유일한 일이 아닌가 하고 생각했거든. 이렇게 되어 난 그녀한테 만약 그녀가, 수전이 살아 있

을지도 모를―내 생각대로 가능성이 매우 희박하긴 했지만―모험
을 무릅쓴다면 나와, 그러한 나와 결혼해 달라고 청하게 되었어. 그
여자는 기뻐서 어찌할 바를 몰라 했고. 그리하여 우리는 곧 결혼하기
로 약속했던 거야. 한데, 이것 좀 봐, 바로 수전이 나타난 거야!"

도널드는 자신의 단순한 경험 정도로는 상상도 할 수 없는 이 복잡
미묘한 이야기에 매우 걱정스럽다는 표정을 지었다.

"이제 한 남자가 자기 주위에 얼마나 큰 피해를 불러오게 되는가를
보게! 젊었을 때 장터에서 그 못된 짓을 한 후라 할지라도, 내가 이
경솔한 아가씨로 하여금 자신의 이름에 먹칠을 해 가면서까지 저지섬
에서 나에게 온 정성을 쏟게 할 정도로 이기적이지 않았다면 지금은
매사가 순조로웠을 거야. 하나 사태가 이 지경에 이르렀으니 난 이 두
여인 중 어느 한쪽에 쓰라린 실망감을 안겨 줄 것이 틀림없다네. 그리
고 그것은 두 번째 여인이 되겠지. 제일의 의무는 수전에 대한 일이거
든. 그 점에 관해선 의심할 바 없어."

"두 사람 다 매우 서글픈 입장에 놓여 있군요. 정말 그렇습니다!"
하고 도널드는 중얼거렸다.

"그렇다네! 나 자신은 아무래도 좋아. 그건 순전히 한쪽으로 끝날
일이니까. 그러나 이 두 여인은….."

헨처드는 잠시 말을 중단하고 명상에 잠겼다. "내 생각은 두 번째
여인도 첫 번째 여인에 못지않게 대접해 줘야 할 것 같은데, 이러한
처지인 남자로서 할 수 있는 최대한의 아량으로 말이야."

"아, 글쎄요, 그건 어쩔 수 없는 일입니다!" 하고 도널드는 철학자
같은 비통한 심정으로 말했다. "시장님께서는 젊은 여자 분에게 편지

를 쓰셔야만 되겠습니다. 첫 부인이 돌아오셨기 때문에 당신은 나의 아내가 될 수 없겠다고 솔직하고 정직하게 밝히도록 하십시오. 그리고 더 이상 만날 수 없고, 또 앞날의 행복을 빈다는 말도 덧붙이고 말입니다."

"그 정도로 해선 안 될걸. 하늘에서도 다 보고 있는데. 내가 그보다는 좀더 성의 있는 행동을 해야 할 것 같아. 난, 그 여자가 언제나 자신의 부자 아저씨와 아주머니를 자랑하고 그들에게서 유산을 상속받을 기대를 떠들어 댔지만, 난 그녀한테 상당한 액수의 돈을 보내 줘야만 될 것 같아. 그저 조그마한 위자료로 말이야. 가련한 처녀 같으니라고 …. 자, 이와 관련해 날 좀 도와주게. 내가 자네한테 말한 걸 최대한 부드럽게 풀어 써서 그녀에게 해명할 초안을 만들어 줄 수 있을까? 나는 편지 쓰는 게 하도 서툴러서."

"그렇게 하겠습니다."

"자 그런데, 내 이야기가 아직 다 끝난 게 아니야. 내 아내 수전한테는 내 딸이 함께 있어. 그 장터에서 그녀의 팔에 안겨 있던 그 아기 말이야. 딸아이는 내가 결혼으로 어떤 인척관계가 된다는 것 외에는 나에 관해 아무것도 모르고 있어. 그 애는 내가 그녀의 어머니를 넘겼던 그 선원이, 지금은 죽고 없는 그 선원이 자기의 아버지이고 자기 어머니의 남편이라고 믿으며 자라 왔거든. 그 아이에게 진실을 알게 하여 우리들의 수치스러운 일을 보여줄 수 없다는 것이 그녀의 어머니가 지금까지 품은 생각이었고, 또한 나도 그녀와 같은 입장이야. 자, 자네 같으면 어떡하겠나? 자네의 조언이 필요하네."

"저 같으면 모험할 셈치고 딸한테 사실을 말하겠습니다. 그 아가씨

142

는 두 분 다 용서할 겁니다."

"절대로 안 될 말이지! 그 아이한테 진실을 알리지 않을 거야. 그 아이의 어머니와 나는 다시 결혼할 거야. 그렇게 하는 것이 그 아이의 존경을 계속 받는 데 도움이 될 뿐 아니라 좀더 적절한 방법이 될 걸세. 수전은 자신을 그 선원의 미망인이라 생각하고 있고, 종교의식에 의해 다시 결혼하지 않는 이상 예전처럼 나와 함께 살 생각조차 않고 있지. 따지고 보면 그녀가 옳아."

그 말에 파프레이는 더 이상 할 말이 없었다. 저지섬의 그 젊은 여인한테 보낼 편지는 그의 손으로 조심성 있게 쓰였으며, 그들의 면담은 파프레이가 자리에서 일어나자 헨처드가 다음과 같이 말하는 것으로 끝이 났다.

"파프레이, 이 이야기를 털어놓아 버리니 한결 마음이 가벼워지네만! 지금 캐스터브리지 시장의 재산 상태를 보고 생각하는 만큼 그리 마음이 넉넉하지 못하다는 것을 알 거야."

"맞습니다. 또 듣고 보니 시장님이 참 안됐습니다!" 파프레이가 말했다.

젊은이가 자리를 뜨고 나자 헨처드는 그 편지를 옮겨 적었다. 그는 수표 한 장을 동봉하여 우체국으로 들고 갔다. 우체국에서 돌아오면서 그는 생각에 잠겨 있었다.

"이 일이 이렇게 수월하게 끝날 수 있다니!" 그가 말했다. "가련한 사람 같으니 …. 하느님께서 다 아실 테지! 자 이젠 수전에게 보상해야 해!"

세 가지 커다란 결심

마이클 헨처드는 — 아내와 둘이서 약속한 계획에 따라 — 아내 수전을 위해 뉴슨 미망인의 이름으로 오두막을 빌렸다. 그 오두막은 이 도시의 고지대 서쪽 지역에 위치하고 있었는데 로마 시대의 성곽과 가까운 곳이어서 가로수의 그늘에 가려져 있었다. 가을날에 이곳을 비추는 저녁 햇살은 다른 어느 지역보다 이곳을 한층 더 노랗게 물들이는 듯했다. 시간이 흘러가면서 햇살은 제일 낮은 단풍나무 가지들 아래로 파고들어 초록색 덧문들이 달린 이 집의 아래층 깊숙한 곳까지 들어왔다. 이 집의 거실에서도 이 도시의 성벽들 위의 단풍나무들, 먼 고지대의 봉분들1과 흙으로 된 성채들이 한눈에 보인다. 우울한 분위기 속에 한데 어울려 명소가 된 이 지점은 옛날의 뚜렷한 경치를 그대로 보여 주고 있다.

어머니와 딸이 흰 앞치마를 두른 하녀 한 사람까지 더해 편안히 입주하여 모든 것이 완비되자 헨처드는 그들을 방문하여 차를 마시고 있었다. 간단한 다과와 함께 커피를 마시는 동안 엘리자베스는 두 사람 사이에 오고가는 아주 평범한 어조의 대화 속에서 어떤 이상한 낌새도 알아채지 못하였다. 헨처드에게는 약간 익살스러운 기분을 자아내게 하는 듯한 대화였지만 그의 아내는 그런 대화 속에서 행복한 것만은 아니었다. 시장은 사업가적 기질로 두 모녀를 몇 번이고 방문했다. 시장은 자신의 두 번째 여인이 감당하기 어려운 어떤 희생과 고통을 감내하면서까지 이 우선권이 있는 여인에 대해 마치 정밀한 기계처럼 어긋남 없이 처신하겠다고 스스로 마음을 단련한 듯했다.

어느 날 오후 딸이 집 안에 없었을 때 헨처드가 찾아와 담담히 말했다. "수전, 오늘이야말로 내가 당신더러 행복하다는 말을 청하기에 좋은 기회군."

무거운 삶의 무게에 짓눌려 살아온 이 가련한 여인은 힘없이 미소를 지었다. 그녀는 오로지 딸의 장래를 위해 이곳으로 왔지만 자신이 처한 환경의 아늑함을 즐기며 누리지 못했다. 그녀는 실로 기분이 유쾌하진 않았기 때문에 살아온 지난날의 삶을 자책하며 애초에 딸을 속이자는 말에 자신이 왜 동의했는지, 그래서 자신의 내력을 왜 과감히 딸에게 알리지 못했는지 하는 회의가 마음에 싹텄다. 그러나 육신은 연약하고[2] 진실은 적절한 때에 드러나는 법이다.

"오, 마이클." 그녀가 말했다. "나는 이러한 일이 모두 당신의 시간이나 빼앗고 당신한테 폐만 끼치는 일이 되고 있지 않나 걱정돼요. 제가 이러려고 한 것은 아니었는데."

그리고 그녀는 그를, 부유해 보이는 그의 옷을, 그가 이 방에 사들인 그녀의 눈에는 화려하고 사치스러워 보이는 가구들을 바라보았다.

"별것도 아닌데" 하고 헨처드는 쑥스러운 말투로 대답했다. "단지 오두막집에 지나지 않아. 나한테는 대수롭지 않은 일이오. 그리고 내 시간이 빼앗긴다는 말에 관해서도." — 여기서 그의 검붉은 얼굴은 만족감으로 불타올랐다.

"나는 이제 내 사업을 해낼 멋진 사람을 한 명 고용했소. 예전에는 결코 내가 붙잡아 둘 수 없었던 사람이오. 나는 그 사람한테 곧 모든 것을 맡기고, 지난 20년 동안 사업에 바친 것보다 더 많은 시간을 가족을 위해 보낼 것이오."

헨처드가 이곳을 방문하는 일이 너무 잦고 규칙적이라 거만하고 위압적인 시장이 점잖은 미망인 뉴슨 부인에게 사로잡혀 넋을 잃고 있다는 소문이 들리는 듯하더니, 이내 시민들의 입에 공공연히 오르내렸다.

그는 여성들에 대해 거만하고 무관심하기로 유명했고, 부부관계에 대한 대화를 조용히 피하곤 했기 때문에, 미망인 수전과의 잦은 만남은 낭만적이기보다는 전혀 의외의 사건이었다. 가족 문제를 떠나 가난하고 병약한 미망인과 헨처드가 약혼했다는 사실은 누가 봐도 이해되지 않는 일이었다. 더구나 그들은 인척관계로 알려져 있었다. 헨처드 부인은 너무 창백해 주변의 아이들은 그녀를 "유령"이라 불렀다. 아이들이 성곽 위의 산책길을 걸어갈 때 때때로 헨처드는 이러한 별명을 들었다. 이런 말을 듣고 헨처드는 그 아이들에게 험악한 표정을 지어 보이면서 얼굴이 어두워지기도 했다. 그러나 뭐라 싫은 말은 하지 않았다.

그는 단호하게 자신의 양심적 행동을 믿고 흔들림 없이 이 병약한 여인과 결합, 아니 재결합하기 위해 준비를 서둘렀다. 겉으로 보이는 그의 행동만 보고는 그의 음산한 오두막집에서 일어나고 있는 소란의 기폭제로 마음속 깊은 불꽃같은 사랑이나 로맨틱한 행동이 없었다고 생각하는 사람은 없었지만, 그것이 아니라 헨처드에게는 오로지 **세 가지 커다란 결심**만이 있었다. 첫째, 그간 소홀했던 수전에게 보상하는 일이고, 둘째는 아버지로서 그의 보호 아래 엘리자베스-제인에게 안락한 가정을 마련해 주는 일이며, 셋째는 자책하며 잃어버린 세월을 되찾고 가시채찍으로 자신을 징벌하는 일이었다. 이 세 가지의 다짐을 떠나 너무 미천한 여인과 결혼하여 시장으로서 체면과 이제까지 쌓아 온 자신의 위신을 떨어뜨린다는 것은 별개 문제였다.

수전 헨처드는 결혼식 날 자신과 엘리자베스-제인을 교회로 데려가기 위해 문 앞에 대어진 소박한 사륜마차 안으로 발을 들여 놓았다. 그녀로선 평생 처음으로 마차를 타 보는 것이었다. 포근한 11월 빗속에 바람 한 점 없는 날 아침이었다.

빗방울이 밀가루처럼 내려와 모자와 옷의 보풀 위에 가루 형태로 내려앉았다. 교회 안에는 꽤 많은 사람들이 자리를 메우고 있었으나 문 앞에 모여 있는 사람들은 별로 없었다. 신랑의 들러리 역할을 하고 있는 그 스코틀랜드 젊은이는 주인공들 이외에 이 남녀의 진정한 내력을 알고 있는 유일한 참석자였다. 그러나 순진한 그 젊은이는 너무도 경험 없고, 너무도 생각이 깊고, 너무도 공정하며, 너무도 열심히 이 일의 심각성을 의식하고 있었기 때문에 극적인 장면이 벌어질 현장에 들어갈 수 없었다. 이렇게 되자 크리스토퍼 코니, 솔로몬 롱웨이즈, 버즈포드 및 그 동료들의 특별한 재치가 필요했다. 그들은 주인공들의 비밀에 관해서 아는 바가 없었다. 그러나 식이 끝나갈 무렵 그들은 교회 옆의 보도 위에 모여 서서 이 결혼식에 관한 이야기를 제 나름대로 떠들어 댔다.

"내가 이 도시에 정착한 지도 45년이나 됐단 말이야" 하면서 코니가 먼저 이야기를 시작했다. "하지만 교회에서 결혼식을 이렇게 간단히 해치울 걸 그토록 오래 기다리는 사람은 본 일이 없어! 결국 당신한테도 기회는 있어, 낸스 모크리지."

그의 어깨 뒤에 서 있는 여자한테 한 말이었다. 엘리자베스와 그녀의 어머니가 캐스터브리지에 처음 들어섰을 때 사람들 앞에서 헨처드의 질 나쁜 빵을 공개했던 바로 그 여인이었다.

"만약 그따위의 남자나 당신 같은 사람과 결혼할 바에는 차라리 천벌을 받겠소" 하고 그 여인이 대답했다.

"크리스토퍼, 당신에 관해서는 당신이 어떤 사람이란 걸 우리는 다들 알고 있다오. 따라서 말을 적게 할수록 그만큼 더 좋겠지. 그런데 그 사람에 대해 말하자면, 아니 글쎄 (목소리를 낮추면서) 그는 어느 교구의 가난한 도제였다는 말이 있어. 세상에 폭로하자고 하는 이야기는 아니지만 어느 교구의 가난한 도제로 까마귀 신세나 다름없는 빈털터리로 인생을 시작했다는 거야."

"하지만 이제 그 사람은 대단한 재산가가 되지 않았나" 하고 롱웨이즈가 나직이 말했다. "빈털터리라도 돈이 있으면 다르게 보이거든!"

그가 얼굴을 돌리자 주름살로 쭈글쭈글하고 둥글넓적한 얼굴이 보인다. 쓰리 마리너즈에서 노래 한 곡을 더 청했던 그 뚱뚱보 여인의 미소 띤 얼굴이 보였다.

"아니, 쿡섬 아주머니, 이게 어쩐 일이시오? 해골바가지처럼 삐쩍 마른 뉴슨 부인은 자기를 먹여 살릴 두 번째 남편을 얻었는데, 당신 같은 살집 좋은 여자는 잠자코만 있다니 말이나 되나."

"난 재혼 같은 건 생각해 보지 않았어. 나를 두들겨 패기나 하는 서방은 이제 신물 난다고 …. 아, 그런 말을 하고도 남지. 쿡섬이 세상을 뜨고 나니 가죽 회초리로 때리는 일도 사라진 거야."

"그렇군. 구타하는 남편이 없어진 것도 하느님의 은총이지."

"두 번째 남편을 생각한다는 것은 내 나이에 맞지 않는 일이지" 하면서 쿡섬 아주머니는 계속했다. "하지만 난 내가 저 여자만치나 점잖게 태어난 대로 여생을 보낼까 한다오."

"옳아. 당신 어머니는 매우 훌륭한 여자였지, 기억나는구먼. 그 양반은 교구의 도움 없이 건강한 아이를 제일 많이 낳았다고. 그리고 놀랄 만한 미덕이 있다고. 농업조합3으로부터 표창을 받았더랬지요."

"그것이 우리를 이렇게 형편없는, 이렇게 가난한 가족으로 만들어 놓은 이유랍니다."

"그래요. 돼지가 많은 곳에서는 여물이 묽어지는 법이거든."4

"그리고 어머니가 노래는 얼마나 잘 부르셨는지 기억나지 않아요, 크리스토퍼 씨?"

쿡섬 씨가 옛날을 회고하느라고 얼굴이 빨갛게 달아오른 상태로 말을 이었다.

"그리고 어머니와 함께 멜스톡 파티에 갔던 일이 기억나죠? 농부 샤이나 씨의 이모 데임5 레드로우 할머니 집에서 있었던 일을 말이에요. 얼굴이 노랗고 주근깨가 많다고 해서 그 부인을 두꺼비라 불렀던 일이 기억나요?"

"기억나고말고. 히히, 기억나!" 하고 크리스토퍼 코니가 말했다.

"나도 기억이 생생하지. 내가 자랄 때에는 남편을 공경해야 하는 시대였으니까. 그때 사람들은 어떤 때에는 나를 처녀라 부르고, 또 어떤 때는 부인이라 불렀지. 그리고 이것도 기억나는구먼" 하면서 그녀는 두 눈썹 사이에서 두 눈이 반짝거리고 있는 동안 손가락 끝으로 솔로몬의 어깻죽지를 꾹꾹 찔러댄다.

"셰리 와인6과 은제 스너퍼7가 있었지, 그리고 우리가 귀가하던 중 조안 더밋이 병이 나서 잭 그리그즈가 진창길을 더듬어 가면서 그녀를 업고 와야 했던 일이며, 그가 그녀를 스위트애플 씨의 마구간에 내동댕이치게 돼 우리가 그녀의 옷을 풀로 닦아야만 했던 일이 기억나는구먼. 그보다 더한 소동에 빠져 본 일은 없었더랬지요?"

"그럼, 기억나고말고. 히히, 그런 개망나니 짓이 옛날에 있었더랬지, 확실히! 아, 그 먼 길을 당시만 해도 나는 늘 걸어 다니곤 했지. 하나 이제는 밭고랑 하나도 넘지 못하겠단 말이야!"

그들의 회상은 그 재결합된 부부가 나타나면서 중단됐다. 헨처드는 본인 특유의 모호한 시선으로 구경꾼들을 둘러보았다. 그런 눈길은 한순간 만족감을 의미하는 듯도 했고 다음 순간에는 불같은 멸시를 의미하는 듯도 했다.

"아니, 자세히 보면 둘 사이는 차이가 너무 커, 그는 자신이 절대 술을 마시지 않는다고 하지만" 하고 낸스 모크리지가 말했다.

"그녀는 자신이 그에게 최선을 다하기에 앞서, 자기 처지를 바꿀 마지막 수단이 남아 있길 바랄 거야. 그런가 하면 그녀에게서는 푸른 턱수염 사내8의 모습이 보이거든. 하나 세월이 가면 없어지겠지."

"부질없는 소리. 그분은 대단히 건장한데! 자신의 행운에 아부하는 것을 좋아하는 사람들도 더러 있지. 나는 마음대로 고를 수 있는 선택이 주어진다 해도 그보다 더 나은 사람은 바라지 않겠어. 그녀같이 보잘것없는 여인에게는 하늘이 내려 주신 남편감이야. 그녀의 이름에 점프스9나 나이트 레일10같은 고급 옷은 어울리지 않지.

그 수수한 사륜마차는 안개 속으로 굴러 사라지고 구경꾼들도 뿔뿔이 흩어지고 있었다.

"요즈음 세상에서는 뭣을 어떻게 생각해야 할지 모르겠단 말이야!" 하고 솔로몬이 말했다. "어제는 여기서 그리 멀지 않은 곳에서 한 사람이 떨어져 죽었어. 사람 목숨이 그토록 파리 목숨 같고 기후는 이렇게 습한데 오늘 어떤 중대한 일을 해 봐야 별일 없어. 난 지난 한두 주일 동안 밋밋한 싸구려 맥주11밖에 마시지 못해 목이 컬컬하니 지나가는 길에 마리너즈에 들러 목이나 축여야겠군."

"그거, 좋은 생각이군. 나도 함께 갈까 하네, 솔로몬" 하고 크리스토퍼가 말했다. "나도 새조개 달팽이12처럼 목이 끈적끈적하구먼."

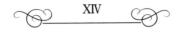

XIV

성 마르틴 축일의 여름

헨처드 부인이 **성 마르틴 축일의 여름**1에 해당되는 시기에 남편의 대저택에 들어온 이후 여름철의 따뜻한 날씨처럼 윤택한 생활이 시작되었다. 헨처드는 자신이 줄 수 있는 것보다 더 깊은 애정을 그녀가 바라지 않도록 하기 위해 의식적으로 자신의 애정을 애써 드러내기로 결심했다. 이 집에는 지난 80년간 녹이 슬어 낡아 있던 철제 난간이 본래의 모습을 잃지 않도록 밝은 녹색으로 칠해졌고, 무거운 창살에 작은 유리들이 끼인 조지언 양식2의 내리닫이 창문들은 세 번씩이나 흰색으로 칠해 깨끗하고 산뜻해 보였다. 그는 그녀한테 남편으로서, 시장으로서 그리고 교구위원으로서 할 수 있는 최대한의 친절을 다 베풀었다. 집은 크고 방의 천장은 높았으며 계단도 널찍했다. 두 모녀에게 방 안에 갖춰야 할 가구는 더 이상 없었다.

엘리자베스-제인에게는 이때가 제일 행복한 시절이었다. 그녀가 누리는 자유와 관대한 대우는 그녀의 기대 이상이었다. 어머니의 재혼이 그녀에게 안겨 준 평온하며 안락하고 풍족한 생활이 사실 엘리자베스에게는 커다란 변화의 시작이었다. 그녀는 원하기만 하면 무엇이든, 멋진 개인 소유물과 장신구를 가질 수 있었다. 중세의 격언대로 '취하다', '가지다', 그리고 '간직하다'가 유쾌한 말이라는 사실을 경험을 통해 알게 되었다. 그녀의 마음이 평온해지자 성장이 오고 성장과 함께 얼굴도 피어나 아름다워졌다. 식견 — 위대한 선천적인 통찰의 결과 — 은 그녀에게 부족하지 않았다. 그러나 학식, 성취 — 아, 이것을 그녀는 갖지 못했다.

겨울이 가고 봄이 지나자 그녀의 갸름한 얼굴과 몸매는 좀더 둥글고 부드러운 곡선으로 채워져 갔다. 그녀의 앳된 이마 위의 주름과 수축도 가셨다. 그녀의 타고난 운명 같아 보였던 푸석한 피부는 그녀의 환경이 풍족해지면서 사라졌으며 그녀의 볼에는 꽃이 활짝 피어났다. 간혹 그녀의 생각 깊은 회색의 두 눈에는 때때로 장난기 어린 쾌활함이 나타나기도 했다. 그러나 이런 일이 자주 있었던 것은 아니다. 그녀의 두 눈동자에서 보이는 지혜 같은 것이 이러한 경쾌한 기분과는 쉽사리 어울리지 않았다. 어려운 시절을 겪은 사람들이면 모두 알 수 있는 일이지만, 그녀에겐 경쾌함이라고 해서 그리 대수로운 것이 아니었다. 이따금 한두 모금씩 무모하게 술을 마시기도 했지만 오랜 세월동안 익숙해져 있었던 그녀의 버릇을 하루아침에 갑자기 버릴 수는 없었다. 그녀는 너무도 많은 사람들이 이유 없이 괴로워하는 감정의 기복은 전혀 느끼지 못했다. 최근에 어느 근대 시인이 했던 말을 알기 쉽게 풀이하자면, 엘리자베스-제인의 영혼에 침울한 데가 결코 없었다. 그러나 그녀는 마음에 침울한 기분이 왜 생겨나는지를 잘 알고 있었다. 그런데도 그녀는 스스로 그녀의 현재의 명랑한 분위기를 만들기 위해 노력하는 만큼 쾌활한 모습을 보였다.

한 처녀가 갑자기 얼굴이 예뻐지고, 생활이 안락해지고, 그리고 평생 처음으로 마음껏 돈을 쓰게 되었다고 하면 그녀는 방종에 빠지고 옷이나 사 입어 자신을 바보로 만들 거라고 상상할 수도 있을 것이다. 그러나 엘리자베스는 그렇지 않았다. 사생활을 살펴보아도 엘리자베스는 의복문제에 있어서만큼은 특별히 뚜렷하게 눈에 띄는 행동은 하지 않았다. 흔히 듣는 말이지만, 사람은 향락의 문제에서는 즐겨야 하고 기회가 있을 때에는 놓치지 말아야 한다는 교훈을 잊어서는 안 된다. 그런데 이 순진한 처녀는 태어났을 때부터 지각과 분별 있는 성품을 지녔는데, 그 처신이 거의 천재적이었다.

이렇게 그녀는 봄철에 물에서 피어나는 한 송이 꽃처럼 치장하는 행위는 삼갔으며, 캐스터브리지의 처녀 대부분처럼 평범한 옷차림에 값싼 장신구를 지니고 다녔다. 그녀는 취미생활에도 용의주도하고 신중했다. 그녀는 앞날이 촉망되었지만, 운명의 날카로운 쟁기 날을 두려워하는 들쥐처럼 아직도 공포에 사로잡혀 있었다. 이러한 공포심은 일찍 가난을 겪고 고난을 경험한 생각 깊은 사람들에게는 흔한 두려움이었다.

"나는 어떠한 일에도 너무 즐거워만 하지는 않을 거야" 하고 그녀는 스스로에게 다짐하곤 했다. "내가 그러면 하느님께서 언제나 그러하셨듯이 어머니와 나를 내동댕이치게 하고, 과거처럼 우리한테 다시 고통을 안기는 일이 될 거야."

우리는 이제 그녀가 검은 비단 모자를 쓰고, 벨벳 외투 혹은 비단 재킷, 어두운 의상을 입고, 양산을 들고 다니는 모습을 본다. 그녀는 양산의 가장자리에 선을 그어 그곳에 조그마한 상아 고리를 단 것 외에는 장식 없이 그대로 내버려 두었다. 고리는 양산을 접을 때 쓰기위해 달았다. 양산이 필요한 이유는 독특했다. 그녀는 얼굴의 피부가 맑아지고 두 볼이 불그스레해지는 것을 보고 자기의 피부가 햇볕에 더욱 민감해졌음을 알았다. 그녀는 티끌 하나 없는 것이 여성스러움의 일부라고 생각했기 때문에 그 즉시 두 볼을 양산으로 보호했다.

헨처드는 그녀를 대단히 좋아하게 됐으며 그녀는 이제 어머니보다는 그와 함께 외출하는 일이 더욱 잦아졌다. 어느 날 그녀의 모습이 너무도 매력적이고 아름다워 그는 그녀를 뚫어지게 바라보았다.

"저한테 우연히 리본이 생겨서 달았어요" 하고 그녀는 수줍은 듯이 말을 더듬거렸다. 그녀는 자신이 처음 달아 본 꽤나 밝은 장식을 그가 마음에 들어 하지 않는 것 같다고 생각했던 것이다.

"암, 물론 밝은 장식도 어울려" 하고 그는 덤덤한 태도로 말했다.

"너 좋을 대로 하려무나, 아니 그보다 네 엄마가 신경을 써 주는 대로 하렴. 네가 뭘 어떻게 입든 난 거기에 대해선 할 말이 없어!"

집 안에서 그녀는 머리를 흰 무지개처럼 양쪽 귀 위에 화살 모양으로 갈라 붙이고 지냈다. 가르마의 앞부분 모두는 온통 머리카락으로 덮었고, 뒷머리는 매끈하게 빗겨 매듭으로 묶여 있었다.

세 식구는 어느 날 아침 식사를 하려고 식탁에 앉았다. 헨처드는 가끔 그러했듯이 엘리자베스의 머리를 말없이 지켜보고 있었다. 머리카락은 약간 엷은 갈색이었다.

"난 엘리자베스-제인의 머리카락을 생각하고 있었어. 당신은 엘리자베스가 젖먹이였을 때 저 아이의 머리카락이 검어지겠다고 말하지 않았던가?” 하고 그는 아내한테 말했다.

그녀는 놀란 표정으로 마치 무슨 경고를 받은 듯 남편의 발을 쿡 찌르면서 중얼거렸다.

“내가 그랬던가요?”

엘리자베스가 자신의 방으로 돌아가자마자 헨처드는 다시 입을 열었다.

“맙소사, 나 자신도 이제 까맣고 잊고 있었구먼! 내가 하고자 했던 말은 그 아이의 머리가 확실히 좀더 검지 않았느냐 하는 것이었소, 그 아이가 젖먹이였을 때는 말이야.”

“그랬어요, 하지만 자라면서 변하기 마련이에요” 하고 수전이 대답했다.

“아이들의 머리카락이 좀더 검어진다는 건 알고 있지만, 머리카락 색이 엷어진다는 건 몰랐는데.”

“아, 그랬군요.”

그녀의 얼굴에는 여전히 불안감이 감돌았다. 이 불안감은 그녀가 헨처드와의 결혼생활에 미래를 푸는 열쇠가 달려 있었지만, 헨처드가 말을 계속했기 때문에 그 이야기는 묻혀 버린 듯했다.

“하나, 머리카락은 짙을수록 좋은 법이니까. 자, 여보, 나는 그 아이를 헨처드 양이라 불렀으면 하는데 … 뉴슨 양이 아니라. 뭐라고 부르든 상관없는 일이긴 하지만 말이오. 그것이 그 아이의 법률적인 성이잖소! 그러니 그걸 그 아이의 평상시의 이름으로 불렀으면 하오. 내 살, 내 피를 받았는데 다른 사람의 이름을 붙이기는 싫단 말이오. 그 아이의 바른 이름을 캐스터브리지 신문에 광고해야겠소. 그래야 그 아이의 이름이 바뀐단 말이오. 그 아이도 반대하지는 않을 거요."

"안 돼요. 정말 안 돼요. 하지만 ···."

"자, 그러면 난 내 생각대로 그렇게 할까 하오" 하고 그는 단호하게 말했다. "그 아이도 응한다면, 당신도 나만큼이나 그렇게 바라야만 되지 않겠소?"

"오, 예, 만약 그 아이만 동의한다면 우리 그렇게 하도록 합시다." 하고 그녀가 대답했다.

그 후 헨처드 부인의 행동에는 조금 모순된 점이 보였다. 그녀의 그런 행동은 거짓으로 보였겠지만, 그녀의 태도는 너무 감정적이었으며 위험을 무릅쓰고라도 올바르게 행동하기를 바라고 있는 사람의 진지한 태도로 가득 차 있었다. 그녀는 엘리자베스-제인에게 갔다. 딸은 2층에 있는 자신의 거실에서 바느질을 하고 있었다. 그녀는 딸에게 성에 관한 헨처드의 제의를 들려주었다.

"너 동의하겠니? 뉴슨이란 이름이 그렇게 중요하지는 않은 것 같은데. 이제 그분은 돌아가시고 안 계시잖니?"

엘리자베스는 생각에 잠겼다. "좀 생각해 볼게요, 엄마" 하고 딸은 대답했다. 그날 늦게 헨처드를 본 그녀는 어머니에 의해 비롯된 감정의 흐름이 계속 지속되었음을 그대로 드러내 보이면서 곧장 자신의 생각을 언급했다.

"제 성을 바꾸기를 몹시 바라신다면서요, 아저씨?"3 하고 그녀는 망설임 없이 물었다.

"바라느냐고? 왜, 내 조상들이 바란다고 그러지. 여자들은 그런 사소한 일로 웬 야단법석을 떠는군! 난 그저 내 생각을 말해 본 것뿐이야. 자, 엘리자베스-제인아, 너 좋을 대로 하거라. 내가 너무 너에게 부담감을 주었다면 날 용서하렴. 내 말 알아듣겠니? 그러니 나를 기쁘게 하기 위해서 그렇게 하겠다는 식으로는 하지 마라."

여기서 그 문제는 일단 중단되었다. 그 이상 오간 말도 없었으며 이루어진 일도 전혀 없었다. 그리고 엘리자베스-제인은 여전히 뉴슨 양으로 통했을 뿐 그녀의 법적 이름으로는 불리지 않았다.

한편 헨처드의 대규모 곡물 및 건초 장사는 도널드 파프레이의 관리 아래 전례 없이 번창했다. 전날에는 덜거덕거리는 마차에 실려 운반됐으나 지금은 기름칠한 운반차에 실려 운반됐다. 모든 것이 기억력에 의존하고, 계약은 대충 말로만 이루어지던 헨처드의 낡은 주먹구구식4 방식은 완전히 사라졌다. 문자와 장부가 '내가 그렇게 하리다'나 '당신에게 보내겠소'라는 말을 대신했다. 모든 발전의 경우와 같이 세련되지 못한 예전 방식의 운치는 그 불편함과 함께 자취를 감추게 되었다.

엘리자베스-제인의 방은 — 정원 너머로 건초광과 곡창이 보일 정도로 이 집에서 약간 높은 위치에 있었기 때문에 — 그녀는 그곳에서 진행되고 있는 바를 정확하게 관찰할 수 있었다. 그녀는 도널드와 헨처드 씨가 떨어질 수 없는 사람들이란 것을 알았다. 함께 거닐 때 헨처드는 마치 파프레이가 나이 어린 동생인 양 자기의 팔을 지배인의 어깨에 허물없이 얹어 파프레이의 호리호리한 체구가 그 팔의 무게에 눌려 약간 구부러질 정도였다. 때때로 그녀는 도널드가 말한 어떤 이야기에서 헨처드의 끝날 줄 모르는 커다란 웃음소리를 들을 수 있었다. 도널드는 아주 순진한 모습으로 전혀 웃지 않고 있었다. 헨처드는 그의 약간 외로운 생활에 이 젊은이가 조언자로서 유용한 것만큼이나 동료로서도 바람직한 사람이라는 것을 분명히 알 수 있었다.

헨처드가 도널드를 처음 만나서 그의 총명한 재능에 감탄했고 그들이 첫 순간에 느꼈던 그 인상이 그 곡물 도매인에게 그대로 유지되어 있었다. 젊은이가 겉으로 보기에는 호리호리한 체격에 활발한 모습이었지만 그런 이유로 그가 보잘것없어 보였던 것도 사실이었다. 그러나 그 젊은 지배인의 명석한 두뇌는 헨처드로 하여금 그런 부정적 평가를 상쇄하고도 남을 정도였다.

엘리자베스-제인의 침착하면서도 조용한 눈은 그 젊은이에 대한 헨처드의 신뢰가 지나친 애정으로 나타나다가도 파프레이가 정말로 화난 표정을 짓는 순간 억제되는 것을 발견했다. 어느 날 그녀가 2층에서 그들을 내려다보고 있었다. 그녀는 그 두 사람이 정원과 마당 사이의 문간에 서서 말하는 것을 들었다. 도널드는 그들이 함께 산책하고 드라이브나 하는 습관이 주인이 없는 곳에서 존중받아야 할 자신의 2인자로서의 값어치를 무력화시킨다고 말했다.

"빌어먹을 세상!" 하고 헨처드는 소리쳤다. "세상이란 도대체 뭐란 말이야! 나는 말상대가 되는 사람을 좋아해. 자, 함께 들어가서 요기나 하세. 이런저런 일에 너무 신경 쓰지 말고. 그렇게 하다간 자네가 나를 미치게 만들겠어."

한편 엘리자베스는 어머니와 함께 나선 산책길에서 자주 그 스코틀랜드 젊은이가 그들을 호기심 있는 눈초리로 바라보는 것을 목격했다. 쓰리 마리너즈에서 그가 그녀를 만난 일이 있다는 사실만으로는 그 이유로 충분치 않았다. 그녀가 그 여관에서 그의 방에 여러 번 드나들었지만 그때마다 그는 고개를 들어 쳐다보지도 않았기 때문이다. 그뿐만 아니라 그가 좀더 유심히 바라본 것은 그녀 자신보다는 그녀의 어머니여서 엘리자베스-제인은 거의 무의식적으로 단순하기 그지없지만 어쩌면 관대하게 봐줄 수 있을 만한 실망감을 느꼈다. 따라서 그녀는 파프레이가 자신의 매력에 호기심을 보인다고 볼 수는 없었고, 그래서 그녀는 그것이 분명 눈을 돌리는 파프레이의 버릇에 지나지 않을지도 모른다는 결론을 내렸다.

그녀는 그의 태도에 대한 충분한 이유를 알아차리지 못했다. 그것은 개인적인 자만심이 아니라, 파프레이는 헨처드가 엘리자베스의 옆에서 걷고 있던 창백한 얼굴의 어머니에 대한 자신의 과거를 털어놓은 상대라는 신뢰 때문이었다. 과거에 대한 그녀의 추측은 우연히 듣고 본 일들에 근거를 준 희미한 짐작들 — 헨처드와 그녀의 어머니가 젊은 시절에 서로 애인 사이였는데 서로 다투다 헤어졌을지도 모른다는 막연한 추측을 벗어나지 못했던 것이다.

캐스터브리지는 이미 암시한 대로 들판의 한 구역에 자리 잡은 조그마한 도시였다. 이곳은 현대적 의미의 교외, 아니면 도시와 시골이 과도기적 현상으로 합쳐진 곳이었다. 이 도시는 이웃의 광대하고 비옥한 경작지와는 달리 파란 식탁보 위의 장기판처럼 윤곽이 뚜렷하게 드러나는 곳이었다. 농부의 아들이 들판에서 보릿단 더미 아래 앉아 놀다가 돌을 집어 들고 이 시청사의 사무실 유리창 안으로 던질 수도 있고, 곡식단 틈에서 일하는 사람이 길모퉁이에 서 있는 친지에게 눈인사를 보낼 수도 있었다. 붉은 법복을 입은 판사가 양을 훔쳐 간 도둑에게 판결을 내릴 때는 선고문을 '음매' 하는 양의 울음소리에 맞춰 판결을 내렸는데, 창으로 흘러들어 오는 그 소리는 가까운 들판에서 열심히 풀을 뜯어 먹고 있는 무리에서 외톨이로 떨어져 나온 양의 소리였다. 사형을 집행할 때에는 구경꾼들이 바로 교수대 앞의 초원으로 몰려들어 서서 기다리기도 했는데, 그곳은 구경꾼들을 위해 젖소를 일시적으로 쫓아내고 만든 공간이었다.

이 자치도시의 고지대 쪽에서 재배되는 곡식은 더노버로 불리는 동쪽의 변두리에 거주하는 농부들에 의해 곳간에 쌓였다. 여기서는 곡물 더미가 그 옛날 로마시대의 거리 위로 튀어나왔고, 처마는 교회의 탑을 찌르고 있으며, 솔로몬 궁전의 문만큼이나 높은 문이 달린 녹색 초가지붕의 헛간이 대로를 향해 열려 있었다. 헛간은 그 수가 아주 많아서 이 길을 따라 대여섯 집의 거리마다 하나씩 있는 셈이었다. 여기서 묵힌 땅 위로 매일 걸어 다니는 시민들이 거주하고 있었으며, 양치기는 성곽 안쪽의 좁은 공간에 빽빽하게 살고 있었다. 농부들의 집이 들어서 있는 거리이며, 시장과 자치단체의 지배를 받기는 하지만 도리깨 소리, 풍구5의 윙윙거리는 소리, 통에 우유를 붓는 소리가 울려 퍼지고 있는 거리이며, 어디에서나 도시라는 분위기를 어디서도 찾아볼 수 없었다. 바로 이곳이 캐스터브리지에서도 가장 변두리에 위치한 더노버였다.

헨처드는 자연히 이런 조그마한 규모의 농사를 짓는 가까운 소작인 농부들과 주로 거래를 했다. 그래서 그의 마차들은 자주 그쪽으로 내려갔다. 앞서 말한 농장 중 어느 한 곳에서 곡물을 집으로 실어 올 준비가 진행되던 어느 날 엘리자베스-제인은 인편으로 더노버힐에 있는 어느 곡창에 즉시 와 달라는 쪽지를 받았다. 그곳은 헨처드가 그

안에 쌓여 있던 곡식을 운반해 오던 곡창이었기 때문에 그녀는 그러한 요청이 그의 일과 무슨 관련이 있다고 생각하고 모자를 쓴 뒤 곧바로 그쪽으로 향했다. 그 곡창은 농장 앞마당에 있는데, 사람이 그 아래로 걸어 들어갈 수 있을 정도로 석축 위에 높게 서 있었다. 창고의 문들은 열려 있고 그 안에는 아무도 없었다. 그러나 그녀는 안으로 들어가 기다렸다. 곧 문 앞으로 다가오는 사람이 보였다. 도널드 파프레이였다. 그는 교회 탑의 시계를 올려다보고 들어갔다. 어떤 까닭을 알 수 없는 수줍음과 그곳에서 그를 혼자서는 만나고 싶지 않다는 이유로 그녀는 곡창의 문으로 이어진 사다리를 타고 급히 올라가 그의 눈에 띄기 전에 그 안으로 들어갔다. 파프레이는 자기 혼자뿐이라고 생각하면서 다가왔다. 빗방울이 몇 방울씩 떨어지고 있었기 때문에 그는 급히 몸을 움직여 그녀가 조금 전에 서 있었던 처마 밑에 섰다. 거기서 그는 그 석조 축대 중 하나에 몸을 기대고 참을성 있게 기다리고 있었다.

그도 누군가를 기다리고 있었음이 분명했다. 기다리는 사람이 그녀일까? 만약 그렇다면 그 이유는 무엇일까? 몇 분이 지나자 그는 자기 시계를 들여다보고 쪽지 하나를 끄집어냈다. 그녀가 받은 것과 똑같은 쪽지였다.

입장이 매우 난처해지기 시작했다. 그녀가 오래 기다리면 기다릴수록 입장은 더욱 난처해졌다. 바로 그의 머리 위의 문에서 나와 그 사다리를 타고 내려가서 자신이 그곳에 숨어 있었음을 드러내는 것은 너무도 어리석은 짓 같아 보일 것이기 때문에 그녀는 여전히 기다리고 있었다. 풍구 하나가 그녀 옆 가까이에 서 있었는데 그녀는 자신의 불안을 덜기 위해 풍구 손잡이를 살며시 돌렸다. 그러자 밀 껍질들이 그녀의 얼굴로 왈칵 날아와 그녀의 옷과 모자를 뒤덮고, 그녀의 빅토린6에 달라붙었다. 그는 그만 그 소리를 들었음이 분명했다. 그가 시선을 들어 올려다보고 곧 그 사다리를 타고 올라왔기 때문이다.

"아, 뉴슨 양이군요."

그는 창고 안을 들여다볼 수 있게 되자 말했다.

"난 아가씨가 그곳에 있는 줄은 몰랐습니다. 전 약속을 지킨 셈입니다. 그러니 아무거나 마음대로 시키시기만 하십시오."

"오, 파프레이 씨" 하고 그녀는 머뭇거리며 말했다.

"저도 마찬가지예요. 하지만 전 저를 만나고 싶어 한 사람이 선생님이었다는 걸 몰랐어요. 그렇지 않았다면 저는….."

"내가 아가씨를 만나고 싶어 했다고요? 오, 아닙니다 ― 적어도 그 것만은 어떤 착오일지도 모르겠군요."

"선생님이 저더러 여기로 와 달라 하셨잖아요? 선생님께서 이걸 쓰셨잖아요?"

엘리자베스는 편지 쪽지를 내밀었다.

"아닙니다. 내 손으로 그런 걸 쓴다는 것은 생각조차 할 수 없습니다. 그런데 아가씨는 … 나한테 청하지 않았습니까? 이거 아가씨가 쓴 것 아닙니까?" 하고 그는 자기가 받은 쪽지를 치켜들었다.

"절대로 아니에요."

"정말 그랬군요! 그렇다면 우리 두 사람을 다 만나고 싶은 사람의 짓일 겁니다. 우리 조금만 더 기다려 보는 것이 좋겠습니다."

이런 생각으로 그들은 머뭇거렸다. 엘리자베스-제인의 얼굴은 도저히 이해할 수 없다는 표정으로 변해 가고, 스코틀랜드 젊은이는 바깥 노상에서 발걸음 소리가 들릴 때마다 지나가는 사람이 들어와서 자신이 두 사람을 오라고 한 사람이라고 말하지 않을까하고 곡창 아래쪽을 내다보았다. 그들은 맞은편의 밀 낟가리 지붕에서 빗방울이 밀집 하나 하나를 타고 내려 땅바닥에 떨어지는 것을 지켜보고 있었다. 그러나 아무도 오지 않았다. 곡창의 지붕에서는 똑똑 떨어지는 빗방울 소리가 들리기 시작했다.

"그 사람은 올 것 같지 않습니다" 하고 파프레이가 말했다. "아마 누가 장난을 치는 것 같습니다. 만약 그렇다면 우리가 이렇게 시간을 허비하고만 있는 것은 어리석은 일입니다. 더구나 할 일이 너무도 많은데."

"이건 너무 기가 막히는 일이에요."

"정말 그렇습니다. 뉴슨 양. 우리는 언젠가 이것에 관한 진상을 알게 되겠지요, 두고 봅시다. 어떤 사람이 이따위 짓을 했는지 밝혀지겠지요. 난 이런 일에 신경 쓰고 싶지는 않군요. 그런데 당신은 어떻습니까, 뉴슨 양."

"저도요, 별로 신경 쓰고 싶지 않습니다."

"나도 그렇습니다."

그들 사이에는 다시 침묵이 흘렀다.

"선생님께서는 스코틀랜드로 돌아가고 싶지 않으신가요, 파프레이씨?" 그녀가 물었다.

"오, 아닙니다. 뉴슨 양, 왜 내가?"

"쓰리 마리너즈에서 선생님께서 스코틀랜드와 고향에 관한 노래를 부르시는 것을 보고 그러실 거라고 생각해 본 것뿐이에요. 제 말뜻은 선생님의 마음속 깊이 그런 생각을 하고 계신 듯해 보였다는 말이에요. 그래서 우리들은 죄다 선생님을 동정했거든요."

"아, 참 내가 거기서 그런 노래를 했지요. 그러나 뉴슨 양," 그의 태도가 진지해질 때 언제나 그러하듯 도널드의 목소리는 약간 떨렸다. "얼마 동안 그 노래를 생각하면 두 눈에 눈물이 잔뜩 고일 만도 하지요. 하지만 그 노래는 끝마치게 마련이죠. 무엇을 느꼈건 오래도록 상관하지도 않는답니다. 오, 아닙니다. 난 돌아가려는 것이 아닙니다! 아가씨만 좋다면 언제라도 기꺼이 그 노래를 불러 드리죠. 지금 당장이라도 부르겠습니다. 괜찮으시겠습니까?"

"정말 감사합니다. 하지만 저는 돌아가야겠어요. 비야 오건 말건."

"예, 그런데 뉴슨 양, 아가씨는 이 짓궂은 장난에 관해 신경도 쓰지 말고 잊어버리는 편이 좋을 겁니다. 만약 그 사람이 아가씨한테 뭐라고 말하면 마치 아가씨는 전혀 신경 쓰지 않는다는 듯이, 남자건 여자건 그 사람한테 의연하게 대하도록 하십시오. 그러면 아가씨는 그 장난꾸러기의 조롱을 물리치게 될 겁니다."

말을 하면서 그의 눈은 아직도 밀 껍질에 뒤덮인 그녀의 옷을 뚫어지게 바라보았다.

"몸에 밀 껍질과 먼지를 뒤집어썼군요. 안 보이세요?" 하고 그는 아주 자상한 투로 말했다. "옷에 왕겨가 묻어 있을 때 비를 맞으면 아주 엉망이 됩니다. 옷에 스며들어 엉망이 되지요. 내가 도와드리지요. 입으로 불어서 터는 것이 상책입니다."

엘리자베스가 이러지도 저러지도 않자 도널드 파프레이는 그녀의 뒷머리, 옆머리, 목덜미, 모자 꼭대기, 모피 숄의 털에 대고 바람을 불어 댔다. 엘리자베스는 후하고 불 때마다, "아, 정말 감사해요" 하고 말했다. 마침내 그녀는 꽤 말끔해졌다. 그러나 파프레이는 그녀의 행색에 대한 관심사가 사라졌지만 서둘러 떠날 생각은 없는 듯했다.

"아, 지금 내가 가서 아가씨한테 우산을 가져다 드리지요."

그녀는 그 제의를 거절하고 빗속으로 걸어 나갔다. 파프레이는 그녀의 작아져 가는 모습을 유심히 바라보면서 그리고 낮은 휘파람 소리로 〈내가 캐노비를 떠나올 때〉7를 부르면서 뒤따라 서서히 발길을 옮겼다.

XV

어렴풋한 공포감

처음에는 뉴슨 양의 꽃봉오리처럼 피어나는 아름다움을 특별히 관심 있게 지켜봐 준 사람이 캐스터브리지에는 아무도 없었다. 그러나 도 널드 파프레이의 눈길이 시장의 이른바 의붓딸에게로 쏠리고 있음은 사실이다. 그는 유일하게 그녀를 향한 사람이었다. 사실 그녀는 '즐 거워하길 좋아하는 숫처녀'라는 예언가 바루크[1]의 능청스러운 정의를 어설프게 실증하는 하나의 구체적인 실례에 불과했다.

집 밖에서 산책할 때 그녀는 마음속의 생각에만 몰두할 뿐 눈앞에 보이는 물질에는 별로 신경 쓰지 않는 듯했었다. 그녀는 의복에 대해 사치스런 생각을 하지 않겠다는 특이한 다짐을 하고 있었다. 왜냐하 면 돈에 여유가 생기자마자 치장을 한다는 게 과거 어려웠던 생활과 는 어울리지 않다는 사실을 잘 알고 있었기 때문이다. 그녀에게 단순 한 망상을 소망으로, 그리고 단순한 소망을 욕망으로 발전시키는 것 보다 더 위험한 일은 없었다. 헨처드는 어느 봄날 섬세하게 물들여진 장갑상자 하나를 엘리자베스-제인한테 주었다. 그녀는 그의 친절에

167

감사함을 보이기 위해 그 장갑을 끼고 싶었다. 그러나 그것과 어울리는 모자가 없었다. 미적인 탐닉에 빠진 그녀는 그런 모자가 있었으면 했다. 그 장갑에 어울리는 모자를 갖고 보니 그녀는 그 모자에 어울리는 옷이 없었다. 이제 모자, 장갑, 옷을 모두 완전히 갖춰야 할 필요가 생겼다. 그녀는 그래서 필요한 물건들을 주문했다. 그러나 그 옷과 조화를 이룰 양산이 없다는 것을 알았다. 한 번 시작한 일이라 완전히 마무리하는 게 좋았다. 그래서 그녀는 양산도 샀다. 마침내 한 벌이 완전히 마련됐다.

그녀의 겉모습이 바뀌자 누구나 그녀에게 시선이 끌렸다. 사람들은 그녀가 순수하게 살아온 지난날의 평소 생활은 순진함의 술책을 감추는 능란한 솜씨이며, 로슈푸코의 "교묘한 기만"2이었다고 말하곤 했다. 그녀는 하나의 효과를, 하나의 대조를 불러일으켰다. 그러나 그녀는 그런 짓을 고의로 했다. 사실상 이것은 본의가 아니었으나 효과는 있었다. 캐스터브리지 사람들은 그녀가 수완이 좋다는 생각이 들자 곧 그녀를 주목할 만하다고 여겼다.

"내가 이렇게 칭찬받아 보기는 평생 처음이야. 그따위 사람들의 칭찬이야 받을 가치도 없지만…" 하고 그녀는 혼자 중얼거렸다.

그러나 도널드 파프레이 역시 놀라움을 감추지 않았다. 또 때가 때인 만큼 그의 마음도 들뜨게 했다. 이전에는 그의 마음속에 그녀에게서 여성적인 이끌림을 그렇게 강렬하게 느껴 본 적이 없었다. 예전의 그녀가 아마 너무 몰인격적인 인간이었기 때문에 뚜렷하게 여성적이라고 할 수 없었던 것이다. 어느 날 전례 없는 대성공을 거둔 후 귀가한 그녀는 곧 2층으로 올라가 침대에 얼굴을 파묻은 채 옷이 구겨지고 흐트러질 정도로 엎드려 뒹굴고 있었다.

"어머나! 이럴 수가 있을까? 여기서 내가 이 도시 미인인 척하다니!"

그녀가 이 점을 곰곰이 생각해 보니 자신이 스스로 외모를 과장하고 싶어 하는 욕망에 빠져들었다는 사실을 깨닫게 되어 매우 슬퍼졌다. 그녀는 '이 모든 게 무언가 잘못되고 있어'라는 생각에 잠겼다.

"내가 이태리 말도 할 줄 모르고, 지구 천체에 대해서도 알지 못하며, 기숙학교에서 배운 것들도 모르는 무척 세련되지 못한 계집애란 사실을 그들이 알게 된다면 나를 얼마나 무시할까! 나는 이 아름다운 옷들을 죄다 팔고 문법책이며 사전, 철학서적들이나 구입하는 것이 더 나을지 모르지!"

그녀는 창밖으로 눈길을 돌렸다. 헨처드와 파프레이가 건초 쌓인 마당에서 이야기하는 모습이 보였다. 헨처드 시장의 뜨거운 우정과 젊은이의 다정한 겸손이 이제 그들의 대화를 무르익게 했다. 그것은 남자와 남자 사이의 우정이었다. 그 우정 속에는 두 사람에 의해 명백히 나타나는 남성다운 힘이 담겨 있었다. 그러나 그 순간 이 우정의 기초를 뿌리 뽑게 될 씨앗이 그 우정이란 구조물의 틈바구니에 뿌리 내리고 있었다.

6시 경이었다. 일꾼들이 하나씩 집으로 돌아가고 있었다. 마지막으로 나가던 사람은 열아홉 아니면 스무 살쯤 돼 보이는 어깨가 동그스름하고 눈을 깜빡거리는 젊은이였다. 이 사람의 입은 조금만 화가 나도 벌어지곤 했는데 마치 그 입을 떠받칠 턱이 없는 듯했다. 그가 문밖으로 막 나가고 있을 때 헨처드는 큰 소리로 그를 불렀다.

"이봐. 에이벌 휘틀!"

휘틀은 가던 걸음을 멈추고 뒤돌아서서 달려왔다.

"예, 주인님" 하고 그가 대답했다. 그는 다음에 무슨 말이 나올지를 알고 있는 듯이 숨죽이고 무언가 애원하듯 대답했다.

"한 번 더 말하지만, 내일 아침에는 시간을 지키도록 하게. 자네는 무슨 일을 해야 할지 잘 알잖아. 내 말 잘 들어. 그리고 난 더 이상 가만 앉아서 보기만 하지 않으리란 것도 알고 있겠지?"

"예, 주인님." 대답을 마치고 에이벌 휘틀은 자리를 떠났다. 헨처드와 파프레이도 떠나고 없었다. 엘리자베스에겐 그들이 더 이상 보이지 않았다.

그런데 헨처드가 이렇게 명령조로 다그치는 말을 하는 데는 그럴 만한 이유가 있었다. 그의 이름대로 가련한 에이벌은 늦잠을 자고 일터에 늦게 나오는 고질적인 버릇이 있었다. 사실 그는 제일 일찍 출근하는 사람들에 끼고 싶었다. 그러기 위해 그는 자기의 커다란 엄지발가락에 줄을 묶어 그 줄을 창밖에 걸어두었다. 하지만 그의 동료들이 그 줄을 잡아당겨 깨우지 않으면 그의 의지는 바람처럼 날아가 버려서 제 시간에 일터에 나오지 못하게 되는 것이다.

그는 건초를 매다는 일이나 곡물 자루를 들어 올리는 기중기에서 가끔 조수 노릇을 하거나 아니면 구입해 둔 낟가리를 운반해 오기 위해 시골로 마차를 따라가야 하는 사람이었기에 때문에 항상 늦게 출근하는 에이벌의 이러한 고질적인 버릇이 회사 일을 처리하는 데 많은 폐를 끼쳤던 것이다. 이번 주에도 그는 두 번이나 다른 사람들을 거의 한 시간 동안 기다리게 했다. 그래서 헨처드의 입에서 좀 거친 말이 나오게 된 것이었다. 내일 아침에는 무슨 일이 일어날지 이제 두고 볼 일이다.

6시를 알리는 종소리가 울렸다. 그러나 휘틀은 나타나지 않았다. 6시 30분에 헨처드가 마당 안으로 들어섰다. 에이벌이 호송할 마차에는 말이 채워져 있었다. 그 마차의 마부는 20분이나 기다리는 중이었다. 헨처드가 욕지거리를 내뱉는 순간 휘틀은 숨을 헐떡거리면서 달려왔다. 곡물 도매인은 그에게로 몸을 돌리면서 맹세코 이번이 마지막이라고, 한 번만 더 시간에 늦으면 자기가 직접 가서 그를 잠자리에서 끌어내겠다고 고함을 쳤다.

"저의 체질에 무엇이 잘못되었나 봐요, 주인님!" 에이벌이 말했다. "특히 몸속에 말씀입니다요. 그리고 제 이 돌대가리는 기도문을 몇 줄 외우려고 해도 돌아서면 모두 잊어버려요. 정말입니다. 그런 증상은 제가 풋내기였을 때부터 생겼어요. 제가 성인 임금을 받기 시작하기 직전에 말입니다요. 전 잠을 전혀 제대로 자지 못해요. 자리에 눕기만 하면 이내 잠들어 버리고 또 눈도 채 뜨기 전에 벌떡 일어나 버리게 되거든요. 전 그 때문에 무척 힘들다고요. 주인님. 하지만 저는 어떻게 해야 하지요? 그리고 간밤에 잠자리에 들기 전에 전 겨우 치즈 한 쪽을 먹었을 뿐이에요."

"그따위 소리 듣기 싫어!" 하고 헨처드는 고함쳤다. "내일 마차는 새벽 4시에 출발해야 해. 그래서 그때까지 나오지 못하겠다면 알몸뚱이로 나오도록 해. 자네를 위해 알몸으로 수모를 당하게 해야겠어!"

"하지만 제 이야기를 마저 들어 보시라고요. 주인님 …."

헨처드는 들은 척도 않고 발길을 다른 곳으로 돌려 버렸다.

"주인님께서는 나한테 이것저것 따지기만 하고 내 말은 들으려 하지도 않으시다니!"

에이벌은 마당 안의 여러 사람들을 향하여 투덜댔다.

"제기랄, 오늘 밤엔 주인어른이 두려워 밤새도록 시계바늘3처럼 경련을 일으키게 되겠구먼!"

이튿날 마차들이 가야 할 길은 블랙무어 베일까지의 긴 여행이었다. 따라서 새벽 4시가 되자 마당에서는 여러 개의 초롱불이 분주하게 움직이고 있었다. 그러나 에이벌은 보이지 않았다. 어느 누가 에이벌의 집으로 달려가 그에게 경고해 줄 여유도 없이 헨처드가 정원의 문간에 나타났다.

"에이벌 휘틀은 어디 있어? 내가 그렇게 말했는데도 아직 나타나지 않았어? 그렇다면 맹세코 내 말대로 실행해야겠어. 그 녀석한테 다른 방법은 하등 소용없을 거야! 내가 직접 가 보지."

헨처드는 백스트리트 위에 있는 에이벌의 조그마한 오두막집에 들어섰다. 문이 걸려 있는 일은 결코 없었다. 이 집에는 도둑맞을 물건이 전혀 없었기 때문이다. 곡물 도매인이 휘틀의 침상 옆으로 다가가서 낮은 소리로 너무 크게 고함쳤기 때문에 에이벌은 그 소리에 놀라 벌떡 일어났다. 헨처드가 자기를 내려다보고 서 있는 것을 보자 전기에 감전된 듯 발작적으로 몸을 놀렸으나 옷을 챙겨 입으려는 겨를도 없을 정도였다.

"'침대에서 일어나시게나, 선생. 서둘러 곡창으로 가셔야지요. 그렇지 않으면 오늘 당장 해고당합니다!'4 이건 자네한테 한 가지 교훈을 깨우치기 위해서일세. 빨리 뛰어! 바지 주워 입을 생각은 하지도 마라!"

이 가엾은 휘틀은 조끼를 잽싸게 걸치고 계단 끝자락에서 장화를 간신히 발에 낄 수 있었다. 헨처드가 그의 머리에 모자를 눌러 씌워 줬다. 휘틀은 백스트리트를 재빠른 걸음으로 걸어가고 헨처드는 엄한 표정으로 뒤따라 걸었다.

이때 막 파프레이가 헨처드를 찾기 위해 집 안으로 들어갔다가 뒷문으로 나와 음산한 아침 공기 속에 나풀거리는 흰 무엇을 보았다. 그는 그것이 에이벌의 조끼 아래로 삐져나온 셔츠 자락이라는 것을 곧 알아차렸다.

"저런! 저게 무슨 꼴이야?" 하고 파프레이는 에이벌을 따라 마당 안으로 들어서며 말했다. 헨처드는 아직도 저만큼 멀리 떨어져 있었다.

"사실은요, 파프레이 씨." 에이벌은 체념하는 듯 공포의 미소를 띠고 떠듬떠듬 말했다.

"제가 잠자리에서 좀 일찍 일어나지 않으면 제게 알몸으로 수모를 당하게 만들겠다고 하셨어요. 주인님께서는 그래서 지금 그렇게 하고 계시는 거예요! 할 수 없는 일이잖아요. 파프레이 씨, 일이란 때로는 묘하게 되거든요! 좋다고요, 저는 이렇게 반쯤 벗은 채로 블랙무어 베일까지 가야합니다. 그것이 주인님의 명령이니까요. 하지만 그렇게 하고 난 후 난 죽어 버릴 거예요. 이런 치욕을 당하고서는 살 수 없어요. 그동안 내내 여자들이 창밖으로 내 이런 굴욕을 보고 나를 '바지 입지 않은 남자'라고 놀려 댈 거란 말이에요. 내 기분이 어떤지 아시겠지요. 파프레이 지배인님? 그리고 내가 얼마나 비참한 생각이 들겠는가 하는 것도 말이에요. 좋다고요 — 내 자신을 저주하고 싫다고요 — 그런 생각뿐이에요!"

"냉큼 돌아가서 바지를 입고 사내답게 당당하게 걸어 들어와! 가지 않는다면 그곳에 서서 죽고 말겠네!"

"유감스럽게도 그렇게 해선 안 돼요! 헨처드 씨가 한 말이 있어요."

"헨처드 씨가 무슨 말을 했다 해도 상관없어! 이따위 짓은 바보짓이야. 가서 얼른 옷이나 입도록 해. 휘틀."

"이봐, 이봐!" 뒤편에서 헨처드가 다가오면서 소리쳤다. "저 사람을 돌려보내고 있는 사람이 누구야?"

사람들은 모두 파프레이 쪽으로 시선을 돌렸다.

"접니다." 파프레이가 대답했다.

"이 정도에서 장난은 그만 두시는 것이 좋으리라 생각됩니다."

"내 생각은 그렇지 않아! 마차에 타게, 휘틀."

"저를 지배인으로 보신다면 그렇게는 못하십니다." 파프레이가 말했다. "저 사람을 집으로 보내 옷을 입고 오게 하든지, 아니면 내가 이 마당을 아주 걸어 나가 버리든지 하겠습니다만."

헨처드는 붉으락푸르락 화난 얼굴로 그를 바라보았다. 그러자 파프레이는 잠시 말을 멈칫하면서 두 사람의 눈이 마주쳤다. 도널드는 그에게로 다가갔다. 헨처드의 화난 표정도 다소 누그러지는 기색이 보였기 때문이다.

"죄송합니다." 도널드는 조용히 말을 꺼냈다. "시장님의 위치에 있는 사람이라면 그렇게 하시지 말아야지요. 시장님! 그건 포악한 짓입니다. 시장님답지 못한 행동이십니다."

"난 너무하다고 생각하지는 않네." 헨처드는 심술 난 소년처럼 중

174

얼댔다. "그 녀석을 정신 차리게 하자는 것이야!"

그는 몹시 기분 상한 사람의 말투로 이렇게 덧붙여 말했다.

"파프레이, 자네는 나한테 사람들 앞에서 왜 그런 식으로 말하는 거지? 우리끼리만 있게 될 때까지 참을 수도 있었을 텐데. 아, 이유를 알겠군! 난 내 인생의 비밀을 자네에게 털어놨기 때문이야. 그렇게 한 내가 바보였어. 자네가 그런 점을 이용하고 있군!"

"저는 그 일은 이미 잊은 지 오랩니다."

파프레이는 담담하게 대답했다.

헨처드는 땅바닥만 내려다보고 더 말이 없다가 발길을 돌려 가버렸다. 그날 낮에 파프레이는 일꾼들에게서 헨처드가 에이벌의 늙은 모친에게 지난겨울 내내 쓸 땔감과 양식을 주었다는 사실을 들어 알게 됐다. 이 이야기를 듣고 난 후 도널드는 곡물 도매인에 대한 적개심이 다소 풀렸다.

그러나 헨처드는 계속 침울한 기분으로 말이 없었다. 일꾼들 중 어느 누가 귀리를 창고 위층으로 끌어올릴까 하고 그에게 묻자 그는 짤막하게, "파프레이 씨한테 물어봐. 그 사람이 여기 주인이니까!" 하고 말했다.

사실상 그러했다. 그 점은 의심의 여지가 없었다. 헨처드가 지금까지는 이 사회에서 가장 존경받아 온 사람이었지만 이제는 그렇지가 않았다. 어느 날 더노버에서 어느 작고한 농부의 딸이 그들의 건초 더미 값에 대한 의견을 듣고자 파프레이에게 사람을 한 명 보내달라는 전갈을 보내왔다. 그 심부름을 온 사람은 어린아이로 마당에서 파프레이가 아니라 헨처드를 만났다.

"좋아, 내가 가도록 하지" 하고 그가 말했다.

"하지만 파프레이가 가도록 해 주세요, 네?" 하고 심부름 온 소년이 말했다.

"내가 그쪽으로 간다니까 …. 한데 파프레이는 왜?" 하고 헨처드는 뭔가를 골똘히 생각하고 있는 표정을 지으면서 물었다.

"왜 사람들은 파프레이만 찾는다지?"

"사람들이 그분을 대단히 좋아하고 있기 때문이겠지요. 사람들이 그렇게 말하고 있어요."

"아, 그래. 사람들이 그렇게 말하고 있단 말이지, 그렇지? 그 젊은이가 나보다 더 현명하고 또 아는 것도 더 많고 해서 좋아하는 것이겠지. 간단히 말해서 나는 그 젊은이의 발꿈치에도 마치지 못한다는 말이지, 응?"

"예, 바로 그거예요, 어르신. 어느 정도는 그래요."

"오, 또 있니? 물론 더 있겠지! 그 이외에 또 뭐냐? 말해 봐. 여기 사탕 사 먹을 6펜스짜리 은화를 줄게."

"게다가 '그분은 성격이 더 좋고, 헨처드는 그 사람에 비하면 멍텅구리야' 라고 말들을 해요. 그리고 어떤 여자들은 집으로 걸어가면서 이렇게 말했어요. '그는 보석 같아, 그 사람 참 재미있는 사람이야, 그 젊은이가 최고야, 그 사람은 우리한테 돈을 벌게 해주는 사람이야' 그들은 이렇게도 말했어요. '그 사람은 두 사람 중 훨씬 더 이해심이 좋은 사람이야. 난 헨처드보다는 그 사람이 주인이었으면 좋겠어'라고 말해요."

"사람들이란 가끔 씨알머리 없는 소리들을 지껄여 대는 법이란다"

하고 헨처드는 침울한 표정을 감추고 말했다. "자, 이제 가 보도록 해라. 그런데 다른 사람 아닌 바로 내가 건초 값을 매기러 갈 거야. 알아들었니? 내가."

헨처드는 그 소년이 떠나고 나자 혼자 중얼거렸다.

"뭐? 그 사람이 여기 주인이었으면 좋겠다고, 이것들이?"

그는 더노버로 향했다. 도중에 그는 파프레이를 만났다. 그들은 함께 걸었으나 헨처드의 시선은 땅바닥으로만 향했다.

"오늘은 기분이 좋아 보이지 않으시네요?" 하고 도널드가 물었다.

"아냐, 아주 상쾌해."

"하지만 약간 우울해 보이시는데요, 정말 우울해 보이십니다. 뭐, 화를 내실 것 없습니다. 블랙무어 베일에서 실어 온 곡식들은 아주 좋습니다. 그런데, 더노버 사람들이 자기들의 건초에 값을 매겨 달라고 합니다."

"그래서 그곳으로 가는 중이야."

"저도 함께 가겠습니다."

헨처드가 대꾸하지 않자 도널드는 낮은 소리5로 어떤 노랫가락을 흥얼거렸다. 그 유가족의 문전에 가까워지자 그는 노래를 멈췄다.

"아, 그들의 아버지가 작고하셨으니 내가 계속 노래를 불러서는 안 되지요. 내가 어떻게 잊을 수 있겠어요?"

"자네는 마음이 괴로운 사람들의 기분에 대단히 신경을 쓰는구먼?" 하고 헨처드는 냉소적인 투로 말을 내뱉었다. "자네가 그렇다는 걸 나는 이미 알고 있지. 특히 내 기분에 대해서는 더욱 그렇다는 것도 말이야!"

"제가 시장님의 기분을 상하게 해드렸다면 죄송합니다. 시장님." 도널드는 발걸음을 멈추고 서서 얼굴에 유감스런 표정을 지으면서 대답했다. "왜 그런 말씀을 하시지요 — 왜 그런 생각을 하십니까?"

헨처드의 이마에서 구름이 걷혔다. 도널드가 말을 마치자 그 곡물 도매인은 그에게로 고개를 돌려 그의 얼굴보다는 가슴을 바라봤다.

"난 나를 짜증나게 하는 소리를 많이 듣는 중이야. 그것이 내 행동을 퉁명스럽게 만든 거야. 그게 내가 당신에 대해 적대감을 가지게 된 이유야. 자네의 진정한 가치를 간과하게 만들었어. 자, 난 건초를 보러 여기 들어가고 싶지 않네, 파프레이 자네가 그 일을 나보다 더 잘할 수 있어. 또한 사람들은 당신을 데려오려 했고. 난 11시에 열리는 시의회의 회의에 참석해야 하니, 이제 가 봐야겠네."

그들은 이렇게 새로워진 우정을 확인하며 헤어졌다. 도널드는 헨처드가 한 말의 의미가 애매하게 들렸지만 물어보는 것은 삼갔다. 헨처드로서는 할 말을 다했으니 마음이 편했다.

그러나 헨처드는 파프레이를 생각하면 할수록 그에 대한 **어렴풋한 공포감**을 떨쳐 버릴 수가 없었다. 그래서 헨처드는 그 젊은이에게 자신의 흉금을 터놓고 자신의 과거의 비밀을 모두 털어놓은 것이 두고두고 후회스러웠다.

XVI

적대적인 미소

이런 일이 있은 후 파프레이에 대한 헨처드의 태도는 눈에 띌 만큼 더 서먹해지게 되었다. 헨처드가 젊은이를 대하는 태도가 신중해졌다. 아니 너무 신중해졌다. 파프레이는 인정 많고 진지하기는 하지만 지금까지 미숙하다고 생각했던 헨처드의 자질들 중 비로소 스스로 나타나고 있는 훌륭한 교양에 아주 놀랐다. 그 곡물 도매인이 젊은이의 어깨에 자신의 팔을 얹어 기계적인 우정에서 오는 억압으로 그를 누르다시피 하는 일은 이제 드물거나 거의 없어졌다.

그가 도널드의 숙소에 와서 "이봐, 파프레이, 우리 함께 가서 저녁식사나 좀 하지. 이곳에 혼자 처박혀만 있지 말고 말이야!" 하고 안으로 소리치던 일도 더는 벌어지지 않았다. 그러나 그들의 하루하루 일상적 업무에는 특별한 변화가 없었다.

그들의 생활이 이런 상태로 진행되던 어느 날, 최근에 발생한 국가적 경사를 기념하여 전국적으로 공휴일이 지정되기에 이르렀다. 캐스터브리지 사람들은 천성이 느린 탓으로 얼마 동안 반응이 없었다.

그러다가 어느 날 도널드 파프레이는 헨처드에게 그 화제를 끄집어 내면서 자신과 그의 동료들한테 곡물 덮개용 방수 천막을 몇 개 빌려 주겠느냐고 물었다. 그들은 그 지정된 공휴일에 어떤 오락회를 열 생각이었기 때문에 사람들이 들어갈 장소가 필요했던 것이다. 그들은 사람들에게 일인당 적당한 입장료를 받을 심산이었다.

"몇 장이든 마음대로 쓰도록 해." 헨처드가 대답했다.

지배인이 그 일로 분주하게 움직이자, 헨처드는 경쟁심으로 불타 올랐다. 그는 이런 일이 있기 전에 회의를 소집하여 공휴일에 있을 행사를 토의하지 않은 것은 시장으로서 성의가 부족했다고 생각했다. 그러나 파프레이는 행동이 너무도 민첩하여 낡은 사상에 젖어 있는 관계자들에게 주도권을 뺏기지 않았다. 그러나 너무 늦은 것은 아니었다. 그래서 다시 생각해 본 끝에 그는 다른 시의원들이 자기한테 위임만 해 준다면 몇 가지 여흥을 마련할 책임을 지기로 결심했다. 시의원들은 대부분 나름 괜찮게 나이 들었으나 융통성이 없고 무사안일주의에 빠져 있는 사람들이었기 때문에 그의 이러한 제안에 동의했다.

따라서 헨처드는 정말 굉장한 일, 유서 깊은 이 도시에 어울리는 정말로 멋진 행사를 준비하기 시작했다. 파프레이의 조그마한 일에 관해선 헨처드는 거의 잊고 있었다. 간혹 머릿속에 떠오르면, "사람 머릿수에 따라 입장료를 받겠다고. 그게 꼭 스코틀랜드 사람이 하는 짓이거든! 입장료를 내고 갈 사람이 있다더냐?" 시장이 마련하는 것들은 완전히 무료로 제공하겠다는 뜻이었다.

그는 도널드에게 의지하는 버릇이 너무도 몸에 배어 있었기 때문에 그를 불러 들여 상의하고픈 마음을 억누를 수 없었다. 그러나 순전히

180

자신을 억제하는 마음에서 그는 삼갔다. 그는 그런 일은 절대로 하지 않겠다고 생각했다. 파프레이는 너무도 교묘한 방법을 제시하여 헨처드 자신은 본의 아니게 제 2바이올린 자리에나 앉아 자기 지배인의 재능에 장단이나 맞추는 꼴이 되리라고 생각했다.

누구나 시장의 제의를 환영했는데, 특히 그 비용을 시장 혼자 부담한다는 것이 알려졌기 때문이다.

이 도시의 가까운 곳에는 오래된 네모난 토루 — 이 흙 지대는 이 근처에 보이는 흑딸기만큼 흔하게 널려 있다 — 에 둘러싸인 높은 녹색지대가 있었다. 캐스터브리지 주민들이 어떤 유희나 집회 혹은 길거리에서보다 더 넓은 공지가 필요한 양 매매 행사를 흔히 개최해 온 장소이다. 이곳은 한쪽으로는 프룸강으로 경사를 이루고 있고, 어느 지점에서나 주위로 수 마일거리의 시골 풍경이 보인다. 이 상쾌한 고지가 헨처드의 놀이 장소로 정해졌다. 그는 각종 오락이 여기서 열릴 것이라고 핑크색의 기다란 포스터로 시내 곳곳에 광고했다.

그리고 그는 한 무리의 사람들에게 자신의 감독 아래 일을 착수시켰다. 그들은 기어오를 기름칠한 장대들을, 그 꼭대기에 말려 익힌 햄과 이 지역에서 나는 치즈를 매달아 세웠다. 그리고 뛰어넘을 장애물도 몇 줄 세웠다. 또한 그 강 위에 미끄러운 장대 하나를 가로로 걸쳐 놓았다. 장대의 강 저쪽 끝에는 산돼지 한 마리가 매달려 있었다. 장대 위를 걸어 돼지 앞까지 갈 수 있는 사람이 차지하게 돼 있었다. 경주용 손수레, 당나귀가 준비돼 있으며, 권투와 레슬링 그리고 피를 보기 십상인 시합장이 설치됐고 뛰어들 자루가 마련됐다.

더욱이 자신의 원칙을 잊지 않고 헨처드는 대규모의 찻집을 마련했다. 이 찻집에서는 시민이라면 누구든 무료로 마시게 되어 있었다. 성벽의 안쪽 경사면에는 차를 마실 수 있는 탁자가 나란히 놓여 있고, 그 위에는 천막이 펼쳐져 있었다.

이쪽저쪽으로 지나다니면서 시장은 웨스트워크에 세워진 파프레이의 놀이장소의 볼품없는 외관을 구경했다. 크기와 색깔이 가지각색인 낟가리용 천막이 외관과는 전혀 상관없이 흰 나무틀 위에 걸쳐져 있었다. 그는 이제 마음이 홀가분했다. 자신의 시설이 그것들을 월등히 능가했기 때문이다.

그날 아침이 왔다. 그때까지 한 이틀 정도 기막히게 맑기만 하던 하늘이 구름으로 잔뜩 덮였다. 날씨는 폭풍우가 몰아칠 기미가 있었고, 바람에는 틀림없는 습기가 담겨 있었다. 헨처드는 좋은 날씨가 계속되리라고 너무 확신하지 말았으면 좋았을 것이라 생각했다. 그러나 수정하거나 연기하기에는 너무 때가 늦었다. 행사는 그대로 진행되었다. 12시부터 비가 대단찮게, 그러나 꾸준히 내리기 시작했다. 잔비가 큰비로, 큰비는 잔비로, 기복이 너무 심해 언제 건조한 날씨가 될지 혹은 언제 궂은 날씨로 굳어 버릴지 예측할 수 없었다. 한 시간이 지나자 가랑비가 단조로운 빗방울로 바뀌어 토닥토닥 땅바닥을 때리더니 언제 끝날지 모를 폭우로 바뀌었다.

많은 사람들이 용감하게 모여들었다. 그러나 세 시간쯤 지났을 무렵 헨처드는 자신의 실패로 끝날 운명에 놓여 있다는 것을 깨달았다. 장대들의 끝에 매달린 햄들은 고동색의 수증기를 피워 내고, 돼지는 비바람 속에 오들오들 떨고 있고, 널빤지 탁자의 나뭇결이 찰싹 달라붙은 식탁보 위로 드러났다. 천막 밑으로 비가 멋대로 들이쳤기 때문이다. 이 시간에 천막의 측면들을 가리는 것은 소용없는 일처럼 보였다. 강 건너 모습은 사라졌고, 바람은 천막의 줄 위에서 이올리안의 즉흥곡을 연주했다. 마침내 세차져 시설물이 송두리째 땅바닥으로 기울었다. 사람들은 안에서 천막을 들치고 네 발로 기어 나오지 않으면 안 되었다.

그러나 6시가 가까워지면서 폭풍우는 기세가 줄어들었다. 조금 건조한 산들바람이 꾸부러진 풀잎을 흔들어 물기를 떨쳐 버렸다. 결국 계획대로 밀고 나갈 수 있을 것 같았다. 천막이 다시 세워졌다. 천막 안의 악대가 불려 나와 연주할 것을 명령받았다. 탁자들이 놓였던 곳은 춤추기 위해 말끔히 치워졌다. 한데 헨처드는 한 30분 쯤 지난 후 말했다. 그동안 남자 두 사람과 여자 한 사람만이 춤추려고 일어서 있었다.

"가게들은 죄다 닫혔어. 왜 사람들이 안 오는 거지?"

"집을 나온 사람들은 웨스트워크에 있는 파프레이의 행사장에 모여 있습니다."

시장과 함께 서 있던 한 시의원이 대답했다.

"몇 사람 정도겠지. 그들 말고 그 많은 사람들이 어디 갔단 말이야?"

"집을 나온 사람들은 죄다 그곳에 있습니다."

"그렇다면 모조리 멍텅구리들이군!"

헨처드는 뚱한 기분으로 걸어 나가 버렸다. 한두 사람의 젊은이들이 빗속에 버려져 가는 그 햄들을 구하려고 용감히 다가와서 장대를 기어올랐다. 그러나 구경꾼들은 없고 오락장에서는 우울한 기분만 자아내 헨처드는 모든 진행들을 중지시켜 오락을 끝내고 음식은 가난한 시민들에게 나누어 주라고 했다. 얼마 지난 후 들판에는 몇 점의 장애물, 천막 그리고 장대 이외에는 아무것도 남지 않았다.

헨처드는 집으로 돌아와 부인과 딸과 함께 차를 마시고 밖으로 나왔다. 이제는 황혼이었다. 그는 모든 산보객들의 발걸음이 산책로의 어느 특정 지역으로 향하고 있음을 알았다. 결국 그도 그쪽으로 발길을 돌렸다. 파프레이가 세운 울타리 안쪽 그가 파빌리온3이라고 부른 그 장소에서 현악기 밴드의 연주 소리가 흘러나왔다. 시장은 그곳에 도착하고 나서야 그의 말대로 큰 천막 하나가 장대나 밧줄도 없이 교묘하게 쳐져 있음을 알았다. 단풍나무 가로수 길의 나무가 제일 조밀한 지점을 골랐는데, 이곳에선 나뭇가지들이 빽빽이 뒤엉켜 천장을 이루고 있었다. 이 가지들에 천막이 걸려 있어 원통형의 지붕을 만들어 놓은 셈이었다. 바람이 부는 쪽은 막혀 있고 반대쪽은 틔워져 있었다. 헨처드는 빙 돌아가서 내부를 들여다보았다.

모양은 성당의 한쪽 박공벽을 치워 버린 회중석 같았다. 그러나 내부는 열광으로 들떠 있었다. 릴4 아니면 플링5인가 하는 춤을 추고 있었다. 언제나 차분한 파프레이는 난폭한 스코틀랜드 고지대 사람의 복장으로 다른 춤꾼들 틈에 끼어 몸을 이리저리 내던지며 곡조에 맞추어 춤을 추었다. 헨처드는 한동안 웃지 않을 수 없었다. 곧 그는 스코틀랜드인에 대한 굉장한 찬사가 여인들의 얼굴에 나타나고 있음을 알아차렸다. 그 춤이 끝나고 새로운 춤으로 바뀌고 있었다. 도널드는 잠시 자리를 떴다가 그의 평상복 차림으로 돌아왔다. 그에게는 파트너가 한없이 많았다. 처녀란 누구 할 것 없이 그처럼 율동에 밝은 사람을 가까이하려는 기질이 있었기 때문이다.

거의 모든 시민이 산책로로 몰려들었다. 주민들은 그런 유쾌한 무도회장을 지금까지는 꿈에도 생각지 못했던 것이다. 구경꾼 틈에는 엘리자베스와 그녀의 어머니도 끼어 있었다. 엘리자베스는 조심하는 눈치였지만 재미있어 했다. 그녀의 두 눈은 마치 조물주가 그것을 창조할 때 코레조6에게 조언이라도 받은 듯 뭔가를 동경하느라고 머뭇거리는 듯한 모습을 하고 있었다. 춤은 꺾이지 않는 열기 속에 진행되어 갔다. 헨처드는 밖으로 걸어 나와 아내가 집으로 돌아갈 마음이 내키기를 기다렸다. 그는 불빛 아래 서 있고 싶지 않았다. 어둠속으로 들어서자 기분은 더욱 좋지 않았다. 다음과 같은 말이 너무 자주 들려왔기 때문이다.

"헨처드 씨의 오락회는 여기에 명함도 내밀지 못하겠어." 누군가가 말했다. "오늘 같은 날 그 황량한 곳으로 사람들이 올라가리라고 생각한다면 고집 센 바보 녀석임에 틀림없지."

사람들은 시장의 모자라는 데가 이러한 일에서만 나타나는 게 아니더라고 대답했다.

"이 젊은이만 아니라면 그의 사업은 어떻게 될지 몰라. 하늘이 이 젊은이를 보내 준 것은 바로 헨처드의 복이지. 파프레이 씨가 처음 왔을 때만 해도 그 사람의 장부는 가시덤불 같았다니까. 그는 곡식 자루를 마당 옆으로 말뚝처럼 일렬로 늘어놓은 채 분필로 헤아렸고, 날가리는 두 팔을 뻗어 측정했으며, 건초는 들어 보고 무게를 셈했으며 그 품질은 씹어서 평가했고, 값은 아무렇게나 정하곤 했던 거야. 그러나 이제는 이 훌륭한 젊은이가 그런 일을 죄다 수학적인 계산과 측정으로 해 나가고 있어. 그리고 그 밀 — 빵을 만들어 놓으면 그렇게도 쉬

냄새가 나는 그 밀을 파프레이 씨가 정상적인 상태로 복구시킬 방법을 갖고 있단 말이야. 그렇게만 되면 그 작은 네 발 짐승이 그 위를 걸어 다닌 듯한 냄새를 맡을 사람은 아무도 없게 될 거야."

"오, 그렇고말고. 누구나 그를 전적으로 신뢰하고 있지. 따라서 헨처드 씨가 그를 놓치지 않으려면 신경깨나 써야 할걸. 말할 것도 없이" 하고 결론을 내렸다.

"헨처드 씨는 오랫동안 그렇게는 하지 않을걸."

"물론 안 하고말고!" 하고 헨처드는 멀찌감치 떨어져서 혼잣말을 했다. "그렇게 한다면 지난 18년 동안 쌓아 온 인격과 지위를 모두 빼앗기고 빈 벌집처럼 되는 거야!"

그는 춤추는 천막으로 되돌아갔다. 파프레이는 엘리자베스-제인과 이상한 짧은 춤을 추고 있었다. 그녀가 단 하나 알고 있는 옛날 시골 춤이었다. 파프레이는 그녀의 얌전 빼는 스텝에 맞추기 위해서 상당히 속도를 늦추고 있었지만 눈에 자주 띄었다. 악단의 노랫가락이 그녀를 그 속으로 꾀어 들였다. 곡조는 경쾌하게 스텝을 밟게 하는 곡으로, 바이올린의 현 위에서 때로는 낮은 가락을, 때로는 도약하는 가락을 울렸다. 마치 요란스럽게 오르내리는 듯했다. 제목은 〈에어의 맥레오드 아가씨〉7였다. 파프레이가 그렇게 말했던 것인데 그의 고국에서는 대단히 유행 중인 노래였다.

춤이 곧 끝났다. 엘리자베스는 헨처드에게 동의를 구하는 시선을 보냈다. 그러나 그는 그런 표정을 보내지 않았다. 그는 그녀를 못 본 체했다.

"이봐, 파프레이!" 하고 그는 마음이 다른 곳에 가 있는 사람처럼 말했다. "내가 내일 포트-브레디 시장에 갈 테니 자네는 여기 머물러 자네의 짐이나 챙기도록 하게나. 그리고 이런 엉뚱한 짓이 끝나거든 두 무릎에 힘이나 올려 두도록 하게."

헨처드는 처음에는 미소를 지으며 도널드를 맞이했지만 지금은 **적대적인 미소**로 변했다. 시민 몇 사람이 다가왔다. 도널드는 옆으로 비켜섰다.

"그게 무슨 일이야, 헨처드" 하고 시의원 튜버가 치즈를 맛보는 사람처럼 손가락으로 곡물 도매인을 꾹 찌르면서 말했다. "자네에게 누가 방해라도 했단 말인가, 응? 사람이란 때로 자기의 주인보다 나을 때도 있지 않은가, 응? 저 사람이 자네를 앞질렀지, 응?"

또 어떤 성격 좋은 변호사 친구가 말했다.

"당신의 실수는 그렇게 멀리 들판으로 나간 데에 있소. 당신은 저 사람을 본받아 이처럼 비를 막을 수 있는 곳에서 오락회를 열었어야 했을 거요. 하지만 당신은 그런 것을 생각하지 못했어, 그러나 그는 했단 말이오. 그것이 당신이 패한 이유요."

"그 사람이 곧 두 사람 중 윗자리8를 차지해서 모두 자기 사람으로 만들겠어." 익살맞은 튜버 씨가 덧붙였다.

"천만에!" 하고 헨처드가 침울하게 말했다. "그렇게는 안 될 겁니다. 그 사람은 여기를 곧 떠날 거니까요."

그는 도널드 쪽을 바라보았다. 도널드가 가까이 다가와 있었다.

"나의 지배인으로서 파프레이 씨의 시간은 끝나 갑니다. 그렇지, 파프레이?"

젊은이는 헨처드의 뚜렷한 얼굴 윤곽 위의 선과 주름살들을 마치

선명하게 새겨진 글귀나 되는 것처럼 읽을 수 있어 조용히 동의했다. 사람들이 이 사실을 개탄하고 이유가 뭐냐고 묻자, 그는 헨처드 씨가 자신의 도움을 더 이상 필요로 하지 않는다고 간단히 대답했다.

헨처드는 분명히 만족해서 집으로 돌아갔다. 그러나 이튿날 아침 그의 질투에 불타던 마음이 가라앉자 그가 한 말과 행동을 마음속으로 후회하고 있었다. 그는 파프레이가 이번만은 자신의 약속을 지킬 결심이 서 있는 것을 알게 되자 마음이 한층 더 어지러워졌다.

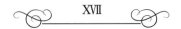

곤봉 대 단검

엘리자베스-제인은 헨처드의 태도를 보고 자신이 그 젊은이와 춤추는 것을 받아들임으로써 어떤 실수를 저질렀음을 깨달았다. 너무도 순진했던 그녀는 눈인사 정도로만 알고 지내는 어떤 사람으로부터 넌지시 암시를 받을 때까지 그것이 왜 실수인지 몰랐다. 그녀는 시장의 의붓딸로서 파빌리온을 채운 인파 속에서 상대를 가리지 않고 사람들과 어울려 춤추는 것이 자기의 신분에 전혀 맞지 않은 행위였다는 것을 알게 되었다.

그러자 그녀는 귀와 뺨 그리고 턱이 타고 있는 숯불처럼 빨갛게 달아올랐다. 자신의 그러한 행위가 처지에 썩 어울리지는 않았으며 자신에게 망신을 안기게 되리라는 생각이 떠올랐기 때문이다.

이런 생각이 그녀를 매우 비참하게 만들었다. 그래서 그녀는 어머니를 찾으려 이리저리 두리번거렸다. 그러나 헨처드 부인은 엘리자베스보다는 인습에 덜 민감하기 때문에 딸이 마음 내킬 때 돌아오도록 내버려 둔 채 먼저 집으로 돌아가 버렸다. 엘리자베스는 어두움이

189

짙게 깔린 옛 가로수길, 이 도시의 경계선을 따라 늘어서 있는 울창한 나무들이 만들어 낸 둥근 천장 아래로 걸어가다가 생각에 잠겨 발걸음을 멈췄다.

한 남자가 몇 분 후 그녀의 뒤를 따라왔다. 그녀의 얼굴은 천막에서 나오는 불빛 쪽으로 향해 있었기 때문에 그는 그녀를 알아보았다. 바로 파프레이였다. 그는 헨처드와의 대화를 통해 자신이 해고되리란 말을 듣고 막 돌아오는 길이었다.

"아가씨군요, 뉴슨 양? 난 아가씨를 사방으로 찾고 있었습니다!" 그는 곡물 도매인과 막역했던 사이가 멀어지게 되면서 생긴 서글픔을 삼키며 말했다.

"내가 아가씨 집 앞 길모퉁이까지 함께 걸어가도 되겠습니까?"

그녀는 그렇게 하는 것이 뭔가 적절치 않을지도 모른다고 생각하긴 했지만, 구태여 반대하지는 않았다. 이리하여 두 남녀는 처음에는 웨스트워크로, 다음은 볼링워크로 함께 걸었다. 파프레이가 이윽고 입을 열었다.

"아가씨와 머지않아 헤어지게 될 것 같습니다."

그녀는 머뭇거리며 말했다.

"왜요?"

"아, 단순히 사업상의 이유로. 그 외에 다른 이유는 없습니다. 하지만 우리가 특별히 이 일에 신경 쓸 필요는 없다고 생각합니다. 그것이 상책이지요. 난, 아가씨와 한 번 더 춤을 추고 싶었는데."

그녀는 더 이상 춤을 출 수 없다고 말했다 ─ 어떤 적절한 방식이든지.

"아닙니다. 춤을 추도록 하십시오. 춤추는 사람을 기쁘게 하는 것은 스텝 밟기가 아니라 춤출 때의 느낌입니다. ⋯ 난 이번 일로 아가씨 아버지의 노여움을 샀어요! 그래서 이제는 아마 이 세상의 저 끝으로 영원히 내쫓게 될 겁니다!"

이날은 너무도 우울한 앞날을 말해 주는 것 같아 엘리자베스-제인은 한숨을 내쉬었다 — 파프레이의 귀에 들리지 않도록 짤막짤막하게 쉬는 한숨이었다. 그러나 사람이란 어둠 속에 얼굴이 가려지면 속마음을 털어놓기 마련이다. 스코틀랜드 남자는 충동적으로 계속 말했다. 아마도 그녀의 한숨 소리를 결국 들은 것 같았다.

"난 좀더 부자가 되었으면 좋겠어요, 뉴슨 양. 그러면 아가씨의 아버지도 기분이 상하지는 않았을 겁니다. 난 지금 아가씨한테 물어볼게 하나 있습니다 — 아니, 오늘 밤에 물어볼 겁니다. 그러나 그것은 나를 위해서가 아닙니다!"

그 젊은이는 그녀한테 무엇을 물어보려 했는지는 말하지 않았으며 그녀도 그에게 용기를 북돋아 주기보다는 아무 말 없이 침묵만 지키고 있었다. 이렇게 두 남녀는 서로의 눈치를 보면서 산책길을 따라 걷다가 볼링워크의 맨 아래 부근까지 계속 걸어갔다. 스무 발짝만 더 가면 가로수 길은 끝나고 길모퉁이와 가로등이 나타날 것이다. 그들은 이곳에서 걸음을 멈추었다.

"난 그날 그 바보 같은 일로 더노버의 곳간에 보냈던 사람이 누구였는지 아직 알아내지 못했습니다" 하고 도널드는 답답해하는 말투로 말했다.

"아가씨는 짚이는 데가 있습니까, 뉴슨 양?"

"전혀요." 그녀가 말했다.

"누가 왜 그런 짓을 했는지 정말 궁금하단 말입니다!"

"누가 장난치려고 그랬겠죠, 아마."

"설마 장난삼아 한 짓은 아니었을 겁니다. 우리 두 사람이 그곳에서 함께 기다리면서 서로 이야기나 나눌 기회를 만들어 보려고 그랬을 수도 있지 않습니까? 아, 정말! ─ 캐스터브리지 사람들은 내가 떠난 후라도 나를 잊지 말아 주었으면 좋겠네요."

"그건 제가 확신해요. 우리는 절대로 잊지 않을 거예요!"

하는 그녀의 말에는 진지함이 담겨 있었다.

"저는 ─ 선생님께서 가시지 않았으면 좋겠어요."

그들은 이미 가로등 불빛 속에 들어와 있었다.

"그렇다면 다시 생각해 보겠습니다." 도널드 파프레이는 말했다.

"아가씨 댁의 문 앞까지는 가지 않으렵니다. 여기서 그만 아가씨와 헤어질까 합니다. 아가씨의 아버지께서 보시면 더 화내실지도 모르니 말입니다."

그들은 헤어졌다. 파프레이는 어두운 볼링워크로 되돌아가고 엘리자베스-제인은 곧장 시내로 향했다. 그녀는 자신이 무슨 짓을 하고 있는지 아무 생각 없이 있는 힘을 다하여 뛰기 시작해 마침내 그녀 아버지의 집 앞에 이르렀다.

"아 어쩌나! 내가 지금 무슨 짓을 하고 있는 거지?" 하고 그녀는 멈춰 서서 숨을 몰아쉬며 생각했다.

집 안에 들어오자 그녀는 파프레이가 자기한테 물어보려다가 만 그 수수께끼 같은 말의 의미를 곰곰이 생각해 보았다.

조용히 관찰하는 성격을 지닌 엘리자베스는 파프레이가 오랜 기간 동안 시민들의 인기를 얻어 가고 있음을 알아차리고 있었다. 그뿐만 아니라 그녀는 헨처드의 성품을 잘 알고 있는지라 파프레이가 지배인으로 있을 날이 끝나가는 중임을 직감하고 있었다. 파프레이가 말을 빙빙 돌려 가면서 자신의 처지를 밝혔을 때도 그녀는 별로 놀라지 않았다. 파프레이가 자신의 생각을 고쳐, 그녀의 아버지가 해고하더라도 캐스터브리지에 머물게 될 수 있을까? 그녀가 느끼는 그의 신비로운 숨결도 그가 떠나면 모두 저절로 해결될 것이라고 생각했다.

이튿날은 바람이 거셌다 — 바람이 너무 심하게 불다 보니 도널드 파프레이가 쓴 업무용 편지 초안의 일부가 바람에 날려 사무실에서 담을 넘어왔는데, 정원을 거닐던 엘리자베스가 그것을 줍게 되었다. 그녀는 이 버려진 편지 쪽지를 집 안으로 가지고 들어와 그의 특이한 글씨를 옮겨 적기 시작했다. 그녀는 그 필체에 감탄했다. 그 편지는 "친애하는 선생님"으로 시작되었다. 그녀는 다른 종이쪽지 위에 "엘리자베스-제인"이라고 쓰고는 이것을 "선생님"이라는 단어 위에 포개 놓아 "친애하는 엘리자베스-제인"이라는 글귀를 만들었다. 이렇게 해 놓고 나자 그녀는 자기가 한 짓을 본 사람이 아무도 없음에도 얼굴이 후끈 달아오르고 온몸이 짜릿해졌다. 그녀는 급히 그 쪽지를 찢어 팽개쳐 버렸다. 이렇게 한 후 그녀는 냉정을 되찾아 웃음을 짓고, 방 안을 거닐다가는 다시 웃음을 터뜨렸다. 기쁜 웃음이 아니라 약간 괴로운 웃음이었다.

파프레이와 헨처드가 서로 헤어지기로 했다는 소식이 캐스터브리지 시내에 빠르게 알려졌다. 파프레이가 이 도시를 떠날지 알고 싶은 엘리자베스-제인의 초조함은 극도에 달해 마음이 산란했다. 그녀는 자신에게서 그 이유를 더 이상 숨길 수 없었기 때문이다. 마침내 그녀의 귀에 와 닿은 소식은 그가 이 도시를 떠나지는 않는다는 것이었다. 소규모로 헨처드와 같은 사업을 하는 어떤 사람이 그 업체를 파프레이에게 팔아넘겨 파프레이는 곧 독자적으로 곡물과 건초 장사를 시작한다는 소식이었다.

도널드의 이러한 조치를 듣게 되자 그녀의 마음은 날아갈 듯했다. 그가 사업을 시작한다는 것은 시내에 그대로 머물게 된다는 증거이기 때문이었다 — 그런데 그러나 — 염려스러운 점은 그녀에게 조금이라도 관심을 갖고 있는 그 젊은이가 헨처드와 경쟁하는 사업을 벌여서 자신과 젊은이의 관계를 위태롭게 하지 않을까? 확실히 아니었다. 그가 그녀에게 그렇게도 부드럽게 말을 걸도록 만든 것은 일시적 충동임에 틀림없었다.

그날 밤 춤추던 자신의 모습이 첫눈에 순간적으로 사랑을 불러일으킬 정도였는가 하는 문제를 풀기 위해 그녀는 그날 입었던 머슬린,[1] 짧은 스웨터, 샌들, 양산을 그대로 차려입고 거울 앞에 섰다. 거울에 비친 그녀의 모습은 일시적인 관심을 끌 수는 있지만 그 이상은 아니라는 생각이 들었다.

"단지 그 남자를 바보로 만들기에 족할 뿐 그를 그렇게 계속 붙들어 두기엔 충분하지 않아" 하고 그녀는 눈을 깜빡거리며 중얼거렸다. 엘리자베스는 그가 지금쯤 이미 그 예쁘장한 모습이 정말로 보잘것없음을 알게 되었으리라고 조용히 생각해 보았다.

이리하여, 그녀는 자신의 마음이 그에게로 달려가고 있음을 느끼자, 고통을 수반하는 익살스런 말로 자신을 달랬다.

"아니, 아니야. 엘리자베스-제인. 그런 꿈은 너에겐 당치도 않아!"

그녀는 그를 만나지도 그에 대해 생각하지도 않으려고 애썼다. 만나지 않으려는 노력은 별 문제가 안 되었으나 머릿속의 생각을 지우려는 노력은 별로 신통치 못했다.

파프레이가 자신의 성미를 더 이상 참지 않으려는 것을 깨닫고 기분이 상한 헨처드는 그 젊은이가 자신의 경쟁 상대자로서 똑같은 사업을 하게 되리라는 사실을 알게 되자 걷잡을 수 없이 몹시 화가 났다. 그가 이 도시에서 독립해 정착하려는 파프레이의 **불의의 공격2**을 처음 알았던 시점은 시청에서 회의가 끝난 후였다. 헨처드는 너무도 분노하여 마음속에 품고 있었던 감정 섞인 말들을 쏟아 냈고 그의 목소리는 이 도시의 양수장까지 들렸을 것이다.

오랫동안 스스로 자제하면서 무난하게 시장과 교구위원이 되기는 했지만, 이렇게 불같은 그의 성격은 웨이던 장터에서 아내를 팔아넘겼던 때와 꼭 같이 마치 화산이 폭발하여 걷잡을 수 없는 화산재를 뿌리듯 헨처드의 내면에 여전히 잠재해 있다는 사실을 드러냈다.

"음, 나는 그 사람의 친구요, 그는 나의 친구이다. 만약 그런 게 아니라면 우리는 무엇이란 말이야? 제기랄 것, 만약 내가 그 사람의 친구가 아니었다면 무엇이었는지 난 알고 싶소. 그 사람은 자기 발에 맞는 성한 구두 한 켤레 없이 여기 오지 않았던가? — 내가 그를 여기 있도록 붙들지 않았던가. 그를 살아가도록 도와주지 않았던가? — 나는 그를 돈으로 도와주었어. 아니 그가 원한다면 도와주지 않은 게 없어. 나는 내 입으로 조건을 말하지 않았어. '당신이 대가를 정하시오'

하고 말했어. 난 그 젊은 친구와 나의 마지막 빵 조각도 나눠 먹었을 거야. 난 그 사람을 그렇게 좋아했으니까. 그런데도 그는 나한테 도전했어! 망할 자식 같으니라고. 난 그와 이제 맞붙어 싸울 테야. 공정하게 사고팔면서. 잘 들어 둬, 제값으로 사고파는 거야! 그래서 내가 만일 그따위 풋내기보다 비싸게 값을 쳐주지 못한다면 교구위원이 될 자격이 없지! 내가 어느 누구 못지않게 이 사업을 잘 알고 있다는 걸 보여 주겠어!"

시의회 동료들은 별로 반응을 보이지 않았다. 거의 2년 전에 그들은 헨처드의 놀라운 추진력 때문에 그를 시장으로 뽑아 주었지만 지금 그들 사이에서 헨처드의 인기는 시들해졌다. 그들은 집단적으로는 이 곡물 도매인의 이러한 자질 덕분에 이윤을 보았지만, 개인적으로는 모두 한 번 이상씩 불같은 성질에 겁을 먹고 찔끔했던 것이다.

헨처드는 그들의 무덤덤한 대응을 뒤로하고 시 회의실을 나와 혼자 길을 걸어갔다. 집에 도착하자 그는 씁쓸한 만족감으로 무언가 회상하고 있는 듯했다.

그는 엘리자베스-제인을 불렀다. 그녀는 들어가면서 그의 엄숙한 표정을 보고 두려움이 엄습했다.

"널 나무라자는 건 아니야" 하고 그는 딸의 근심스런 표정을 살피면서 말했다.

"애야, 다만 너한테 주의를 주려는 것뿐이야. 그 사람, 파프레이 말이다 — 그 사람에 대해서다. 나는 그자가 너와 이야기하는 것을 두세 번 보았다. 지난번 행사 날 그 남자가 너와 함께 춤을 추었고, 함께 집에 돌아오는 것도 보았지. 자, 자, 널 나무라는 것은 아니다만 내 말 잘 들어. 너 혹시 그 사람과 어떤 바보스런 약속이라도 했느냐?
조금이라도 불장난 같은 짓3을 했느냐?"

"아니에요. 그 사람과 약속한 거라고는 아무것도 없어요."

"좋아, 매사는 끝이 좋아야 다 좋은 법이야. 4 내가 특별히 너한테
바라는 것은 그 사람을 다시는 만나지 말라는 거다."

"잘 알았어요, 아저씨."

"너 약속하니?"

그녀는 잠시 주저하다가 입을 열었다. "예, 제가 꼭 그러길 원하신
다면요."

"원하다마다. 그놈은 우리 집안의 적이야!"

그녀가 나가고 나자 그는 자리에 앉아 파프레이에게 다음과 같이
위압적인 편지를 썼다.

젊은이, 나는 젊은이가 내 의붓딸과 지금부터 서로 모르는 사람이 되어
주기를 요구하는 바이네. 그 아이도 젊은이의 친절을 더 이상 환영하지
않겠다고 약속을 했어. 그러니 나는 젊은이가 그 아이한테 억지 수작을
거는 일이 없기를 바라네.

헨처드 씀

주변 사람들의 생각은 달랐다. 헨처드가 꾀 많은 사람이라 그를 자
기의 사위로 삼는 것보다 더 나은 타협5은 없다는 속셈을 가지고 있으
리라고 짐작했을지도 모른다. 그러나 경쟁자를 매수해 버리는 그러
한 책략은 헨처드의 완고한 두뇌에 먹혀들어 갈 만한 일이 아니었다.

그는 그러한 종류의 모든 가정적인 수완6은 없는 사람이었고 융통성이라고는 눈곱만큼도 없다. 그가 사람을 좋아하건 미워하건, 그의 외교적 수완은 황소처럼 고집 세기 이를 데 없었다. 또 그의 아내 역시 헨처드에게 여러 가지 조언을 하고 싶어도 감히 내색하지 않았다.

한편 도널드 파프레이는 더노버 힐의 어느 곳에 곡물상을 자력으로 개업했다. 전날의 친구이자 고용주였던 사람의 고객들과는 거래하지 않으려는 세심한 의도로 가급적 헨처드의 가게들과 멀리 떨어진 장소를 택했던 것이다. 그 젊은이는 이러한 선택이 두 사람 모두에게 상처를 입히지 않는 방법이라고 생각했다. 캐스터브리지라는 도시는 작았지만 상대적으로 곡물과 건초 사업은 이 도시의 규모를 능가할 정도로 성장했다.

그러나 천성이 순수하고 영리했던 파프레이는 큰돈을 벌 수 있는 좋은 기회를 많이 잡을 수 있었다. 그는 시장에게 사업상의 적대적 관계처럼 보일 만한 행위는 절대로 하지 않을 결심이었기 때문에 자기의 첫 고객이 될 뻔한 어느 대규모 농장을 가진 평판 좋은 농부의 제안을 거절했다. 이 사람은 헨처드와 지난 3개월 동안 거래해 왔기 때문이었다.

"헨처드 그분은 한때 나의 친구였어요" 하고 파프레이가 말했다.

"그래서 그분의 장사를 내가 뺏을 수는 없는 일이지요. 당신을 실망시켜드려 미안합니다만, 나는 나에게 그렇게도 친절했던 분의 장사에 손해를 입힐 수는 없어요."

이런 기특한 처사에도 불구하고 스코틀랜드인의 사업은 번창했다. 그가 가진 북부 사람 특유의 정열적인 기질이 느긋한 웨섹스 주민들의 기질을 압도했는지, 아니면 순전히 운이었는지, 그가 손댄 것은 무엇이든지 번창했다는 사실은 분명해 보였다. 파단-아람7의 야곱처럼 그가 겸손하게 띠 모양의 줄무늬가 있고 반점이 있는 예외적인 곡물만을 대상으로 스스로 거래를 제한하자 곧바로 그 곡물의 거래가 몇 배로 늘어나고 날로 번성했다. 8

그러나 사실상 운이 그의 장사를 잘되게 했던 것은 아니다. '사람의 성격이 운명의 여신'이라고 노발리스9는 말한 바 있다. 파프레이의 성품은 헨처드와 정반대였다. 헨처드는 좋은 길로 안내한 등불도 없었을 뿐만 아니라, 속된 무리의 환경을 이제 막 벗어난 대단히 침울한 사람이란 파우스트에 대한 묘사를 그대로 가져와도 이상할 게 없었다.

파프레이는 마땅히 엘리자베스-제인에 대한 관심을 끊어달라는 헨처드의 요청을 받아들였다. 그의 그러한 행위는 너무도 가벼운 것이었기 때문에 그 요청은 사실상 불필요했다. 그럼에도 불구하고 그가 그녀에게 상당히 흥미를 느끼고 있었음은 부인할 수 없었다. 그는 약간 심사숙고한 후 자신보다는 어린 그 아가씨를 위해서 아직은 로미오의 역할을 하지 않는 것이 좋겠다는 결론을 얻었다. 이렇게 해서 이제 겨우 돋아나는 애정은 숨죽인 채 짓눌렸다.

옛날의 친구와 직접적인 충돌은 피하더라도 파프레이는 처절한 사업 투쟁에서 헨처드와 접전하지 않을 수 없는 때가 왔다. 그는 헨처드의 악랄한 공격을 피하고만 있을 수 없었다. 그들의 가격 전쟁이 시작되자 모든 주민들이 관심을 기울였고 앞으로 어떤 결과가 나올지 추측하는 사람도 더러 있었다. 어떻게 보면 이 두 사람의 싸움은 남부 사람의 집요함에 대항하는 북부 사람의 통찰력의 싸움이었다 — **곤봉**

대 단검의 싸움이었다. 그러나 헨처드의 곤봉은 한두 번의 공격으로 상대방을 때려눕히지 못하면 곧바로 상대방의 단검에 당할 수밖에 없는 무기였다.

매주 토요일마다 그들은 일주일간의 사업과정 중에 장터에 몰려드는 농부들 틈에서 마주쳤다. 도널드는 언제나 몇 마디의 우호적인 말을 건넬 준비가 되어 있었으며 또 그럴 수 있기를 간절히 바랐지만, 시장은 언제나 피해의식을 가지고, 그리고 파프레이를 결코 용서할 수 없는 사람처럼 언제나 험악한 표정으로 쌀쌀맞게 쳐다보고 지나쳤다. 곤란한 입장에 처한 파프레이의 납작 엎드린 태도도 그의 마음을 전혀 누그러뜨리지 못했다. 대농가들, 곡물상들, 도정업자들, 경매인들과 그 밖의 사업자들은 곡물시장 거래소에 각자 공식적인 상품 진열대를 소유하고 있었으며 진열대 위에는 페인트로 그들의 이름이 쓰여 있었다. "헨처드", "에버딘", "샤이너", "달튼" 등 낯익은 이름들 틈에 눈에 띄는 새 글씨로 "파프레이"라고 뚜렷이 새긴 이름이 추가되자 헨처드는 불편해하는 기색이 역력해 보였다. 그는 기분이 상해 벨레로폰10처럼 영혼이 서서히 파괴되어 가는 것을 느끼며 인파 밖으로 걸어 나가 버렸다.

그날부터 헨처드의 집에서는 도널드 파프레이의 이름이 언급되는 일이 거의 없었다. 아침 식사 혹은 저녁 식사 때에 엘리자베스-제인의 어머니가 무심코 자기 마음에 들어 하던 그 청년의 거동에 관해 말을 꺼내면 엘리자베스는 어머니에게 잠자코 있으라고 눈짓하는 것이었다. 그러면 그녀의 남편은, "뭐라고…. 당신도 내 적이란 말이오?" 하고 쏘아붙이곤 했다.

가련한 영혼

엘리자베스가 한동안 예견했던 감당하기 어려운 충격적인 일이 일어나고야 말았다. 승객1이 큰길 건너 도랑에서 급작스럽게 다가오는 어떤 장애물을 만나는 일처럼 말이다.

그녀의 어머니가 병상에 눕게 된 것이다. 너무 아파서 문밖출입을 할 수 없을 정도였다. 짜증이 난 순간을 빼놓고는 그녀에게 따사로이 대했던 헨처드는 자기가 생각하기에 가장 믿을 수 있고, 가장 권위 있는 의사를 데리러 즉시 사람을 보냈다. 잘 시간에도 집 안에는 밤새 불을 밝혀 두었다. 이틀 정도 지나자 헨처드 부인은 기력을 되찾았다.

어머니의 병상을 밤새도록 지키고 앉았던 엘리자베스가 이튿날 아침 식탁에 나타나지 않았고 헨처드는 혼자 앉아 있었다. 그는 저지섬에서 온, 자신이 너무도 잘 알고 있는 필적의 편지를 받고 놀랐다. 그는 그 여성에게 그런 편지를 또 받으리라고는 추호도 생각하지 못했던 것이다. 그는 정신 나간 사람처럼 그 편지를 두 손으로 들고 마치 생생한 그림이라도 보는 듯이, 또 지난날의 별로 대수롭지 않은 추억을 되새기기라도 하듯이 깊은 생각에 잠겼다.

편지를 보낸 사람은 그가 다시 결혼한 지금에 와서 그들 사이에 더이상의 교제란 정말로 불가능하게 됐다는 것을 알게 되었다고 썼다. 그 여성의 입장에서는 헨처드의 재혼이 그에게 열려 있는 어쩔 수 없는 유일한 선택임을 인정하지 않을 수 없다는 것이다. "그래서 진지하게 생각해 보았어"라고 하며 그녀는 써 내려갔다.

우리들의 관계가 비록 잘못되었긴 했지만 당신은 아무것도 숨기지 않았음을 회상하면서 저는 당신이 저를 이러한 궁지에 몰아넣은 것을 전적으로 용서해요. 당신의 아내와 15, 16년 동안이나 아무 소식이 없이 떨어져 지냈기 때문에 당신이 저를 만나 왔다는 사실이 별 문제가 되지는 않았겠지만, 당신은 실로 제가 당신과 친밀하게 교제하는 데 어떤 위험이 따를 것이라고 침통한 표정으로 말씀하신 적이 있었어요. 따라서 저는 이렇게 헤어져야 하는 원인이 당신에게 있는 것이 아니라 저의 불운일 뿐 당신의 잘못이라고 생각하지 않아요.

그러니, 마이클, 이제까지 제가 내 자신만 이기적으로 생각하고 매일 당신을 성가시게 했던 그 기억들을 잊어 주시기를 바라고 있어요. 제가 이제껏 보냈던 그 편지들은 당신에게 섭섭한 감정이 떠오를 때마다 쓴 것들이에요. 그러나 이제 당신이 처한 지난날의 고통스런 사정을 좀 세밀히 알고 보니 내 자신이 얼마나 사려 깊지 못했는지 깨닫게 되는군요. 저의 앞날에 어떤 행복이라도 가져다 줄 단 하나의 조건이 있다면 지난날 우리의 관계를 이 고장 밖에는 절대로 알리지 말아 달라는 것이에요. 비밀에 부쳐 둘 일임을 당신도 이제 아시리라고 저는 확신해요. 그걸 당신은 외부에 발설하지 않으시리라는 것을 저는 알고 있어요. 그뿐만 아니라 당신께서 우리 둘 사이에 주고받았던 많은 내용의 편지들을 깨끗이 태워 버리시면 저의 마음이 훨씬 더 편안할 것 같군요. 제가 말씀드려야 할 좀더 안전한 길이란 저의 편지라든지 저의 자질구레한 물건들을 예사롭게 여기거나 혹은 깜빡 잊고 당신한테 남겨두지 않는 일이에요. 이러한 목적을 위해 저는 당신이 가지고 계실 만한 그러한 물건을, 특히 제가 처음 자포자기한 감정을 느꼈을 때 쓴 편지들을 돌려주시길 요구하는 바입니다.

상처에 대한 위로로 저에게 보내 주신 그 상당한 금액은 진심으로 감사해요.

저는 지금 유일한 친척을 만나기 위해 브리스톨로 가는 길이에요. 그 부인은 부자예요. 그래서 저는 그분이 저를 위해 무엇을 좀 해 주시기를 바라고 있어요. 저는 캐스터브리지와 버드머스를 거쳐 돌아올 예정이에요. 버드머스에서 우편선을 타게 될 것 같아요. 그 편지들과 기타 자질구레한 물건들을 갖고 저를 만나주시겠어요? 저는 수요일 저녁 5시 반에 앤털로프 호텔에서 갈아탈 역마차에 있을 거예요. 저는 많은 사람들 가운데 빨간 페이즐리2 목도리를 두르고 있을 테니까 아마 쉽게 찾을 수 있을 거예요. 저는 그것들을 우편으로 부치는 것보다 직접 건네받는 편이 좋을 듯해서요.

아직도 당신을 영원히 사랑하는 루세타

헨처드는 힘겹게 숨을 쉬었다. "가련한 여자 — 차라리 나를 몰랐더라면 더 좋았을걸! 맹세코, 내가 당신과 그 결혼을 실행할 수 있는 입장이라면 나는 **틀림없이**3 그렇게 할 수 있을 텐데 — 정말 그렇게 하고말고!"

헨처드가 루세타와 결혼할 수 있는 유일한 길이 있다면 물론 헨처드 부인이 병상에서 죽는 일이었다.

루세타가 요청한 대로 그는 루세타의 편지들을 봉해 그 꾸러미를 그녀가 지정한 날까지 옆에 두고 있었다. 그것들을 직접 돌려받으려는 이 계획은 지나치는 길에 그와 한두 마디의 말을 나누고 싶어 하는 젊은 여인의 얄팍한 **계략**4에 더 무게가 있다는 생각이 들었다. 그는 그녀를 만나지 않기를 더 바랐지만 이런 기회에 한 번 더 그녀를 만난다고 해서 크게 손해 볼 것 없다고 생각했다. 약속한 날 해질 무렵에 그는 집을 나서서 역마차 사무실의 맞은편으로 발걸음을 옮겼다.

저녁 공기는 차가웠으며 역마차는 예정된 시간보다 늦게 도착했다. 헨처드는 역마차의 말들이 바뀌어 채워지는 동안 그 역마차 쪽으로 건너갔다. 그러나 역마차 안과 밖 어디에서도 루세타는 보이지 않았다. 그녀의 계획을 바꿀 만한 피치 못할 무슨 일이 있을 거라고 생각하면서 그는 애써 루세타에 대한 생각을 떨쳐 버리고 집으로 돌아갔다. 그러나 마음이 개운하지는 않았다.

그동안 헨처드 부인은 눈에 보일 정도로 쇠약해져 갔다. 그녀는 더이상 바깥출입을 할 수 없었다. 어느 날 그녀를 괴롭혔던 것 같아 보이는 많은 생각을 곱씹어 본 후, 그녀는 종이 위에 무언가를 남기고 싶어졌다. 펜, 종이와 함께 조그마한 탁자가 그녀의 침대 위에 놓였고, 그녀는 혼자 남겨졌다. 그녀는 잠시 동안 무언가를 쓰고 난 후 그 종이를 조심스럽게 접고 엘리자베스-제인을 불러 밀랍을 가져오게 했다. 그러고 나서는 여전히 남의 도움을 거절하면서 그 종이쪽지를 봉한 후 수신인 성명을 써서 그녀의 책상 서랍에 넣고 잠갔다. 그녀는 겉봉에 이렇게 썼다.

마이클 헨처드 씨에게.
엘리자베스-제인의 결혼식 날까지는 개봉하지 말아 주세요.[5]

엘리자베스는 온갖 정성을 다해 그녀의 어머니와 함께 매일 밤을 지새웠다. 엘리자베스는 세상일을 심각하게 받아들이는 법을 배우기 위해서는 어머니의 병상을 지키는 것보다, 말하자면 시골사람들의 말대로 '깨어 있는 사람'이 되는 것보다 더 빠른 길은 없었다. 술을 마시고 늦게 귀가하는 술주정꾼들, 이른 새벽부터 깃털을 털고 요란하게 지저귀는 참새들이 캐스터브리지의 정적을 깨뜨렸다. 엘리자베스의 귀에는 간혹 들려오는 야경꾼의 소리 말고는 층계 위의 벽시계에 맞추어 미친 듯이 똑딱거리며 돌아가는 침실의 벽시계 소리뿐이었다. 그동안 내내 섬세하고 여린 영혼의 소유자인 처녀는 왜 그녀가 태어났으며, 왜 방 안에 앉아 있으며, 왜 초롱초롱한 눈으로 촛불을 바라보고 있으며, 그녀 주위의 사물들이 허다한 다른 모습들을 두고 왜 현재의 모습들을 택했을까를 스스로 묻고 있었다.

이 사물들은 왜 지상에서의 속박에서 그들을 해방시켜 줄 어떤 요술지팡이의 접촉을 기다리고 있기라도 한 듯 그녀를 무기력하게 노려보는 것일까. 지금 이 순간 그녀의 머릿속에서 팽이처럼 돌고 있는 의식이라고 부르는 그 혼란이란 어디를 향하고 어디에서 시작하는지.

그녀의 두 눈꺼풀이 맞닿았다. 그녀가 다시 눈을 떴을 때에는 잠에 취한 상태였다.

잠시 후 그녀의 어머니가 엘리자베스를 불러 깨웠다. 서두도 없이, 그리고 이미 그녀의 마음속에 담고 있는 모든 생각을 순서 없이 장면의 연속으로 헨처드 부인은 말하고 있었다.

"너와 파프레이 씨한테 보내졌던 그 쪽지를 기억하고 있니? 너희들 두 사람이, 더노버 곳간에서 어떤 사람이 너희들을 놀리려는 장난으로 생각했던 것 말이다."

"예."

"그건 너희들을 놀리려 했던 게 아니야. 그건 너희들을 함께 있게 하려고 그런 거란다. 그렇게 한 사람은 바로 나였단다."

"왜요?" 엘리자베스는 놀라 물었다.

"나는 네가 파프레이 씨와 결혼하길 바랐던 거다."

"아, 엄마!"

엘리자베스-제인은 자신의 두 무릎 사이로 머리를 깊숙이 숙였다. 그러나 어머니가 말을 계속하지 않자 그녀는 다시 물었다.

"그 이유가 뭐예요?"

"음, 내게는 그럴 만한 이유가 있었지. 앞으로 알게 될 거야. 그게 내가 살아 있는 동안에 이루어졌으면 좋으련만! 그러나 봐라. 한 가지도 바라는 대로 되지 않고 있구나! 헨처드 씨는 그 젊은이를 미워하고 있어!"

"아마 그분들은 다시 친구가 될 거예요" 하고 딸이 중얼거렸다.

"난 도대체 모르겠어. 난 모르겠단 말이야."

이렇게 말한 그녀의 어머니는 이 문제에 관해서 더 이상 언급하지 않더니 이내 꾸벅꾸벅 졸기 시작했다.

그 후 어느 일요일 아침 파프레이는 헨처드의 집 앞을 지나가고 있었다. 그때 그는 모든 차양이 내려져 있음을 보았다. 그는 초인종을 굉장히 살며시 눌렀는데 한 번은 아주 부드러워서 제대로 된 소리가 울렸고 또 한 번은 짧게 울릴 뿐이었다. 얼마 안 있어 그는 헨처드 부인이 죽었다는—바로 그 시각에 막 죽었다는—소식을 들었다.

파프레이가 이 도시의 양수 펌프장을 지나갈 때 나이 든 주민들 몇 사람이 모여 이야기를 나누고 있었다. 그들은 지금처럼 물을 길어야 할 때면 언제나 그곳으로 나왔다. 집에 있는 우물보다는 그 양수 펌프장의 물이 더 깨끗했기 때문이다. 쿡섬 아주머니는 물 항아리를 들고 이곳에 오랫동안 서 있다가 자신이 간호사로부터 들은 대로 헨처드 부인의 사망소식을 말하고 있었다.

"그런데 그 여자는 대리석같이 아주 창백했다더라." 쿡섬 아주머니가 말했다.

"그리고 너무 생각이 깊은 여자답게—아, 불쌍한 영혼!—죽을 줄 알았던지 챙겨야 할 필요가 있는 세세한 일들 하나하나에 모두 신경을 썼다더군. '그래요' 하고 그 여자가 말했대. '내가 떠나고 나면, 내 마지막 숨이 끊어지고 나면, 뒷방의 창가에 놓인 옷장 맨 위의 서랍을 열어 보도록 해요. 그러면 내가 마지막으로 입고 갈 수의가 있을 거예요. 내 밑에 깔 플란넬 천조각과 내 머리를 받칠 조그마한 천조각도. 내 두 발에 신길 새 양말도 옆에 개어져 있어요. 나의 모든 다른 물건들과 함께 있어요. 그리고 내 물건들 중에 제일 무거운 건데 4온스의 동전들이 리넨에 싸여 있어요. 두 개는 내 오른쪽 눈을, 두 개는 내 왼쪽 눈을 덮을 것이에요. 그렇게 한 후 내 눈이 다시는 뜨이지 않으면 그 동전들을 땅에 묻어 버려요. 그것들을 쓰지 말아요. 저는 그렇게 하기를 좋아하지 않으니까요. 내가 운반되어 나가고 나면 창문들을 활짝 열어젖히고 엘리자베스-제인을 위해 될 수 있는 대로 명랑하게 대해 주세요'라고 말이야."

"아, 참 불쌍하기도 하지!"

"헌데, 헨처드 부인이 남긴 유언대로 마르타가 그렇게 했다더군. 정원에 그 동전들을 묻었대요. 그런데 당신들은 믿기 어렵겠지만, 글쎄, 그 사람, 크리스토퍼 코니가 가서 그것들을 파내 쓰리 마리너즈에서 써 버렸대. '제기랄' 하고 그는 말하더래. '왜 죽은 사람이 산 사람한테서 동전을 네 닢씩이나 빼앗아가야 한담? 죽음이란 좋은 소식이 아니기 때문에 우리는 그런가보다 하고 생각하면 그만이지'."

"그건 식인종 같은 야만인들이나 하는 행위야!"

그녀의 이야기를 듣고 있던 사람들은 모두 크리스토퍼 코니를 비난했다.

"맙소사, 나 같으면 줘도 받지 않겠어" 하고 솔로몬 롱웨이즈가 말했다.

"이 일요일 아침에 내가 이런 말을 해서는 안 되는데 말하는 거야. 나는 은화 여섯 닢을 준다 해도 부당하게 말하지는 않지. 하지만 해로울 건 없겠지. 죽은 자에 대한 존경은 건전한 찬양의 문구로 하는 법이지. 나는 해골을, 아무리 보잘것없는 해골이라도 사람의 해부 실험용[6]으로 의학도와 강의실에 해골을 팔아넘기는 일은 용납할 수 없지.

일자리 없이 빈둥빈둥 놀 때를 제외하고는 말이야. 하지만 돈은 귀하고 목구멍이 포도청이라 먹어야 살겠으니 참 딱하군. 왜 죽은 사람이 산 사람한테서 동전 네 닢을 빼앗아야 **하느냐고?** 할 말은 아니지만 그런 짓을 했다고 해서 무슨 대역죄를 저지른 것은 아니잖아."

"어쨌거나, **가련한 영혼**이지. 그녀는 이제 그것들을, 아니 어떤 것이라도 감출 수 없게 됐군" 하고 쿡섬 아주머니가 대꾸했다.

"그리고 그녀의 반짝거리는 열쇠를 가지고 그녀의 찬장을 모두 열어젖히겠지? 남의 눈에 띄길 바라지 않았던 자질구레한 물건들을 누구나 보게 될 테이고. 그러면 그녀가 죽기 전 남기고 떠난 유언들, 소망과 의지가 모두 물거품이 될 거야."

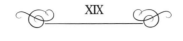
먼지와 재

헨처드와 엘리자베스는 난롯가에서 이야기를 나누며 앉아 있었다.
헨처드 부인의 장례를 치르고 3주가 지났을 때이다. 그들은 거실에서
촛불을 밝히지도 않고 벽난로를 피우고 있었다. 타오르는 불꽃은 마
치 곡예사의 곡예와 같이 활활 타오르며 그 펄펄거리는 불꽃은 사방
의 그늘진 벽부터 도금한 둥근 테두리, 큰 돌림띠가 달린 낡은 대형
거울, 금박의 기둥과 거대한 엔태블러처,1 사진틀들, 여러 가지 고리
와 손잡이, 그리고 벽난로 선반의 양쪽에 하나씩 매달려 있는 초인종
줄의 끝에 달린 놋쇠 장미송이를 비롯하여 구석구석을 비추고 응답할
수 있는 모든 형체의 미소를 불러들이고 있었다.

"엘리자베스야, 너는 옛날 생각을 많이 하니?" 하고 헨처드가 먼저
말을 건넸다.

"예, 아저씨, 가끔씩 생각해요."

"옛날을 생각하면 누구를 가장 생각하게 되니?"

"엄마와 아빠요. 그 두 분 외에는 별로 생각나지 않아요."

헨처드는 언제나 엘리자베스-제인이 리처드 뉴슨을 '아빠'라고 말할 때에는 고통을 참으려고 열심히 노력하는 사람의 표정을 지었다.

"아하! 나는 그럼 네 기억에서 완전히 빠져 있구나, 그렇지?" 하고 한참 있다가 다시 말했다. "뉴슨 씨는 다정한 아빠셨니?"

"예, 아저씨, 아주요."

이때 헨처드는 정신 나간 사람처럼 얼빠진 표정으로 굳어 버렸다가 좀 부드러운 표정을 지어 보려고 애를 쓰고 있었다.

"내가 너의 친아빠였다면 너는 리처드 뉴슨 씨를 사랑했던 것만큼 나를 사랑했었겠느냐?"

"저는 그런 것은 생각조차 할 수 없어요" 하고 엘리자베스는 얼른 대꾸했다. "저는 제 아빠 말고는 어떤 사람도 제 아빠라고 생각할 수 없어요."

헨처드는 세상과 자신이 따로 떨어져 있는 존재라고 생각했다. 그의 아내는 죽음으로, 그의 친구이자 보조자였던 파프레이는 사이가 나빠져서, 그리고 엘리자베스-제인은 주변 일들을 몰라서 헨처드와 분리된 상태였기 때문이다. 그러나 그에게는 마지막으로 남아 있는 단 하나만은 되찾을 수 있을 거란 희망은 있었다. 그것은 그 딸아이였다. 그의 마음은 자신을 그녀에게 드러내 보이고 싶은 소망과 그대로 내버려 두자는 갈등 사이에서 끊임없이 동요되기 시작했다.

마침내 그는 더 이상 가만히 앉아 있을 수 없었다. 그는 방 안을 이리저리 거닐다가 돌아와 그녀의 등 뒤에 붙어서 그녀의 머리 위를 내려다봤다. 그는 자신의 충동을 더 이상 억제할 수 없었다.

"너의 어머니가 혹 나와 나의 내력에 관해 무슨 말씀 안 하시더냐?"

"결혼으로 친척이 됐다는 이야기뿐이었어요."

"네 어머니가 말을 분명히 했어야 했는데…. 네가 나를 알기 전에 말이다. 그렇다면 나의 일이 이다지도 곤란하지는 않았을 텐데…. 엘리자베스야. 너의 친아버지는 바로 나야. 리처드 뉴슨 씨가 아니라. 네 엄마와 나는 지난날의 부끄러운 일 때문에 이 진실을 너한테 말하지 못했던 거야."

엘리자베스의 뒷머리는 여전히 그대로 있었으며, 그녀의 두 어깨는 숨을 쉬는 어떤 움직임도 보이지 않았다. 헨처드는 이야기를 계속했다.

"나는 이런 은밀한 관계를 네가 모르고 지내기보다는 차라리 네게 사실을 알려주고 너의 경멸과 원망 그 어떤 것이라도 달게 받는 편이 더 낫겠다. 내가 싫은 것은 네가 모르고 지낸다는 점이다. 너의 어머니와 나는 젊었을 때 서로 부부였어. 네가 이번에 본 것은 우리들의 두 번째 결혼이었어. 너의 어머니는 너무도 정직했단다. 우리들은 서로 죽은 줄로만 생각해 왔더랬지. 그래서 뉴슨 씨가 네 어머니의 남편이 된 거란다."

이것은 헨처드가 말할 수 있는 진실에 가장 가까운 설명이었다. 그는 자기 개인에 관한 한 아무것도 숨길 필요가 없었다. 하지만 그는 자기 딸이 받을 충격을 생각하면서도 그녀가 이제 성인이 되었으니 말했던 것이다.

그가 자세한 이야기를 털어 놓자, 그녀는 지난날에 있었던 일련의 여러 작은 사건이 그의 이야기와 맞물려 이상하게도 하나씩 이해가 되었다. 다시 말해서, 그의 이야기가 모두 사실로 받아들여지자 그녀의 마음은 극심하게 흔들렸다. 그녀는 탁자 쪽으로 얼굴을 돌리고는 울음을 터트렸다.

"울지 마라 — 울지 마!" 하고 헨처드는 복받치는 서러운 감정으로 말했다. "네가 그러는 걸 보니 심장이 터질 것 같구나. 심장이 터져 버리고 말 거야. 내가 네 아빠야. 왜 그렇게 울어야 하니? 내가 너한 테 그렇게 두렵고 원망스러워 보이느냐? 나를 싫어하지 마라, 엘리자 베스-제인아!"

헨처드는 눈물이 범벅이 된 그녀의 손을 움켜잡으면서 소리쳤다.

"나를 싫어하지 마라 — 내 비록 옛날에는 술을 과하게 마시고 네 어머니를 힘들게 했었다만 — 지난날의 **내가**[2] 아니라 이제 너한테는 아빠 노릇 잘 하마. 나는 네가 나를 아빠로 받아들이기만 한다면 널 위해 무엇이든 할 거야!"

그녀는 간신히 일어나 그를 의지하며 쳐다보려 했다. 그러나 그녀 는 마음먹은 대로 되지 않았다. 힘든 삶을 살아가는 요셉의 고백을 듣 고 있던 형제들[3]처럼 그녀는 그가 쏟아 놓은 지난 이야기를 듣고 있는 것이 편하지는 않았다.

"나는 네가 단번에 나한테로 와 준다는 건 바라지 않는다."

헨처드는 얼굴에 경련이 일어난 듯, 마치 바람 속의 큰 나무처럼 몸을 움직여 가면서 말했다.

"그렇고말고. 엘리자베스야. 난 그러지 않을게. 나는 내일까지 아 니 네가 원할 때까지 너를 만나는 걸 삼가고 자리를 비켜 주마. 그리 고 나서 내 말을 입증할 서류들을 보여 주마. 자 이제 가겠다. 마음 편하게 가져라…. 네 이름을 지은 사람은 나였단다. 딸아! 네 어머니는 네 이름을 수전으로 부르고 싶어 했었어. 자, 네 이름을 지은 사람이 나였음을 잊지 말아라!"

그는 문을 열고 나가 그녀를 방에 홀로 둔 채 문을 살며시 닫았다. 그녀의 귀에는 그가 정원으로 사라지는 소리가 들려왔다. 그러나 그가 완전히 사라졌던 것은 아니었다. 그녀가 몸을 한 번 움직이기도 전에, 또 그가 밝힌 이야기의 충격에서 벗어나 정신을 좀 가다듬기도 전에 그는 다시 방문을 열고 나타났다.

"엘리자베스야, 한 마디만 더 하고 가마. 이제 내 성을 따르겠니, 응? 너의 어머니는 그걸 반대했다만 네가 그렇게 해 주면 더 좋겠구나. 법적으로 원래 성을 되찾는 거야. 그러나 아무에게도 그걸 알릴 필요는 없어. 혹 누가 알게 되면, 네가 원해서 성을 바꿨다고 하면 되는 거야. 내가 변호사와 상의해 보겠다 — 나는 그런 문제에 관한 법률은 정확히 알지 못하니까. 하지만 이렇게 하겠니 — 네 이름이 이러이러하다고 신문에 몇 줄 올려도 되겠니?"

"그것이 제 이름이라면, 그렇게 해야 되지 않겠어요?"

"그럼. 이런 문제는 실제 있는 그대로 써 버리는 게 제일이야."

"엄마가 왜 그 성을 바라지 않았는지 궁금해요."

"오, 가련한 영혼의 어떤 변덕이었을 게다. 자, 종이를 한 장 가져와서 내가 불러 주는 대로 받아 적도록 해라. 우선 불부터 밝히자."

"난롯불에 비쳐도 잘 보여요. 정말 — 이대로가 더 좋아요."

"그래, 좋아."

그녀는 종이 한 장을 가져와, 벽난로 앞의 철망 가까이로 몸을 구부리고 그가 부르는 대로 받아썼다. 어떤 광고에서 익히 들어 알고 있었던 말임에 틀림없었다. 지금까지 '엘리자베스-제인 뉴슨'으로 알려졌던 그녀는, 이 글을 쓴 후로는 자신을 '엘리자베스-제인 헨처드'라 부르기로 한다는 것이었다. 모두 적고 나자, 그것을 봉하고 〈캐스터브리지 크로니클〉 신문사 앞이라고 적었다.

"이제," 하고 헨처드는 이번에는 마음이 좀더 부드러웠지만 자신의 목적을 달성했을 때는 언제나 그러했듯이, 만족의 기쁨을 발산했다.

"나는 위층으로 올라가서 모든 걸 입증할 만한 문서들을 찾아봐야겠구나. 하지만 그런 걸 가지고 내일까지는 성가시게 하지 않으마. 잘 자거라, 나의 딸, 엘리자베스-제인아."

어리둥절한 처녀가 그것이 모두 무슨 의미인지 알아차리기도 전에, 아니 자식이라는 자신의 감정을 새로운 중심에 적응시키기도 전에 그는 나가 버렸다. 그녀는 자신을 그날 밤 혼자 있게 내버려 둔 그에게 감사하면서 불 앞에 앉아 있었다. 그 자리에 그대로 말없이 앉아 흐느꼈다. 이제 그녀의 엄마를 생각해서가 아니라 그 인정 많던 선원 리처드 뉴슨을 생각하고 울었다. 그녀는 그 사람에게 무슨 큰 잘못을 저지르고 있는 듯한 생각이 들었던 것이다.

헨처드는 그동안 위층에 올라가 있었다. 집안의 모든 중요 서류들은 그의 침실 안쪽 서랍에 깊숙이 간직해 두었다. 그는 이 서랍을 열고 서류들을 뒤적거리다가 뒤로 등을 기대고 잠시 상념에 빠져들었다. 엘리자베스는 마침내 자기 자식이 되었다. 그뿐만 아니라 그녀는 너무도 마음씨 곱고 착해서 틀림없이 아버지를 따를 것이다. 그는 자신의 격정 — 감정적이든 다혈질이든 — 을 쏟아 넣을 어떤 대상이 필요하다시피 한 부류의 사람이었다. 이런 비길 데 없이 애정 어린 인간

유대의 재확립을 바라는 그의 마음속 갈망은 아내가 살아있을 때 아주 크게 울렸다. 그리고 이제 모든 사실을 털어놓고 나니 마음이 편해졌다. 그는 다시 서랍 위로 몸을 굽혀 서류들을 천천히 살펴 나갔다.

많은 다른 서류들을 살펴보다가 그의 아내가 열쇠를 그에게 넘겨주며 유언했던 조그만 책상에 들어있던 물건들을 보게 되었다. 이것들 속에 **"엘리자베스-제인의 결혼식 날까지는 개봉하지 마세요"**라는 단서가 붙은 편지가 있었다.

헨처드 부인은 그녀의 남편보다 참을성은 더 있었지만 매사를 야무지게 처리하는 솜씨는 없었던 것이다. 편지를 봉투에 넣지 않고 옛날식으로 몇 번 접어 종이 끝을 봉했는데 그 접고 봉한 부분에 큰 밀랍 덩어리를 끼운 채 손질 없이 그대로 두었던 것이다. 봉한 부분이 갈라져 편지는 열려 있었다. 헨처드는 그 편지에 적힌 단서를 중요시할 이유가 없었던 것이며, 고인이 된 아내에 대한 미련도 그렇게 깊게 남아 있지 않았다.

"가엾은 수전의 어떤 사소한 바람 같은 거겠지"라고 말하고 별 호기심 없이 그의 두 눈은 그 편지를 훑어 내려가고 있었다.

나의 사랑하는 마이클

우리 세 사람 모두를 위해 저는 지금까지 당신한테 한 가지 일을 비밀로 해 왔어요. 저는 당신이 그 이유를 이해해 주셨으면 좋겠어요. 이해해 주시리라 믿어요. 당신이 저를 비록 용서하시지 못하더라도 말이에요. 하지만 사랑하는 마이클! 저는 그게 최선의 방법이라 생각했어요. 당신이 이 편지를 읽을 때쯤 저는 무덤 속에 들어 있을 것이고 엘리자베스-

제인은 제 가정을 꾸리고 있을 거예요. 저를 욕하시지 마세요, 마이클. 저의 입장을 생각해 주세요. 저는 이 말을 차마 쓸 수 없지만 여기 적어 둡니다.

엘리자베스-제인은 당신의 엘리자베스-제인이 아니에요. 당신이 나를 팔았을 적에 내 품안에 있었던 그 아이가 아니에요. 정말이에요. 그 아이는 그 후 3개월 만에 죽었어요. 그리고 이 살아 있는 아이는 제 다른 남편의 아이예요. 저는 이 아이한테 우리들이 첫 아이한테 붙였던 똑같은 세례명을 붙여 주었어요. 마이클, 저는 죽어 가고 있어요. 그리고 저는 입을 다물어 버릴 수도 있었을 거예요. 하지만 그렇게는 할 수 없어요. 이걸 그 아이의 남편에게 말하건 말하지 않건 그건 당신의 판단대로 하세요. 그리고 당신이 옛날에 몹시도 그르쳤던 한 여인을, 제가 당신을 용서하고 떠나듯이 가급적이면 저를 용서해 주세요.

수전 헨처드

그녀의 남편은 그 쪽지를 — 마치 그가 몇 마일 밖까지 내다보게 해 주는 유리창인 것처럼 그 쪽지를 — 바라보았다. 그의 입술은 경련을 일으키고, 그는 몸을 제대로 가눌 수 없을 정도로 현기증을 느꼈다. 그의 평상시 버릇은 운명이 그에게 가혹한지 아닌지 깊이 생각하지 않는 것이었다. 불행한 일이 생겼을 경우 그는 단순히 침울하게 "나는 고통을 받아 마땅하다는 걸 알고 있어" — "정말 이 중벌이 나한테 내려지는 것인가" 하는 것이 전부였다. 그러나 이제 그의 성미 급한 머릿속에는 이런 생각 — 그 저주스런 폭로는 그가 오래전에 받아 마땅하다는 생각이 몰려오고 있었다.

그의 아내가 이 딸아이의 성을 '뉴슨'에서 '헨처드'로 바꾸자는 말에
그토록 주저했던 까닭이 이제는 충분히 설명되었다. 그의 아내는 늘
그렇게 정직했었는데 이번 기회에 그녀의 부정직 속에 담긴 정직을
한 번 더 설명해 준 셈이었다. 그는 맥을 놓고 우유부단하게 한두 시
간 가까이 앉아 있었다. 그는 갑자기 소리쳤다.

"아, 이것이 사실이란 말인가!"

그는 충동적으로 벌떡 일어나 슬리퍼를 벗어 던지고 촛불을 들어
엘리자베스-제인의 방문 앞으로 다가갔다. 이곳에서 그는 열쇠구멍
에 귀를 갖다 댔다. 그녀의 깊은 숨소리가 들려왔다. 헨처드는 문의
손잡이를 살며시 돌리고 들어가 촛불을 가리면서 침상 옆으로 다가갔
다. 칸막이 커튼 뒤에서 촛불을 서서히 당겨 그는 불빛이 그녀의 두
눈에는 비치지 않지만 얼굴 위에 비스듬히 비치도록 잡고 있었다. 그
는 꼼짝 않고 그녀의 모습을 살펴보았다.

그녀의 얼굴은 하얗다. 그의 얼굴은 검지 않은가. 그러나 이것은
헨처드를 혼란스럽게 하는 대수롭지 않은 일시적 현상이었다. 엘리
자베스의 잠자고 있는 얼굴에서는 그녀의 가계에 흐르는 조상의 윤곽
이나 특징들이 표면으로 나타나지만 낮 동안에는 활발한 움직임에 가
려져 압도당하고 있었다. 고요히 잠들어 있는 이 아가씨의 현재 모습
에 틀림없는 리처드 뉴슨의 모습이 반영돼 있었다. 그는 그녀의 모습
을 참을 수 없어 얼른 나와 버렸다.

헨처드는 자신의 처지가 너무 힘들고 괴로워 견딜 수 없었지만 불
행은 도전적으로 참아 내는 것 이외에 뾰족한 수를 가르쳐 주지 않았
다. 그래서 복수하고 싶다는 그의 첫 충동은 아내가 그의 손길이 미치

지 못하는 곳에 있다는 생각과 함께 사라졌다.

그는 어떤 악마를 바라보듯 어둠 속을 꿰뚫어 보았다. 헨처드는 그와 같은 모든 사람들과 마찬가지로 미신을 믿고 있었다. 그는 오늘 밤에 생긴 이 연쇄적인 사건들이 자기에게 벌주려는 어떤 음흉한 존재의 책략이라고 생각하지 않을 수 없었다. 그러나 이러한 사건들은 자연스럽게 일어난 일들이 아니었던가. 만약 그가 엘리자베스에게 과거의 내력을 털어놓지 않았더라면 그는 서류들을 찾아 서랍 속을 뒤지지 않았을 것이다. 헨처드는 엘리자베스에게 자기 품 안으로 들어와야 한다고 말했지만 그녀가 자기와는 아무런 혈연관계가 아니라는 사실을 알게 된다면 이것은 큰 웃음거리가 될 수밖에 없었다.

이 일련의 모순적인 일들은 장난꾸러기의 몹쓸 장난처럼 그를 노엽게 했다. 사제왕 요한의 식탁처럼 그의 밥상 위에는 음식이 잔뜩 차려져 있었으나 지옥의 욕심 많은 마귀 같은 악마들이 죄다 낚아채 가 버렸다.4 그는 집을 나와 길을 따라 시무룩한 기분으로 계속 걸어 마침내 하이스트리트 아래에 있는 다리에 이르렀다. 여기서 그는 이 도시의 북동쪽 경계를 이루고 있는 강둑 위의 작은 길로 접어들었다.

남쪽의 넓은 가로수 길들이 명랑한 기분을 불러일으키는 것과는 대조적으로 이 부근은 캐스터브리지의 서글픈 면들을 드러내고 있었다. 여기는 여름철에도 햇볕이 들지 않는다. 봄철에 다른 곳에서는 온기가 피어오르는데도 이곳에는 하얀 서리가 내린다. 한편 겨울철이면 두통, 류머티즘, 경련 등 가지각색의 병들이 발생하는 본거지가 된다. 캐스터브리지의 의사들은 북동쪽의 알 수 없는 이 기운이 없었더라면 환자가 없어 충분한 영양을 섭취하지 못해 틀림없이 여위어

갔을 것이다.

캐스터브리지의 슈바르츠바세르5라 불리는 강이 더디고 유유히 소리 없이 그리고 검푸르게 나지막한 절벽 아래로 흐르고 있다. 이 강과 절벽은 한데 어울려 천연의 요새를 이루고 있어 이곳에는 성곽과 흙으로 만든 인위적인 보루들이 필요 없었다. 여기에는 잔해만 남은 프란시스코 수도원과 부속 물방앗간의 물이 처량한 소리를 울리면서 뒤쪽 수문 안으로 굴러 떨어진다. 이 절벽 위, 즉 이 강의 뒤쪽에는 한 더미의 건물들이 솟아 있다. 이 건물 더미의 정면에는 한 사각의 덩어리가 깎아지른 듯 하늘을 향해 치솟아 있다. 동상이 없는 주춧대 같았다. 이 없어진 동상은, 즉 이것이 없으면 불완전해 보여, 사실상 사람의 시체같이 보였다. 사각의 덩어리는 교수대의 바닥이었으며, 뒤편에 널려 있는 건물들은 그 지방의 형무소였기 때문이다.

헨처드가 지금 걷고 있는 초원은 사형 집행이 있을 때마다 구경꾼들이 늘 몰려들던 곳이다. 군중들은 이곳에 서서 둑의 물소리를 들어가며 사형 집행을 구경했다.

어둠이 이 지점의 침울한 분위기에 전하는 모습은 헨처드에게 기대이상의 인상을 주었다. 이곳과 자신의 가정환경이 만들어 낸 애처로운 조화가 그의 눈에는 너무도 완벽하여 그 효과를, 광경을, 어렴풋한 윤곽을 참아 낼 수 없었다. 이러한 모습이 그의 짜증나는 마음을 우울한 심정으로 누그러뜨렸다.

그는 큰 소리로 외쳤다.

"도대체 내가 여기는 왜 왔는가!"

그는 영국 전역에서 단 한 사람이 그 직업을 독점하기 이전 시대에

이 지방의 교수형을 집행하던 늙은이가 살다 죽은 오두막집을 지나 험한 뒷길을 따라 시내로 올라섰다.

그의 쓰라린 실망으로 생겨 난 그날 밤의 고통을 생각한다면 그는 동정을 받아 마땅했을 것이다. 그는 반쯤 기절하여 회복할 수도 완전히 기절해 버릴 수도 없는 사람 같았다. 입으로는 그의 아내를 나무랄 수 있었지만 마음속으로는 그렇지 않았다. 아내의 편지 겉봉에 쓰여 있었던 현명한 지시에 순종했더라면 그는 오랫동안, 십중팔구 영원히 이런 고통을 당하지 않았을 것이다. 엘리자베스-제인이 자신의 안전하고 한적한 처녀 생활을 접고 당장 모험적인 결혼을 할 가능성은 거의 보이지 않았기 때문이다.

이 불안한 밤이 지나자 아침이 왔고, 계획을 하나 세울 필요성이 생겼다. 그는 너무도 고집이 세 어떤 입장에서 결코 물러설 사람이 아니었다. 그것은 굴복을 동반하는 일이기 때문에 특히 그러했다. 그는 그녀를 자기의 딸이라고 고집했으며, 어떠한 위선이 개입될지라도 그녀는 자신을 언제나 그의 딸이라고 생각하게 해야 할 것이다. 그러나 그는 이 새로운 상황의 첫 단계에 대비가 잘 되어 있지 않았다. 그가 아침 식사를 하기 위해 식당에 내려오자마자 엘리자베스는 마음을 활짝 열고 그에게로 다가와 그의 팔을 잡았다.

"저는 밤새도록 그걸 생각하고 또 생각해 보았어요" 하고 그녀는 솔직하게 말했다.

"그래서 저는 모든 것이 말씀하신 대로 틀림없다는 것을 알았어요. 따라서 저는 아저씨를 사실 그대로 아버지로 생각하겠어요. 그리고 다시는 헨처드 씨라고 부르지 않겠어요. 이제는 저에게 너무도 명백해졌어요. 그렇고말고요. 아빠, 6 정말이에요. 제가 아빠의 의붓딸에 지나지 않았더라면, 물론 아빠는 지금까지 저한테 해 주신 일들을 그 절반도 해 주시지 않았을 것이며, 전적으로 제멋대로 하게 내버려 두시지 않으셨을 것이며, 저에게 여러 가지 선물도 사다 주시지 않으셨을 것이기 때문이에요. 그분은 — 뉴슨 씨는 — 저의 불쌍한 어머니가 그런 이상한 실수로 결혼했던 그분은 — (이런 이야기를 들으면서 헨처드는 이 진실을 이렇게 위장한 것이 기뻤다) 아주 다정했어요 — 오! 너무도 다정하셨어요!" 엘리자베스는 이 말을 하면서 눈물을 글썽거렸다. "그러나 결국 그것이 진짜 아버지가 하는 일과는 같지 않겠지요. 자, 아빠, 아침 준비가 됐어요!"

헨처드는 머리를 숙여 그녀의 뺨에 뽀뽀했다. 이 순간과 이 행위를 그는 짜릿한 쾌감을 예상하며 마음속에 몇 주 동안이나 그려 왔던 것이다. 그러나 막상 이렇게 행복한 순간이 온 지금에 와서 그는 행복은커녕 비참하고 무기력해지는 자신을 느꼈다.

그가 고인이 된 그녀의 어머니와 재결합한 동기는 이 딸아이를 위함이었는데, 지금에 와서는 이 모든 계획의 결실이 결국은 이와 같이 **먼지와 재**7처럼 허무하게 사라져버렸다.

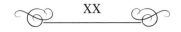

XX

어머니의 무덤

한 처녀가 살면서 경험하게 되는 모든 불가사의한 일 중에서도 헨처드가 엘리자베스에게 자신이 그녀의 아버지라고 선언한 이후에 보인 태도는 좀처럼 이해하기 어려웠다. 헨처드가 그녀에게 그토록 자애로운 애정을 베풀었던 전날과는 완전히 다른 면모를 보였던 것이다. 바로 이튿날 아침부터 그녀가 일찍이 볼 수 없었을 정도로 그의 태도는 이상했다.

냉대는 이내 노골적인 멸시로 이어졌다. 엘리자베스의 중대한 결점 중 하나는 가끔 지독한 사투리를 쓰는 것이었는데 ─ 그 사투리는 진정한 상류층과 구별되는 끔찍한 야수의 징표[1] 같은 표시였다.

저녁 식사 때였다 ─ 그들은 식사 때가 아니면 만나는 일이 없었다 ─ 그가 식탁에서 일어나려고 할 때 그녀는 아버지한테 무언가 보여 드리고 싶은 마음이 있었다.

"아빠, 그 자리에서 '잠깐만 꼼짝 않고 있으면' 제가 뭘 보여 드릴게요" 하고 별 생각 없이 말했다.

"'여기 잠깐만 꼼짝 않고 있으면'이라고!" 헨처드는 그녀를 멸시하는 말로 쏘아붙였다. "맙소사, 맙소사. 너같이 무식한 아이는 돼지우리에 구정물이나 나르면 딱 어울리겠군. 어떻게 그런 상스러운 말을 쓸 수 있냐?"

그녀는 창피하고 부끄럽고 서글퍼 얼굴이 붉어졌다.

"제 말 뜻은 '그곳에 잠시 계시라'는 의미였어요, 아빠!" 하고 그녀는 기어 들어가는 낮은 목소리로 말했다. "앞으로는 제가 좀더 조심할게요."

그는 아무 대꾸 없이 그대로 방을 나가 버렸다.

그 신랄한 꾸중이 엘리자베스의 마음에 상처로 남아 잊히지 않았다. 그 후로 그녀는 "용 됐다"라는 말 대신에 "성공했다"라는 말을 쓰고, "땅벌"이란 말은 "호박벌"이라고 말했으며, 젊은 남녀가 "함께 산책하는 사이"라고 말하지 않고 "약혼한 사이"로 바꾸어 말했다. 그녀는 "야생 참제비 고깔" 대신에 "야생 히아신스"라는 말을 쓰게 되었으며, 밤에 제대로 잠을 자지 못했을 때에는 이튿날 아침 하인들 앞에서 "악몽에 시달린"[2]것 대신에 "소화불량으로 고생했다"라고 말했다.

그러나 이렇게 달라진 점들은 이어지는 이야기를 약간 앞질러간 것이다. 헨처드 자신도 교양이 없는 사람이면서 이 착한 아가씨가 저지를 수 있었던 사소한 실수도 혹독하게 비난했던 것이다. 그러나 엘리자베스가 열심히 이것저것 책을 읽어 가며 공부했기 때문에 이제는 실수가 거의 없을 정도였다.

그런데 그녀의 필체에 관한 쓸데없는 시련이 그녀를 기다리고 있었다. 어느 날 저녁 그녀는 식당 문 앞을 지나치다가 무엇을 찾으려고 방 안으로 들어가려 했다. 그녀는 문을 열고 나서야 시장이 어떤 남자와 마주 앉아 상담하고 있다는 것을 알았다.

"이리 와, 엘리자베스-제인아." 시장은 그녀를 바라보며 말했다.

"내가 불러 주는 것을 받아 적기만 해라. 나와 이 신사 양반이 체결하려는 합의문에 관한 내용이야. 나는 글씨가 나빠서 말이다."

"제기랄, 3 나도 그래요" 하고 그 신사가 말했다.

그녀는 압지와 종이와 잉크를 꺼내 자리에 앉았다.

"자, 그러면 — '오늘 10월 16일에 협약을 맺다'라고 우선 이것부터 적어라."

그녀는 종이 위에서 힘차게 펜을 달렸다. 그녀 자신이 생각해 낸 우아하고 둥근 굵직한 필체였다. 현대판 미네르바4의 필체로 보일 만한 글씨였다. 그러나 그때 헨처드의 신념은 제대로 된 젊은 처녀들의 글씨는 숙녀의 필체여야 한다는 것이었다 — 아니, 그는 빳빳하게 곤두선 글씨체이어야 하고 이것이 여성다움의 본질적이고 분리될 수 없는 부분이라 믿고 있었다. 마치 아이다 공주5처럼 말이다.

억세게 몰아치는 바람에 들판의 곡식은
고개 숙인 채 흔들리고. 6

엘리자베스-제인은 쇠사슬 탄환과 모래주머니같이 꼼꼼한 글씨로 한 줄을 적었다. 그런데 헨처드는 화가 나서 붉어진 얼굴로 그녀가 창피하다는 듯 엄하게 쏘아 붙였다.

"그만 둬, — 차라리 내가 쓸 테니!" 하고 그는 그 자리에서 그녀에게 면박을 주면서 당장 나가라고 했다.

그녀의 사려 깊고 순종적인 처신이 이제 와서 그녀를 옭아매는 하나의 덫이 돼 버렸다. 그녀는 때때로 하지 않아도 될 힘든 일들까지 할 수밖에 없었다. 그녀는 하녀 피비7가 하루에 두 번씩이나 올라오지 않게 하기 위해 초인종을 울리는 대신 주방으로 직접 내려갈 때도 있었다. 그녀는 언젠가 고양이가 석탄그릇을 뒤엎어 놓자 두 무릎을 꿇은 채 삽질을 했다. 더욱이 그녀는 하녀가 시중드는 일에 대해 변함없이 감사해했다. 그러던 중 어느 날 그 하녀가 방문을 나서자마자 헨처드는 불쑥 험한 말을 내뱉으며 분통을 터트렸다.

"아이고, 맙소사. 저 계집애가 마치 여신이나 되는 것처럼 감사해하는 말 좀 집어 치워라! 너의 시중을 들어 주라고 저 아이한테 내가 1년에 12파운드씩이나 돈을 지불하는 거 몰라?"

엘리자베스가 그 말에 너무도 몸을 움츠리자, 그는 곧 미안하다는 기색으로 본의는 그렇게 거칠게 말하려던 것은 아니라고 했다.

이렇게 하나하나 드러나는 집안 문제는 밑바닥에 숨겨져 있는 것들을 들추어냈다기보다는 작게 튀어나온 뾰족한 암초에 불과했다. 그러나 그의 노여움보다 더 공포심을 불러일으키는 것은 그의 냉담함이었다. 냉대하는 횟수가 늘어나고 있다는 것은 그에게 그녀가 점점 싫어지고 있다는 슬픈 소식을 그녀에게 말해 주었다. 그녀가 이제 외모와 태도를 그녀 스스로 가꿀 수 있게 되고 또 실제로 지혜롭게 다듬어진 그녀의 온화함이 점점 관심을 끌수록 그녀는 아버지와 더 멀어지는 듯했다.

때때로 그녀는 그가 자기를 험상궂고 불쾌한 눈초리로 노려보는 것을 목격했기 때문에 견딜 수 없었다. 그의 비밀을 모르고 있기 때문에 그녀가 그의 성을 따른 첫 순간부터 그의 증오심을 유발할 수밖에 없었다는 것은 모순 중에서도 잔인한 모순이었다.

그러나 가장 무서운 시련이 기다리고 있었다. 엘리자베스는 최근에 오후만 되면 낸스 모크리지에게 사이다나 맥주 한 잔과 치즈를 넣은 빵을 주곤 했다. 이 여인은 뜰에서 건초 묶는 끈에 송곳으로 구멍 뚫는 일을 하고 있었다. 낸스는 이것을 처음에는 감사한 마음으로 받았으나 얼마 후에는 당연하다고 생각했다. 어느 날 헨처드는 뜰에 있다가 그의 의붓딸이 이러한 일로 건초광에 들어가는 것을 보았다. 그 음식들을 내려놓을 깨끗한 장소가 없었기 때문에 그녀는 즉시 건초 두 다발로 식탁을 꾸미기 시작했다. 모크리지는 엉덩이 위에 두 손을 얹고, 자기를 위한 그 준비를 태평스럽게 바라보고만 있었다.

"엘리자베스야, 이리 오지 못해!" 하는 헨처드의 말에 그녀는 따랐다. "너는 왜 그렇게 엉망으로 너 자신의 값어치를 떨어뜨리니?"

그는 끓어오르는 울화를 삼키면서 말했다.

"그러지 말라고 내가 수십 번이나 말하지 않았니. 안 그래? 저런 천한 여자 일꾼들을 위해 네가 몸소 힘든 일을 하다니! 아니, 너 내 얼굴에 똥칠을 해도 유분수지!"

그런데 이런 말을 너무 큰 소리로 했기 때문에 건초광 안에 있던 낸스의 귀에도 들렸다. 그녀는 자신의 인격을 비방하는 소리를 듣자 즉시 화를 냈다. 문간으로 나오면서 그녀는 앞뒤 가리지 않고 소리쳤다.

"그 점에 관해 말씀드리자면, 마이클 헨처드 씨, 저 아가씨는 이보다 더 천한 일도 하셨다는 것을 알려 드려야겠군요!"

"그렇다면 이 아이는 이성보다 자비심이 더 강했던 모양이지."

"오, 그렇지가 않았어요. 자비심이 아니라 품삯 일을 했지요. 그것도 이 시내의 어느 술집에서요!"

"거짓말 마라!"

헨처드는 분에 이기지 못하여 펄쩍 펄쩍 뛰면서 소리쳤다.

"따님한테 직접 물어보세요." 낸스는 벗은 두 팔로 팔짱을 끼면서 말했다.

헨처드는 엘리자베스-제인을 바라보았다. 이제 집 안에만 들어 앉아 있었기 때문에 불그스레하고 하얀 그녀의 얼굴에 예전 얼굴은 거의 남아 있지 않았다.

"이게 무슨 소리야?" 하고 그는 엘리자베스에게 물었다. "정말이냐, 아니면 거짓말이냐?"

"사실이에요. 하지만 그건 다만 ···."

"그렇게 했느냐, 안 했느냐 말이다? 그곳이 어디였어?"

"쓰리 마리너즈에서였어요. 우리들이 그곳에 투숙하고 있던 날 밤 잠깐이었어요."

낸스는 헨처드에게 보란 듯이 당당한 모습으로 건초광 안으로 들어가 버렸다. 낸스는 이미 자신이 해고당할 각오로 하고 싶은 말을 모두 해 버렸던 것이다. 그러나 헨처드는 그녀의 해고에 관해서 일언반구도 하지 않았다. 자신의 과거 내력이 드러날까 두렵기 때문에 그런 문제들에 대해 지나치게 민감한 그는 폭발 직전의 분을 삼키고 있었다.

엘리자베스는 죄지은 사람처럼 그를 따라 집 안으로 들어갔다. 그러나 집 안으로 들어온 다음부터 그녀는 그를 볼 수 없었다. 그날 하루 내내 그는 보이지 않았다.

헨처드의 사회적 지위에 치명적인 손상을 준 이 사실이 그에게는 큰 충격으로 받아들여졌음이 틀림없었다. 그때까지 그의 귀에 들려온 일은 없었지만 그러한 사실에 원인이 있었음에 틀림없었다. 그래서 헨처드는 엘리자베스와 마주칠 때마다 자신의 혈육이 아닌 이 아가씨의 존재를 실제로 싫어하는 기색을 보였다. 그는 그녀를 완전히 혼자 내버려 둔 채 대부분의 식사는 주로 한두 호텔의 곡물거래 사무실에서 농장주들과 함께했다. 그녀가 쓸쓸한 그 숱한 시간을 어떻게 보내고 있는지 그가 볼 수만 있었다면 그녀의 자질에 대한 생각도 달라졌을 것이다.

그녀는 끊임없이 책을 읽고 메모를 했다. 그녀는 지독한 근면으로 세상사를 익혀 갔고, 스스로 짊어진 일에서 꽁무니를 빼는 법은 결코 없었다. 그녀는 자신이 거주하고 있는 이 도시의 로마풍 특성들에 자극받아 라틴어 공부를 시작했다.

"만약 내가 라틴어를 잘하지 못하게 된다 해도 그건 내 잘못이 아닐 거야" 하고 그녀는 이러한 독서 중에 이해가 안 되는 어려운 부분을 접할 때마다 상당히 좌절감을 느끼고는 그녀의 복숭아 빛 두 뺨 아래로 눈물이 흘러내리면서 혼잣말을 하는 때가 간혹 있었다.

이렇게 그녀는 말이 없고, 생각 깊은 커다란 눈을 지닌 여인으로, 단 한 번의 접촉으로는 무어라 말할 수 없는 처녀로 살아갔다. 파프레이에 대한 그녀의 싹트는 관심을 참을성 있게 억눌렀다. 일방적이고 처녀답지 못하며 현명하지 않은 관심 같았기 때문이다. 그녀는 자신만이 잘 아는 이유로 자신의 거처를 마당이 내려다보이는 뒷방(자기가 대단한 흥미를 가지고 살았던)에서 길이 내려다보이는 앞방으로 옮긴 것은 사실이었다. 그러나 그 젊은이는 이 집 앞을 지나치는 경우에도 자신의 고개를 돌리는 일이 드물거나 결코 없었다.

겨울이 눈앞에 닥쳐왔다. 고르지 못한 날씨가 그녀를 방 안의 일에 한층 더 매달리게 했다. 그러나 캐스터브리지에는 며칠간의 초겨울 날씨 — 남서쪽에서 불어 닥친 거친 폭풍우가 잠잠해지자 — 말하자면 햇살은 비쳐도 바람은 비단결 같은 날씨가 계속되었다. 그녀는 이렇게 잠잠한 날씨가 이어지는 기간에 어머니가 묻혀 있는 곳을 주기적으로 들렀다. 옛 로마시대의 묘지가 지금도 사용되고 있다는 점은 이곳에 대한 호기심을 자아내기에 충분했다. 헨처드 부인의 시신은 유리로 된 머리핀과 호박 모양의 목걸이로 장식한 여인들 틈에, 하드리아누스, 포스트무스, 그리고 콘스탄티누스 황제의 동전8을 입에 물고 있는 남자들 틈에 묻혀 있었다.

아침 10시 반은 그녀가 이곳을 찾아가는 시간으로 도시의 대로들이 카르나크9의 거리들처럼 텅 비는 시간이었다. 길거리의 업무가 사무실 안으로 옮겨진 지 오래 되었던 것이다. 엘리자베스-제인은 책을 읽으면서, 때로는 책에서 눈을 떼고 생각하다가 또 걸어서 마침내 어머니의 묘지에 도착했다.

그녀는 **어머니의 무덤**으로 가는 도중 자갈이 깔린 길거리의 중간에서 한 사람의 검은 형체를 보았다. 이 사람 역시 무언가 읽고 있었다. 그러나 책을 읽고 있는 것이 아니라 이 사람의 눈길을 사로잡고 있는 것은 헨처드 부인의 묘비 위에 새긴 글이었다. 자신처럼 상복을 입은 이 사람은 그녀 정도의 나이 또래에 키도 비슷했다. 그녀보다 옷차림이 훨씬 아름다웠다는 사실만 아니었다면 자신의 유령이라 생각했을 것이다. 실로 엘리자베스-제인은 일시적인 변덕이나 목적에서가 아닌 남루한 옷차림에는 비교적 냉담했기 때문에 그녀의 눈길은 이 여인의 우아한 외관에 사로잡혔다. 이 여인의 걸음걸이 또한 바르지 못했다. 일부러 그런다기보다는 성격상 모난 동작을 피하려는 걸음걸이 같았다. 사람이 이런 단계의 외적 성장에 도달할 수 있다는 것은 엘리자베스-제인에게 하나의 새로운 발견이었다. 지금까지는 생각조차 못했던 일이었다. 엘리자베스는 이러한 낯선 여인이 이웃에 있기 때문에 그 순간 자신의 몸에서 싱싱함과 우아함이 모두 도둑맞고 있는 듯한 느낌을 받았다. 그런데 엘리자베스의 이러한 느낌은 이 젊은 여인이 단순히 예쁘장한 것에 지나지 않는 반면 자신은 이제 뚜렷하게 눈에 띌 정도로 예뻐질 수 있다는 사실에서 비롯된 것이었다.

엘리자베스에게 질투하는 마음이 있었더라면 그녀는 이 알 수 없는 여인을 미워했을 것이다. 그러나 그녀는 그렇게 하지 않았다. 그녀는 매혹된 느낌의 즐거움 속에 빠져들었을 뿐이다.

엘리자베스는 이 여인이 어디서 왔는지 궁금했다. 이 지역 대부분에 만연한 정직하고 가정적인 사람들의 투박하고 실용적인 걸음걸이하며, 이 일대의 검소하거나 잘못되었거나 하는 두 가지의 의상스타일도 마찬가지로 이 여인은 캐스터브리지 사람이 아님을 분명히 말해주고 있었다.

이 낯선 여인은 헨처드 부인의 묘비 앞에서 곧 몸을 움직여 담장의 모퉁이 뒤로 사라졌다. 엘리자베스는 무덤 앞으로 다가갔다. 무덤 옆에는 그 여인이 그곳에 오랫동안 서 있었다는 것을 말해 주는 두 개의 발자국이 땅바닥에 뚜렷이 남아 있었다. 엘리자베스는 그 순간 그 낯선 여인이 무지개, 북극광, 희귀한 나비, 혹은 카메오10 세공에 관해 깊이 생각하고 있었을지도 모른다는 공허한 생각을 하면서 집으로 돌아오고 있었다.

잠시 동안이었지만 집 밖에서의 일들이 그녀에게 흥미로웠던 반면 집 안에서는 불길한 날 중의 하루였다. 2년간의 시장 임기가 끝나가던 헨처드는 다시 선출되어 특별의원의 빈 자리를 메우게 되지 않을 것임을 알았던 것이다. 파프레이가 시의회 의원으로 선출될 가능성이 짙다는 것도 알았다. 그가 시장으로 있는 이 도시에서 엘리자베스가 시중을 들었다는 심히 유감스러운 사건이 원인이 되어 일어난 이 상황이 그의 마음에 한층 극심한 고통을 주었다. 그는 그때 개인적으로 수소문을 해 보고 엘리자베스가 스스로 모욕적인 일을 한 것이 파프레이 — 그 배은망덕한 졸부 — 때문이라는 것을 알게 되었다. 여관 안주인 스태니지 부인은 그런 일에는 별 신경을 쓰지 않았지만 — 쓰리 마리너즈에 모였던 많은 사람들은 이미 알고 있는 일이어서 — 헨처드의 거만한 성격을 볼 때 엘리자베스가 단순히 돈을 절약하기 위해 시중들었던 일이 그에게는 사교계에서 파멸당하는 것으로 여겨졌던 것이다.

헨처드의 아내가 딸과 함께 도착한 그날 밤 이래, 그의 운명을 바꿔 놓은 어떤 기운이 감돌았다. 헨처드가 킹스암즈에서 친구들과 어울려 그날 저녁 만찬을 즐겼던 것이 헨처드의 아우스터리츠11였다. 그는 계속 성공을 누려 왔지만 지금부터 헨처드가 나아갈 길이 상승세를 탄 건 아니었다. 그는 예상과 달리 특별의원들 — 곧 자치도시 시민의 귀족계급 — 의 틈에 낄 수 없게 돼 버렸다. 이런 현실에서 그는 마음이 무너져 내렸다.

"아니, 오늘 어디 갔다 온 거야?" 하고 그는 그녀에게 퉁명스러운 말로 물었다.

"저는 산책로와 교회 경내를 걷고 왔어요, 아빠. 그래서 아주 배고파요."

그 순간 그녀는 손으로 입을 얼른 막았으나, 이미 말이 입 밖으로 나와 버려 쏟아진 물을 담을 길이 없었다. 이 말은 그날 그렇지 않아도 다른 기분 나쁜 일들도 있는 참이라 헨처드의 마음에 불을 지르기에 충분했다.

"네가 또다시 그따위로 말하도록 그냥 **내버려 두지 않겠어!**"[12]하고 그는 고막이 터질 듯한 큰 소리로 질러 댔다.

"배고프다고? 사람들은 네가 농장에서 심부름 일이나 하는 걸로 알겠다! 언제는 네가 술집에서 시중든 것을 듣게 되더니, 이제는 또 시골뜨기같이 말해 대고 있으니. 내 속이 부글부글 끓어오르는군. 계속 이런 식이라면 우리는 한 지붕 밑에 같이 살지 못하겠어."

이 일이 있은 후 엘리자베스가 잠들 때 즐거운 생각을 하는 유일한 방법은 그녀가 어머니의 무덤에서 본 정체를 알 수 없는 그 여인을 떠올리면서 다시 만나게 되길 바라는 것이었다.

한편, 헨처드는 자신의 혈육도 아닌 이 처녀에게 파프레이가 관심을 갖지 못하게 했던 자신의 질투에서 나온 어리석은 행위를 되새기면서 앉아 있었다. 그때 그들을 그대로 내버려 두었더라면 그는 이제 와서 그녀 때문에 속상하지는 않아도 됐을 것이다. 결국 그는 자리에서 벌떡 일어나 책상 앞으로 가면서 만족스러운 듯 혼잣말을 했다.

"아, 그 젊은이는 이것이 화해를 의미하고, 결혼 지참금을 주는 것으로 생각하겠지. 내 집에서 엘리자베스로 인해 마음의 고통을 받고 싶지 않아서 내보내려 하고 있고, 또 결혼 지참금이 전혀 없다는 생각은 못하겠지!"

그는 다음과 같은 편지를 썼다.

파프레이 씨에게. 생각을 거듭해 보건대, 엘리자베스-제인에 대한 자네의 청혼에 나는 간섭하고 싶지 않네, 아직도 그 아이한테 관심이 있다면, 나는 나의 반대를 철회하겠네. 다만 한 가지 조건이 있어. 그 교재를 내 집 안에서 하지 않도록. 그럼 이만.

M. 헨처드

파프레이에게

이튿날도 날씨가 좋았기 때문에 엘리자베스-제인은 또 묘지를 찾았다. 그러나 그 여인을 찾아 두리번거리다가 갑작스럽게 나타난 파프레이의 모습에 그녀는 깜짝 놀랐다. 그는 묘지의 문밖으로 걸어 나가고 있었다. 그는 걸으면서 무엇을 셈하고 있었다는 듯 수첩을 보다가 잠시 고개를 들었다. 그리고 그는 그녀를 보았는지 안 보았는지 별 관심을 보이지 않더니 그냥 사라져 버렸다.

엘리자베스는 파프레이가 자신을 무시하고 있다는 생각이 들자 풀이 죽어 힘이 쭉 빠졌다. 그래서 아주 낙심하여 그녀는 긴 의자에 풀썩 주저앉았다. 자신의 처지에 대한 고통스러운 생각에 빠진 그녀가 마침내 아주 큰 소리로 외쳤다.

"오, 사랑하는 어머니와 함께 죽어 버렸으면 좋았을걸."

그녀가 앉아 있는 긴 의자 뒤로는 담장 밑에 사람들이 자갈길 대신 가끔 걸어 다니는 조그마한 산책길이 나 있다. 그녀가 앉아 있는 긴 의자에 무엇이 와 닿은 것 같았다. 그녀는 고개를 돌렸다. 가려진, 그러나 환히 들여다보이는 한 얼굴이, ― 그녀가 어제 보았던 그 젊은 여인의 얼굴이었다.

엘리자베스-제인은 자신의 말을 누군가 엿들었다고 생각해서 잠시 동안 당황했다. 그러나 당황하면서도 마음은 기뻤다.

"그래요, 난 아가씨의 말을 들었어요" 하고 그 여인은 엘리자베스 의 표정에 대한 대답으로 쾌활한 목소리로 말했다.

"무슨 일이 있었나 봐요?"

"말할 수 없어요 ― 말할 수 없어요." 엘리자베스는 화끈 달아오르 는 얼굴을 감추기 위해 손바닥으로 얼굴을 가렸다.

잠시 동안 어떤 몸짓도 말도 하지 않았다. 곧 그녀는 그 여인이 자 기 옆에 앉는 것을 느꼈다.

"아가씨의 기분이 어떤지 알 듯해요. 저기가 아가씨 어머니의 무덤 이군요."

그 여인은 손으로 묘비 쪽을 가리켰다. 엘리자베스는 털어 놓고 이 야기해도 좋을지 스스로 묻기라도 하는 듯 그 여인을 올려다보았다. 그 여인의 태도가 너무도 진지하였고 자신을 염려해 주는 듯해서 그 녀는 속을 털어 놓아도 괜찮겠다고 생각했다.

"그분이 내 엄마였어요. 나의 옛 친구처럼요."

"하지만 아가씨의 아버지 헨처드 씨는 어떡하고. 그분은 살아계시지요?"

"예, 살아계셔요."

"아가씨한테 친절하시지 않나요?"

"아버지를 원망하고 싶지는 않아요."

"다투기라도 했나요?"

"약간."

"아마 아가씨가 잘못했나 봐요?" 낯선 여인이 넌지시 물었다.

"맞아요. 여러 면으로" 하며 겸손한 엘리자베스는 한숨을 쉬었다.

"저는 하녀가 해야 할 석탄을 쓸어 담는 일을 했어요. 그리고 저는 '배고프다'는 말을 했어요. 그랬더니 아버지는 제게 화를 내셨어요."

그 여인은 그 말에 대답하기에 앞서 그녀를 동정하는 듯했다.

"아가씨의 말이 나한테 어떤 인상을 주었는지 알아요?"

하고 그 여인은 담담하게 말했다.

"그분은 성미가 급한 사람이에요. 약간 거만하고 야심이 크다고나 할까. 하지만 나쁜 사람은 아니에요."

엘리자베스의 편을 들면서도 헨처드를 책망하지 않으려 애쓰는 그 여인의 열성이 호기심을 불러일으켰다.

"오, 그럼요. **나쁜** 분은 아니지요."

엘리자베스는 순진한 모습으로 맞장구를 쳤다.

"그뿐만 아니라 최근까지만 해도—어머니가 돌아가실 때까지만 해도 저에게 잘해 주셨어요. 하지만 아빠가 심하게 대하실 때에는 정말 견디기 어려웠어요. 아마 모두 저의 결점들 때문일 거예요. 그리고 저의 결점들은 저의 내력 때문이고요."

"아가씨의 내력이 어떠한데요?"

엘리자베스-제인은 이런 질문을 하는 그 여인을 생각에 잠겨 바라 봤다. 그녀는 그 여인이 자기를 바라보고 있다는 것을 알고 시선을 내리 깔았다. 그러나 곧 다시 바라보지 않을 수 없는 듯한 눈치였다.

"저의 내력은 즐겁지도 흥미롭지도 않아요. 하지만 정 알고 싶으시다면 말씀드릴 수 있어요."

그 여인은 엘리자베스가 성장해 온 이야기에 적극적인 관심을 보이고 있다는 것을 확인시켜 주었다. 그래서 엘리자베스-제인은 자신의 인생에 관한 이야기를 자신이 알고 있는 대로 들려주었다. 장터에서 일어났던 인신매매 사건이 빠진 것을 제외하면 대체로 사실이었다.

예상했던 것과 정반대로 그녀의 새로운 친구는 놀라지 않았다. 이것이 엘리자베스를 즐겁게 했다. 그러나 그녀는 자신이 최근에 거친 대우를 받아 왔었던 그 가정으로 돌아가야 한다고 생각하자 다시 우울해졌다.

"집에 어떻게 들어가야 할지 모르겠어요" 하며 그녀는 중얼거렸다. "멀리 떠나 버릴까 봐요. 하지만 어떡하죠? 어디로 가지요?"

"아마 곧 괜찮아지겠지요" 하고 그녀의 친구가 된 낯선 여인이 부드러운 말로 위로했다. "그러니까 나라면 멀리 떠나지 않겠어요. 자, 내 계획에 대해 한번 생각해 봐요. 난 머지않아 누군가 내 집에 들어와 살게 할 계획이랍니다. 나의 살림도 돌봐 주고 또 친구 노릇도 할 겸 말이에요. 내 집에 들어와 같이 살지 않을래요? 하지만 아마도…."

"오, 잘됐어요." 엘리자베스는 눈에 눈물을 글썽거리면서 무척 기뻐했다. "가겠어요, 정말로. 독립만 할 수 있다면 무슨 일이라도 하겠어요. 그러면 저의 아버지도 저를 좋아하시게 될지도 몰라요. 하지만, 아⋯!"

"왜 그래요?"

"전 교양을 갖춘 사람이 아니에요. **당신**과 말동무가 되려면 그런 사람이어야만 할 텐데요."

"오, ─ 꼭 그렇지만은 않아요."

"그렇지 않아도 된다고요? 하지만 저는 본의 아니게 사투리를 쓰지 않을 수 없을 텐데요."

"걱정 말아요, 나도 그런 말들을 알고 싶어 하게 될 거예요."

"그런데 ─ 오, 안 된다는 걸 나도 알지만!" 하고 그녀는 고통스런 웃음을 띠며 소리쳤다. "저는 우연히 여성 글씨체를 쓰는 대신에 둥그스름한 글씨체를 배웠어요. 그런데, 물론 당신께서도 여성 글씨체를 쓰는 사람을 원하겠지요?"

"음, 아뇨."

"뭐라고요, 꼭 여성 글씨체로 쓰지 않아도 된다고요?" 하고 엘리자베스는 기뻐 어찌할 바를 몰랐다.

"물론이지요."

"그런데 지금 어디 살고 있어요?"

"캐스터브리지에요, 아니 오늘 12시 이후로는 여기서 살게 될 거예요."

엘리자베스는 놀라움을 금치 못했다.

"이곳에 내 집이 준비되고 있는 동안 버드머스에 며칠간 머무는 중이에요. 내가 들어갈 집은 하이-플레이스 홀이라고 불리는데 — 시장으로 이어지는 골목길까지 내려다보이는 오래된 돌집이에요. 두세 개의 방은 살기에 알맞아요, 전부가 그런 건 아니지만요. 난 오늘 밤 처음으로 그 집에서 자게 되요. 이제 내 제의를 생각해 보고 다음 주 날씨 좋은 첫날 여기서 다시 만나요. 그때까지도 아가씨의 마음이 변하지 않았는지 알려주겠어요?"

엘리자베스는 두 눈을 반짝거리면서 헨처드와의 숨 막힐 듯한 환경에서 벗어날 수 있다는 희망에 기쁜 마음으로 그렇게 하겠다고 했다. 이렇게 두 여인은 교회 묘지로 이어진 정문에서 헤어졌다.

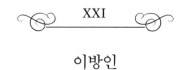

XXI

이방인

어린 시절부터 말로만 되풀이되었던 격언도 성인이 되어 경험하게 될 때까지는 사실상 그대로 묻혀 있듯이, 엘리자베스-제인이 백 번이나 말로만 들어왔었던 하이-플레이스 홀도 이제야 처음으로 그녀 앞에 모습을 드러냈다.

그녀의 마음은 그날 온종일 그 **이방인**과 저택에서 살 희망에 대한 생각으로 가득 차 있었다. 그날 오후 그녀는 시내에 몇 군데 외상값을 치르고 잠깐 물건을 살 일이 있었다. 그때 이미 시내에서는 하이-플레이스 홀이 수리 중이었으며, 어느 여인이 이곳에 살기 위해 곧 들어온다는 사실을 알고 있으면서도 그녀가 주변 가게의 고객이 될 가능성은 별로 없다는 이야기들이 오고갔다. 이런 말들이 공공연한 화제가 되어 입소문을 타며 번지고 있음을 알았다.

그러나 엘리자베스-제인은 자신에게 대부분 너무도 생소하기만 한 이 소문에 한 가지 새로운 사실을 더 보태면서 분위기를 고조시켰다. 그 숙녀는, 이미 도착했다고 그녀가 말했던 것이다.

240

가로등에 불이 밝혀졌지만 아직 굴뚝들, 다락방들, 지붕들이 보이지 않을 정도로 어두워지지는 않았다. 엘리자베스는 거의 연인과 같은 심정으로 마음이 들떠서 멀리서나마 하이-플레이스 홀의 외부 모습을 구경이나 해 보기 위해 그 집 방향으로 걸어 올라갔다.

이 저택은 **외관**1과 난간이 회색인 건물 중에 유일하게 도시의 중심부와 아주 가까운 곳에 위치했다. 이 저택은 무엇보다도 굴뚝에는 새의 보금자리들이 있고, 이끼가 끼어 있는 축축한 모퉁이들, 자연의 비바람이 막 손질을 한 듯 울퉁불퉁한 시골 저택의 특성들을 그대로 지니고 있었다. 밤이 되면 행인들의 검은 그림자 무늬가 가로등 불빛에 의해 어슴푸레한 담 위에 수놓아졌다.

오늘 밤에는 밀짚2들이 사방에 흩어져 있고, 이 집 안에 새로 세 들 때 생기는 여러 다른 흔적들이 무질서한 상태로 어질러져 있었다. 이 집은 전부가 돌로 지어졌으며 크지도 않으면서 웅장한 취향을 풍기는 전형적인 저택이었다. 그렇다고 귀족적인 모습만을 풍기는 것은 아니며, 뽐내고 있는 모습은 더욱 아니었다. 그러나 구식의 이방인들은 이 저택을 보는 순간 본능적으로 "이 저택은 엄청난 피로 지어졌을 것이고, 돈 많은 사람이 그곳에서 누리고 있구나"라고 말하기도 했다.

그러나 누리는 것에 관해서는 그 이방인의 말이 틀렸을지도 모른다. 오늘 밤 입주 직전까지만 해도 이 저택은 1, 2년 동안 아무도 살지 않았던 곳이었다. 그전에도 누가 들어와 살았던 간격이 들쭉날쭉했던 곳이었다. 이 저택이 인기가 없었던 이유가 곧 명백해졌다. 이 저택은 장터가 내려다보이는 방이 여러 개 있었는데 입주하려는 사람이 이런 전망을 바람직하거나 혹은 탐탁하게 여기지 않았기 때문이었다.

엘리자베스의 두 눈은 저택 위층의 방들로 향했다. 그곳에서 불빛이 새어 나왔다. 그 여인이 들어와 살고 있는 게 분명했다. 비교적 세련된 이 여인의 태도가 이 학구적인 처녀의 마음에 심어 준 인상은 너무도 깊었기 때문에 엘리자베스는 맞은편의 아치형 통로 아래에 서서 앞을 가리고 있는 담장 안에서 매력적인 그 여인이 지금 무엇을 하고 있을지 생각하며 즐기고 있었다.

이 저택 앞면의 건축술에 대한 엘리자베스의 감탄은 전적으로 그 낯선 여인에게 받은 영향 때문이었다. 그러나 사실 이 저택 앞면의 건축술은 놀라웠으며, 적어도 연구해 볼 만한 가치가 있었다. 팔라디안 풍3의 건축 양식으로 고딕 시대4 이래 세워진 대부분의 건축물처럼, 이 저택은 설계되었다기보다는 편집된 건축이었다. 그래서 그 온당함이 그 양식을 인상 깊게 만들었다. 사치스럽지 않으면서도 다채로워 보였다. 인간이 허영심을 앞세워 건축하는 것이 바람직하지 않다는 사실을 깨닫고 불필요하게 예술적으로 장식하지 않았던 것이다.

사람들이 조금 전까지만 해도 짐 꾸러미를 들고 들락날락하느라고 출입구와 복도는 마치 모두에게 공개된 통행로 같았다. 엘리자베스는 저녁 어스름을 틈타 열려 있는 문을 통해 종종걸음으로 안뜰로 걸어 들어갔다. 그러나 그녀는 자신의 무모함에 놀라 뒷마당의 높다란 담에 열려 있는 다른 문을 통해 재빨리 다시 나와 버렸다. 그녀는 자신이 도시에서 사람들이 별로 지나다니지 않는 길에 서 있다는 사실을 깨닫고는 놀랐다.

이 골목 안에 서 있는 외로운 가로등 불빛에 비춰진 저택의 문은 아치 모양으로 아주 오래되었으며 이 집의 건물 자체보다 더 낡았음을 알았다. 그 문은 장식용 못으로 장식되어 있고 아치의 쐐기돌은 기괴한 가면 장식이었다. 원래 이 가면은 지금도 보이는 바와 같이 우스꽝스럽게 곁눈질하는 모습을 띠고 있었다. 그러나 수세대에 걸쳐 캐스터브리지 소년들이 그 가면의 입을 겨냥하고 돌을 던져 왔었다. 그 위에 수없이 돌을 얻어맞아 입술과 턱이 마치 벌레가 갉아먹어 버린 것처럼 이가 빠져 있었다. 희미한 가로등 불빛에 비치는 그 모습이 너무도 섬뜩해서 그녀는 더 이상 볼 수 없었다 ― 그녀가 이 저택을 방문하면서 처음 받은 느낌은 바로 이러한 불쾌함이었다.

그 이상한 낡은 문의 위치와 곁눈질하는 가면의 기이한 모습이 무엇보다 이 저택의 지난 역사와 관련 있는 한 가지 사실을 암시했다. ― 그것은 바로 음모였다. 이 하이-플레이스 홀은 골목길을 따라 그 낡은 극장, 유서 깊은 황소 골리기5 터, 오래된 닭싸움 터, 이름 모를 아이들이 사라지곤 했던 웅덩이 등, 각종 편리한 시설들이 있었던 곳에서부터 눈에 띄지 않고 올 수 있었다. 하이-플레이스 홀은 확실히 그 편리함을 자랑할 만했다.

엘리자베스는 집으로 가기 위해 가장 빠른 방향으로 발길을 돌렸다. 골목길을 내려가는 것이 제일 빠른 길이었다. 그러나 그쪽에서 다가오는 발자국 소리를 듣고, 그 시간에 그런 곳에서 누군가와 맞닥뜨리고 싶지도 않아 그녀는 급히 물러섰다. 몸을 피할 방도가 없어 그녀는 그 행인이 그 앞을 지나갈 때까지 벽돌담 기둥 뒤에 서 있었다.

만약 엘리자베스가 그 지나가는 사람을 자세히 지켜보았더라면 그녀는 깜짝 놀랐을 것이다. 그녀는 그 행인이 곧장 그 아치형의 대문으로 향하는 것을 보았을 테고, 그 행인이 발걸음을 멈추고 문빗장 위에 손을 얹을 때 가로등 불빛에 비친 얼굴이 다름 아닌 헨처드임을 알게 되었을 것이기 때문이었다.

그러나 엘리자베스-제인은 기둥 뒤에 몸을 바싹 붙이고 숨어 있었기 때문에 이 장면을 전혀 보지 못했다. 헨처드 역시 그녀가 그의 신원을 알아보지 못했듯이 그녀의 존재를 모르고 그대로 안으로 들어서서 어둠 속으로 사라져 버렸다. 엘리자베스는 다시 그 골목을 빠져나와 빨리 집으로 향했다.

그녀에게 상스럽다는 말을 들을 행동은 삼가야 한다는 헨처드의 꾸중 때문에 그녀는 소심해졌고, 이것이 원인이 되어 그들로 하여금 방금처럼 극적인 순간에 서로를 몰라보게 만든 것이다. 만일 서로를 알아보았다면 많은 의문들이 — 적어도 어느 쪽에서건 똑같은 의문, 즉 도대체 "아버지가" 또는 "저 아이가 여기는 웬일일까?" 하는 의문이 생겨났을 것이다.

헨처드는 그 여인의 집에서 자신의 용무가 무엇이었든지 간에 엘리자베스-제인보다 불과 몇 분 늦게 귀가했다. 그녀는 아버지의 집을 나가겠다는 이야기를 오늘 밤에는 꺼낼 작정이었다. 그날 낮 동안에 겪은 사건들이 그녀에게 그렇게 재촉했다. 그러나 그 실행여부는 아버지의 생각에 달려 있었기 때문에 그녀는 초조한 마음으로 말할 기회를 찾고 있었다.

그녀가 보기에 아버지의 태도가 달라져 있었다. 아버지는 화내는 모습을 더 이상 보이지 않았다. 아버지는 그보다 더 나쁜 무엇을 보였던 것이다. 화를 내는 대신 극도로 무관심했으며 냉담함이 지나쳐 그녀는 그가 성질을 부릴 때마다 이 집을 떠나야겠다는 생각이 더욱더 굳어졌다.

"아버지, 6 제가 이곳을 떠나도 되나요" 하고 그녀가 물었다.

"떠난다고! 아니 — 반대할 생각은 추호도 없어. 그런데 어디로 가
느냐?"

그녀는 자기한테 그처럼 무관심한 사람에게 지금 자신의 행선지를
당장 알려 준다는 것은 바람직한 일이 아닐 뿐만 아니라 필요치도 않
은 일이라 생각했다. 어차피 헨처드도 모든 사실을 알게 될 것이다.

"저는 좀더 교양을 쌓고, 좀더 세련되고 그리고 덜 게을러질 수 있
는 기회가 있다는 이야기를 듣게 되었어요" 하고 그녀는 망설이면서
대답했다. "제가 공부도 하면서 고상한 생활 태도도 배울 수 있는 집
에 자리가 하나 났어요."

"그렇다면 무슨 일이 있더라도 그 기회를 최대한 이용하도록 해라.
네가 사는 이곳에서 교양을 쌓을 수 없다면 말이야."

"그럼 떠나도 되는 거지요?"

"내가 반대를 해? 아니야! 절대로 아니야."

그는 잠시 멈추었다가 계속했다.

"하지만 누가 널 도와주지 않으면 네 의욕적인 계획을 위해 필요한
돈이 충분할 만큼은 없을 텐데? 너만 좋다면 나는 너에게 매월 얼마씩
용돈을 주지. 그 세련된 사람들이 지불할 것 같은, 겨우 굶주림을 면
할 정도의 그 형편없는 임금에 네가 매달려 살지 않도록 말이다."

그녀는 아버지의 이 제의에 고마움을 느꼈다.

"적당히 하는 편이 좋을 거야" 하고 그는 잠시 중단했다가 덧붙였
다. "나는 조그마한 도움이나마 너에게 주고 싶으니 받길 바란다—

네가 나한테서 독립하고 — 또 내가 너한테서 독립할 수 있도록 말이다. 그렇게 하는 것이 좋겠니?"

"좋아요."

"그렇다면 오늘 나도 그렇게 알고 있겠다."

그는 이러한 조치로 그녀를 자신의 손에서 떼어 놓게 되면서 짐을 내려놓았다고 생각하는 듯했다.

이리하여 그 두 사람에 관한 그 문제는 일단락됐다. 그녀는 이제 그 여인을 다시 만날 일만 기다리고 있을 뿐이었다.

그날 그 시간이 왔다. 그러나 이슬비가 내리고 있었다. 엘리자베스-제인은 이제 자신의 궤도를 즐거운 독립에서 수고로운 자립으로 바꿨기 때문에 만약 그녀의 친구가 받아만 준다면 자신처럼 영광이 위축된 사람에게 어울리는 이런 날씨쯤은 아무렇지 않다고 생각했다 —좀 의심스럽기는 하지만, 그녀는 자신이 한때 잘나가던 시절7 이래 처음으로 그녀의 덧신이 걸려 있던 신발장으로 갔다. 그것을 내려 곰팡이 핀 가죽에 검게 구두약을 칠한 후 옛날에 했던 그대로 신었다. 이렇게 신발을 신은 후 외투를 걸치고 우산을 들고 약속 장소로 떠났다 —그 여인이 약속 장소에 나와 있지 않으면 그 집으로 찾아갈 작정이었다.

교회 묘지의 한쪽은, —비바람이 치는 쪽은— 밀짚 지붕이 씌워진 낡은 흙담에 의해 막혀 있는데, 그 담의 처마가 한두 피트 정도 나와 있었다. 담 뒤에는 곡창과 광들이 있는 타작마당이었다 —그녀가 수개월 전에 파프레이를 만났던 곳이다. 밀짚 처마 밑에서 한 사람의 모습이 보였다. 그 젊은 여인이 와 있었다.

그 여인이 나와 주었다는 사실은 이 처녀가 그토록 갈망하던 소망을 실현할 수 있음을 의미하기 때문에 그녀는 자신에게 찾아온 행운이 두렵기까지 한 눈치였다. 아무리 강인한 마음이더라도 현실성 없는 두려움이 생겨날 틈은 있는 법이다.

여기 인류의 역사만큼이나 오랜 교회의 공동묘지에, 이 악천후 속에서 다른 곳에서는 결코 볼 수 없는 이상한 매력의 낯선 여인이 서 있었다. 그녀가 이런 상황에 나타나게 된 데에는 악마의 요술이 작용했는지도 모를 일이었다. 그러나 엘리자베스는 교회의 탑 앞으로 걸어갔다. 탑의 꼭대기에서는 깃대의 줄이 바람에 흔들거리고 있었다. 그녀는 담 앞까지 다다랐다.

그 여인은 가랑비에도 아랑곳없이 너무도 명랑한 모습을 띠고 있어서 엘리자베스는 문득 자신이 생각했던 것도 잊어버릴 정도였다.

"어서 오세요" 하고 그 여인은 자신의 얼굴을 가리고 있는 검은 플리스8 틈으로 살짝 하얀 이빨을 드러내 보이면서 입을 열었다.

"결심했어요?"

"예, 아주요" 하는 엘리자베스는 진지한 표정을 지으며 말했다.

"아가씨의 아버지도 동의했나요?"

"예."

"그렇다면 와서 함께 살도록 해요."

"언제요?"

"지금 ─ 아가씨가 편리한 시간에 빨리. 나는 아가씨를 내 집으로 데려오도록 사람을 보낼까 생각했어요. 아가씨가 이 바람 부는 날씨에 혹시 나오지 않을까 해서 말이에요. 하지만 나는 날씨에 상관없이 외출하길 좋아하기 때문에 내가 먼저 나와서 기다리기로 했지요."

"저도 날씨에 상관없이 외출하길 좋아해요."

"그것으로 보아 우리 두 사람은 뜻이 맞을 것 같네요. 그러면 오늘 들어올 수 있나요? 내 집은 너무도 공허하고 적적해서 나는 내 옆에 누가 있었으면 했거든요."

"그럴 수 있을 것 같아요" 하고 엘리자베스는 생각에 잠겨 말했다.

그 순간 담장 뒤편에서 사람들의 목소리와 빗방울 소리가 바람을 타고 들려왔다. "자루", "쿼터", "탈곡", "꼬리표 붙이기", "다음 토요일 장터" 등의 말들이 돌풍에 깨진 거울 속의 얼굴처럼 비바람 소리에 토막 난 말귀로만 들려왔다.

두 여인은 모두 귀를 기울였다.

"저 사람들은 누구지요?"

"한 사람은 저의 아버지예요. 저의 아버지는 저 마당과 창고를 빌려 쓰고 있거든요."

그 여인은 곡물거래의 전문용어에 귀를 기울이느라 자신이 해야 할 일을 잠시 잊은 듯해 보였다. 한참 후 그녀는 갑자기 이렇게 말했다.

"아버지한테 아가씨의 행선지를 말씀드렸어요?"

"아니요."

"오 ― 왜 그랬지요?"

"저는 우선은 그곳을 빠져나오고 보는 게 더 안전할 거라고 생각했어요. 아버지는 언제 어떻게 마음이 변할지 도대체 알 수 없거든요."

"어쩌면 아가씨의 생각이 옳았는지도 모르겠군요⋯. 그뿐만 아니라 나는 아가씨한테 아직 내 이름도 밝히지 않았으니까요. 나는 템플먼이라고 해요⋯. 그 사람들은 갔어요? ― 저 담 뒤쪽에 있던 사람들 말이에요."

"아니요, 그들은 곡물 저장고로 올라가 안에 들어갔을 뿐이에요."

"근데, 여기는 점점 축축해지는군요. 오늘 아가씨를 기다리고 있겠어요. 오늘 저녁 6시에요."

"저는 어느 길로 들어가야 하지요?"

"앞길로요. 돌아서 정문으로 오세요. 나는 아직 다른 길은 모르거든요."

엘리자베스-제인은 골목길 쪽의 그 샛문을 생각하던 참이었다.

"기왕 행선지를 아직 밝히지 않았다니까, 아마 아가씨는 그곳에서 완전히 나와 버릴 때까지는 그것을 비밀로 해 두는 편이 좋을 듯하군요. 혹시 아버지의 마음이 변할지 누가 알겠어요?"

엘리자베스-제인은 고개를 가로저었다.

"나도 생각해 보았는데 그런 일은 없을 거예요" 하고 그녀는 슬픈 기색으로 말했다. "아버지는 지금까지 저한테 아주 냉정했으니까요."

"좋아요. 그러면 6시에 봐요."

두 여인이 탁 트인 길로 나와서 헤어질 때 각각 펼친 우산이 바람에 날리지 않게 몸을 숙여 받치고 있었다. 그럼에도 그 젊은 여인은 곡물마당의 출입문을 지나치면서 그 타작마당의 안쪽을 들여다보더니 잠시 한쪽 발에 몸을 기댄 채 멈춰 섰다. 그러나 보이는 것은 짚 더미와, 벽의 중간이 불룩한 이끼 낀 곱사등이 헛간, 그리고 교회 탑 뒤로 치솟아 있는 곡물창고 이외에는 아무것도 보이지 않았다. 교회의 탑에서는 매달린 밧줄이 바람에 날려 아직도 깃대에 부딪치고 있었다.

한편 헨처드는 엘리자베스-제인이 그렇게 서둘러 나가리라고는 전

혀 생각하지 못했다. 따라서 그는 6시 직전에 집에 도착하여 킹스암
즈의 마차9가 문 앞에 서 있고 그의 의붓딸이 자기의 작은 가방들과
상자들을 들고 그 마차 안으로 들어가는 것을 보고 깜짝 놀랐다.

"하지만 제가 나가도 좋다고 말씀하셨잖아요, 아버지?"

그녀는 차창을 내다보며 말했다.

"말했다고! 그랬지. 하지만 나는 네가 다음 달이나 내년을 의미하
는 것으로 생각했다. 맙소사, 좋은 기회가 온 게로구나! 그런데, 내
가 너 때문에 그렇게 걱정하는 것을 이런 식으로 보답하려는 거냐?"

"오, 아버지! 어쩌면 그렇게 말씀하세요? 그렇게 말씀하시면 안 돼
요! 아버지는 공정하지 못해요!" 그녀는 열기를 띠고 말했다.

"그래, 그래, 네 멋대로 해라."

그는 그렇게 대꾸하고 집 안으로 들어갔다. 그녀의 짐이 아직 전부
다 내려오지는 않은 것을 알고 그는 어떤 상황인지 보려고 그녀의 방
으로 올라가 둘러보았다. 그는 그녀가 이 방에 온 이래 한 번도 엘리
자베스의 방에 와 본 일이 없었다. 10 방 구석구석에 엘리자베스가 신
경 쓰며 나아지려고 애쓴 흔적들, 즉 책, 스케치, 지도, 취미를 위한
자질구레한 물건들이 사방에서 엿보였다. 헨처드는 그때까지 이러한
노력들을 전혀 모르고 있었다. 그것들을 바라보고 갑자기 몸을 돌려
아래로 내려와 문 앞으로 다가왔다.

"애야!" 그는 누그러진 목소리로 말했다 ─ 그는 이제 그녀를 엘리
자베스라는 이름으로 부르지는 않았던 것이다.

"나한테서 떠나지마. 내가 너한테 심하게 말해 왔기 때문이겠지.
하지만 나는 지금까지 너 때문에 몹시 괴로워서 그랬다 ─ 그렇게 된

이유가 있어."

"저 때문에요?" 하고 그녀는 매우 근심스럽게 물었다. "제가 뭘 어떻게 했는데요?"

"지금은 말할 수 없다. 하지만 네가 이곳에 그대로 머물러 내 딸로서 살아간다면 때를 보아 모두 말해 주겠다."

그러나 그 제의는 이미 10분 정도 늦었다. 그녀는 마차에 타고 있었을 뿐 아니라 — 마음속으로는 이미 자기에게 그렇게도 매력적으로 대하는 그 여인의 집에 가 있었던 것이다.

"아버지" 하고 그녀는 될 수 있는 대로 동정어린 말투로 말했다. "제가 지금 이렇게 떠나는 것이 우리 두 사람에게 최선일 것 같아요. 저는 오래 머무를 필요가 없어요. 저는 멀리 가는 것이 아니에요. 혹시 저를 몹시 보고 싶으실 때는 저는 금방 다녀갈 수도 있어요."

그는 언제나 마찬가지로 고개를 가볍게 끄덕거렸다. 그녀의 결정을 따른다는 의미 외에 아무것도 없었다.

"멀리 가지는 않는다는 말이지. 네 주소가 어떻게 되니? 내가 너한테 편지라도 쓰고 싶을 경우를 생각해서 말이다. 안 그러면 내가 알 길이 없잖니?"

"오, 그럼요. 상관없어요. 시내일 뿐이에요, 하이-플레이스 홀이에요."

"어디라고?" 헨처드는 기색이 누그러지면서 말했다.

그녀는 되풀이했다. 그러자 그는 몸도 움직이지 않았으며 말도 없었다. 그녀는 그에게 아주 다정한 모습으로 손을 흔들어 보이고는 마부에게 마차를 몰아 거리로 올라가자고 말했다.

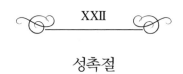

성촉절

헨처드가 보여준 태도를 설명하기 위해 이야기는 잠시 지난밤으로 되돌아간다.

엘리자베스-제인이 그 낯선 여인의 저택을 은밀히 답사할 생각을 하던 무렵에 헨처드는 눈에 익은 루세타 필적의 편지 한 통을 받고 적잖게 놀랐다. 그녀의 먼젓번 편지에서 드러났던 자제와 체념은 이미 사라졌던 것이다. 그녀의 편지에는 그들이 처음 사귀었을 때처럼 그녀의 특징이었던 천성적인 쾌활함이 일부 드러나 있어 보였다.

하이-플레이스 홀에서.

사랑하는 헨처드 씨, 놀라지 마세요. 제가 캐스터브리지에 살기 위해 온 것은 제가 바라는 대로, 당신과 저 두 사람 모두를 위해서예요. 이곳에 얼마나 있을지는 몰라요. 그것은 저 말고 다른 사람에게 달렸어요. 그분은 남자이며, 상인이며, 시장이며, 그리고 저의 사랑에 대한 최우선의 권리를 가지신 분이에요.

솔직하게 말해서, 내 사랑,1 저는 이 편지에서 보인 것만큼 그렇게 마음이 홀가분하지는 않아요. 당신의 부인이 — 당신이 과거 수년 동안 사망한 것으로 상상하시곤 했던 분이 돌아가셨다는 소식을 듣고 여기에 왔어요. 가련한 여인이었어요. 그분은 불평이 없고, 아는 것은 별로 없어 보였지만 산전수전 다 겪었던 사람 같아요. 저는 당신이 그녀 때문에 공정히 처신하신 것을 기뻐해요. 저는 당신의 부인이 이미 이 세상에 존재하지 않는다는 것을 알게 되자마자 당신에게 저에 대한 당신의 약속을 이행하도록 촉구함으로써 제가 저지른 경솔한 실수2로 저의 이름에 거칠게 드리운 그림자를 꼭 걷어내야 한다고 절실하게 느끼게 되었어요. 저는 당신도 같은 심정일 것이라고 생각해요. 그리고 이러한 목적을 위한 조치를 취해 주시기를 바라지만 저는 우리들이 갈라선 후 당신이 처한 입장을, 무슨 일이 발생했는지를 몰랐기 때문에 당신과 직접 연락을 취하기 전에, 일단 저는 이곳에 와서 자리 잡겠다고 결심하게 되었어요. 당신도 이 점에 대한 저의 심정을 이해하실 거예요. 하루 이틀 지나면 당신을 만날 수 있을 것 같아요. 그때까지 안녕히.

당신의 루세타

추신 — 저는 전에 캐스터브리지를 지나가던 중에 당신을 잠시 만나겠다던 약속을 지킬 수 없었어요. 저의 집안에 무슨 일이 생겼기 때문이에요. 그게 무슨 일이었는지 들으면 당신도 놀라실 거예요.

헨처드는 하이-플레이스 홀이 어떤 새 입주자를 위해 수리되고 있다는 이야기를 그때 이미 듣고 있었다. 그래서 그는 그곳에서 처음 만난 사람에게 얼떨떨한 기분으로 물어보았다.

"이 저택에는 누가 살러 온답니까?"

"템플먼이란 여자분이라고 합니다, 시장님." 상대방이 이를 알려주었다.

헨처드는 이 대답을 몇 번이고 곰곰이 생각해 보았다.

"내 짐작으로는 루세타가 그녀와 관련이 있어" 하고 그는 혼잣말을 했다. "그래―내가 두말할 나위 없이 그녀에게 합당한 처우를 해 주어야지."

그가 이제 도덕적 필요성을 중요하게 느끼게 된 것은 한때 그랬듯이 그 관념에 덧붙은 압박감 때문은 결코 아니었다. 그것은 온정이 아니라면 실로 관심 때문이었다. 엘리자베스-제인이 자신의 혈육이 아니라는, 그리고 자신은 자식이 없는 사람이라는 것을 알게 된 쓰라린 실망감이 내면에 감정상의 공백을 남겼고, 그는 무의식적으로 이 공백을 채우고 싶은 갈망 같은 것을 느꼈다. 비록 강력한 의지는 아니더라도 그는 이러한 심리 상태에서 그 골목길을 정처 없이 걸어 올라갔고 엘리자베스와 거의 마주칠 뻔했던 뒷문을 통해 하이-플레이스 홀로 들어갔던 것이다. 그는 그곳에서 뜰 안으로 걸어 들어가, 나무 상자에서 그릇을 끄집어내고 있는 한 남자에게 르 쉬외르 양이 이곳에 살고 있느냐고 물었다. 르 쉬외르는 루세타― 또는 당시 그녀가 당시 자신을 '뤼세트'로 부르던 그가 알고 있는 이름이었다.

그 남자는 그런 사람은 없다고 대답을 했다. 템플먼 양이 왔을 뿐이라는 것이다. 그러자 루세타가 아직 입주하지 않은 것으로 알고 발길을 돌렸던 것이다.

그는 이튿날 엘리자베스-제인이 출발했을 때 궁금증이 더욱더 커진 상태였다. 그녀가 말하는 주소를 듣는 순간 그는 루세타와 템플먼 양이 같은 사람이라는 이상한 생각에 갑자기 휩싸였다. 왜냐하면 그는 그녀가 자기와 친하게 지냈던 시절에, 그가 가공인물이라 생각하기도 했던 그 부유한 친척의 이름이 템플먼이라고 말하는 것을 들은 기억이 있기 때문이다. 그는 재산이 탐나서 여자와 결혼하려는 사람은 아니지만, 루세타가 너그러운 친척에게 대단히 많은 재산을 상속받을 여인이라는 사실에 어떤 매력을 느낀 적이 있었다. 그는 재물에 대한 욕심이 그의 마음을 점점 더 사로잡는, 중년의 내리막길을 걷고 있었던 사람이었다.

그러나 헨처드의 초조한 마음은 오래갈 수 없었다. 루세타는 자기들의 결혼 주선이 물거품3으로 돌아간 뒤 쏟아져 들어온 편지들에서도 보인 것처럼 걸핏하면 휘갈겨 써 보내는 습성이 있었다. 그리하여 엘리자베스가 떠나자마자 하이-플레이스 홀로부터 또 한 통의 편지가 시장의 집에 날아들었다.

저는 새로운 집으로 입주하여 편하게 지내고 있어요. 이곳에 오기까지가 약간 성가신 일이었기는 했지만요. 당신은 제가 무슨 말씀을 드리려 하는지 아시겠어요? 당신은 제 말을 잘 믿지 않으려 했지만, 은행가의 미망인이신 저의 자상한 템플먼 아주머니가 최근에 작고하실 적에 저에게 자신의 재산을 유산으로 남겨 주셨어요. 저는 그 아주머니의 성을 따르기로 했지요. 그건 저 자신에게서, 그리고 제가 저지른 잘못을 회피하기 위한 방편이었다는 것 이외에 더 상세한 이야기는 하지 않겠어요.

이제 저는 자유로운 몸이에요. 하이-플레이스 홀에 세 들어 캐스터브리지에 살기로 결심했어요. 당신이 저를 보고 싶어 하시면 적어도 당신의 입장을 난처하게 만들지 않게 하기 위해서 말이에요. 처음에는 당신이 저를 길거리에서 우연히 만나게 될 때까지 이 모든 것들을 당신한테는 비밀로 해 둘까 했어요. 그러나 이렇게 솔직하게 밝히는 것이 더 낫겠다고 생각했지요.

당신은 저와 당신의 따님이 함께 살기로 한 사실을 알고 계시겠지요. 그래서 비웃으셨겠지요? — 그러니까 뭐라고 해야 하나요? — (전적으로 호의에서 나온) 이 장난스런 말을요. 그러나 제가 당신의 따님과 처음 만나게 됐던 것은 순전히 우연이었어요. 마이클, 제가 왜 그렇게 했는지 조금이라도 아시겠어요? 아니, 당신이 내게 오면서 마치 따님을 보러 오는 것처럼요. 그렇게 해서 우리들 사이를 자연스럽게 만들자는 거예요. 그 아가씨는 사랑스럽고 착한 아이예요. 그리고 그 아가씨는 당신이 자기를 지나치게 가혹하게 대했다고 생각하고 있어요. 당신은 성미가 급해서 그렇게 하셨을 거예요. 고의로 그러시지는 않았을 거라 확신해요. 결과적으로 따님을 제게 데려온 셈이 되었으니 당신을 탓하고 싶지 않아요. 그럼 이만 줄여요.

영원한 당신의 루세타

침울한 기분에 빠져 있던 헨처드는 이러한 사실들을 하나씩 알게 되고부터는 마음에 커다란 기쁨을 되찾게 되었다. 그는 식탁 위에 오랫동안 꿈꾸듯 몸을 숙이고 앉아 있었다. 엘리자베스-제인과 도널드 파프레이와 관계가 멀어지면서 허물어졌던 그의 감정들이 완전히 고

갈되어 버리기 전에 거의 기계적으로 루세타에 의해 회복되어 가고 있었다. 그녀는 분명히 결혼할 생각이 있었다. 그녀는 이전에 자신의 시간과 마음을 헨처드에게 그렇게 순수한 마음으로 쏟아부었고, 결국 그녀의 뜻을 이루지 못했던 것을 생각하면 가련한 한 여인이 그 이외에 무엇을 할 수 있었겠는가? 애정에 못지않게 양심이 그녀를 이곳으로 데려왔음이 분명할 것이다. 그는 그녀를 탓하지 않았다.

"깜찍한 여자 같으니라고!" 그는 (노련하고 상냥하게 엘리자베스-제인을 다루는 루세타의 영리한 책략 때문에) 얼굴 가득 미소를 띠고 말했다.

루세타를 만나보고 싶은 생각에서 헨처드는 그녀의 집으로 향했다. 그는 모자를 쓰고 나섰다. 그가 그녀의 집 앞에 도착한 것은 8시와 9시 사이였다. 그에게 나온 대답은 템플먼 양이 그날 밤에는 다른 약속이 있어 그를 이튿날 만나고 싶다는 것이었다.

"이건 약간 건방을 떠는 것 같군!" 하고 그는 생각했다. "하지만 우리 사이를 생각해 본다면…."

그러나 끝내 그녀는 그를 기다리지 않았다는 것이 분명해서 그는 조용히 발걸음을 돌렸다. 그럼에도 그는 이튿날 찾아가지 않기로 결심했다.

"여자들이란 도대체 알 수 없는 데가 있으니. 저들한테는 솔직한 구석이 없단 말이야!" 그가 말했다.

헨처드의 인생행로에서 그가 생각하는 궤적을, 마치 그것이 단서4나 되는 것처럼 추적해 보도록 하자. 그리하여 이 특정한 날 밤의 하이-플레이스 홀의 내부를 살펴보도록 하자.

엘리자베스-제인은 도착하자 나이 지긋한 한 여인을 따라 위층으로 올라와 그녀가 벗는 옷가지를 받아 주겠다는 무덤덤한 청을 받았다. 그녀는 그런 수고를 끼치고 싶지 않다고 진지하게 대답하고 즉시 복도에서 그녀의 모자와 외투를 손수 벗었다. 그러고 나서 그녀는 저택의 첫 번째 문 앞까지만 안내되었고, 그곳에서부터는 혼자 알아서 하게 되었다.

눈앞에 보이는 방은 부인의 내실처럼, 혹은 조그마한 응접실처럼 예쁘게 꾸며져 있었다. 두 개의 원통 모양의 베개가 놓여 있는 소파 위에는 검은 머리카락에 커다란 눈, 다소 프랑스인의 모습이 풍기는 예쁜 여인이 누워 있었다. 그녀는 분명히 엘리자베스보다는 몇 살 위였으며 눈에는 광채가 흐르고 있었다. 소파 앞에는 조그만 탁자가 하나 놓여 있고, 그 위에는 한 통의 카드들이 뒤집힌 채 널려 있었다.

그녀는 너무 편안한 자세로 누워 있다가 갑자기 방문이 열리는 소리에 용수철처럼 튀어 일어났다. 문을 연 사람이 엘리자베스인 것을 안 그녀는 다시 마음이 편안한 자세로 바꾸었다가 무모할 정도로 껑충대며 엘리자베스에게 다가왔다. 그래도 그녀의 타고난 우아함 때문에 요란한 행동이 겉으로는 잘 드러나지 않았다.

"아니, 늦었네요" 하면서 그녀는 엘리자베스의 두 손을 잡았다.

"치워야 할 자질구레한 물건들이 너무 많았어요."

"그런데 아가씨 얼굴이 많이 좋지 않군요. 지쳐 보이기도 하고. 내가 배운 몇 가지 재미있는 방법들로 생기를 불어넣어 주지. 거기에 앉아요, 그리고 가만있어요."

그녀는 카드를 끌어 모으고 탁자를 자기 앞으로 당겨 그 카드들을 재빠른 솜씨로 나누기 시작하면서 엘리자베스한테 몇 개를 선택하라고 했다. "자, 골랐어요?" 그녀는 마지막 것을 내던지면서 말했다.

"아뇨" 하고 엘리자베스는 공상에서 깨어나면서 더듬거렸다.

"깜빡 잊고 있었어요. 저는 생각하고 있었거든요, 당신과, 그리고 저에 관해서. 그런데 제가 이곳에 와 있다는 것은 참으로 신기해요."

템플먼은 엘리자베스-제인을 흥미 있게 바라보면서 카드를 내려놓았다. "아! 걱정 말아요. 아가씨가 내 옆에 앉아 있는 동안 나는 여기 누울게요. 그리고 우리 이야기나 나눠요."

엘리자베스는 소파의 머리맡으로 말없이 그러나 분명히 기쁜 표정으로 다가갔다. 엘리자베스가 나이로는 주인보다 어리지만 태도와 전체적인 모습에서는 더 슬기로운 사람 같아 보였다. 템플먼은 조금 전의 편안하게 누워있는 자세로 소파 위에 몸을 맡기고 팔은 이마 위에 얹어 놓고 있었다. 예컨대 티션5이 고안해 낸 유명한 자세로 그녀는 자신의 이마와 팔 너머로 엘리자베스에게 말하고 있었다.

"아가씨한테 말해 줘야 할 것이 있어요." 그녀가 말했다. "아가씨는 그걸 이미 눈치챘는지도 모르겠지만. 내가 이 큰 저택과 막대한 재산을 갖게 된 지는 불과 얼마 되지 않았어요."

"오! 얼마 되지 않았다고요?" 하고 중얼거리는 엘리자베스-제인은 얼굴을 살짝 숙이면서 말했다.

"나는 소녀 시절에 국경수비대가 주둔하는 도시들과 그 일대 지역에서 아버지와 함께 살았어요. 그러다 보니 나는 마음이 들뜨고 불안정한 삶을 살게 되었어요. 아버지는 육군 장교이셨어요. 만약 내가 이 내력을 아가씨도 아는 것이 좋겠다고 생각하지 않았다면 이 이야기를 입 밖에 내지 않았을 거예요."

"예, 예."

엘리자베스는 생각이 깊은 시선으로 방 안을 둘러봤다. 그녀의 시선은 놋쇠로 장식을 새긴 조그마한 네모 피아노로, 창의 커튼들로, 램프 위로, 트럼프용 테이블 위에 있는 맑고 검은 킹과 퀸에게로, 그리고 마지막으로 루세타 템플먼의 일그러진 얼굴 위로 옮겨갔다. 템플먼의 광택 있는 커다란 두 눈은 위아래가 뒤집혀 기이한 효과를 자아냈다.

엘리자베스의 마음은 거의 병적일 정도로 그녀가 모르는 사실들에 대해서 궁금해 했다.

"당신은 불어와 이탈리아어도 물론 유창하게 말할 수 있겠지요. 저는 아직 라틴어를 조금 할 수 있을 뿐이에요."

"아니, 그 문제에 관해 말하자면, 내가 태어난 섬에서는 불어를 할 줄 아는 것을 대단스럽게 여기지 않아요. 오히려 그 반대지요."

"어디서 태어나셨는데요?"

템플먼은 약간 주저하면서 내키지 않는 투로 말했다.

"저지. 그곳에서는 길 이쪽에서는 불어를, 저쪽에서는 영어를, 길 한가운데에서는 뒤섞인 언어를 말하고 있어요. 하지만 나는 그곳을 떠난 지 오래 됐어요. 실제로는 배스6가 내 가족들의 진정한 고향이에요. 저지의 내 조상들은 영국의 어느 누구 못지않게 훌륭한 분들이었지만, 그분들은 르 쉬외르 가문의 인물들이었지요. 당시에는 훌륭한 일들을 많이 했던 전통 있는 가문이었지요. 나는 아버지가 돌아가신 후 그곳에 돌아가 살았어요. 그런데 과거에 있었던 일들이 뭐 그리 중요하겠어요. 이제 나는 취미와 생각 모두가 완전히 영국 사람이 다

되었어요."

루세타는 잠시 하지 말았어야 할 말을 하고 말았다. 그녀는 배스의 한 숙녀로 캐스터브리지에 도착했던 것이며, 저지가 그녀의 인생 이야기에서 빠졌어야 했을 분명한 이유들이 있었다. 엘리자베스는 루세타의 모든 이야기를 듣고 싶었으나 마음대로 되지 않았다.

그러나 루세타가 좀더 알고 지내는 정도의 편안한 대화 상대였더라면 그런 사적인 말은 하지 않았을 수도 있었을 것이다. 루세타는 그 이상의 말은 하지 않았다. 이날 이후로 그녀는 너무도 말을 조심했기 때문에 헨처드의 다정한 친구였던 저지의 여인이라는 신원이 밝혀질 기회가 아슬아슬한 순간에 이르러 보이지 않고 말았다. 우연히도 영어보다 불어 단어가 쉽게 혓바닥에 떠오를라치면 그녀가 말조심하느라고 그 단어를 애써 피해야 하는 일은 결코 즐거운 일이 아니었다. 루세타는 법정에서 "당신 입에서 나온 말이 당신을 드러내고 있소!"7 라는 비난을 들은 마음 약한 사도처럼 재빨리 불어 단어를 삼켰다.

이튿날 아침 루세타의 얼굴 위에는 무엇을 기대하고 있는 빛이 역력했다. 그녀는 헨처드를 맞이하기 위해 옷을 차려 입고, 정오 전에 그가 찾아올 것을 들뜬 마음으로 기다리고 있었지만 그가 오지 않았기 때문에 그녀는 오후에도 내내 그를 기다렸다. 그러나 그녀는 엘리자베스에게 자신이 기다리고 있는 사람이 그녀의 의붓아버지라는 말을 하지 않았다.

그들은 루세타의 거대한 돌집의 방 한쪽에서 창가에 앉아 뜨개질을 하면서, 창밖으로 장터 위를 내려다보고 있었다. 장터는 활기를 띠어가고 있었다. 엘리자베스는 군중 틈에서 그녀의 아버지의 모자를 볼 수 있었다. 그러나 루세타도 같은 표적을 자신보다 더 강한 관심 속에 지켜보고 있다는 것은 모르고 있었다. 그는 이때쯤이면 개미집에서처럼 분주한 군중 틈에서 움직이고 있었다.

비교적 조용한 곳들도 과일과 야채 가게들 때문에 소란스러웠다. 농부들은 오고가는 마차와 수레 때문에 위험하고, 불편하며 혼잡스럽더라도 그들에게 배당된 덮개 씌운 침침한 가게들보다 확 트인 교차로8에서 거래하는 것을 선호했다. 그들은 매주 이날 하루 동안 각반, 말채찍, 견본 자루들의 조그마한 세계를 만들며 이곳에 몰려들었다. 산등성이처럼 커다란 배가 불룩하게 튀어나온 사람들, 11월의 태풍 속 나무처럼 걸을 때 머리가 흔들거리는 사람들, 대화를 나눌 때에 두 무릎을 벌려 자세를 낮추는 사람들과 윗도리의 깊숙한 안 호주머니에 손을 밀어 넣는 사람들 등 태도가 가지각색인 사람들이 몰려든다. 그들의 얼굴에서는 더운 열기가 발산되고 있었다. 집에 있을 때는 그들의 표정이 계절에 따라 다양하겠지만 일단 장터에 나오면 일 년 내내 작은 불꽃처럼 흥분한 표정을 띠고 있기 때문이다.

여기서는 겉옷들이 모두 마치 불편하고 거추장스러운 필수품처럼 여겨진다. 잘 입은 사람들도 더러 있지만 대부분의 사람들은 옷에 신경을 쓰지 않는다. 그들은 자기들의 행위의 기록이라 할, 햇볕에 그을리고 과거 수년 동안 매일 입어 닳은 옷차림으로 나타난다. 그러나 가까운 은행의 잔고를 결코 네 자리 수 이하로 떨어지지 않도록 조정하는 구겨진 수표를 호주머니에 넣고 다니는 사람들은 많다. 사실상, 이 둥글고 볼록한 인간들이 특별하게 대변하는 것은 준비된 돈 — 끊임없이 준비된 돈이었다. 9 그러나 이 돈은 귀족들이 일 년을 기다려야 겨우 준비되는 수준의 돈이 아니라 당장 마련되는 현금이다. 가끔 전문 직업인의 돈처럼 은행에서 마련될 뿐 아니라 그들의 두툼한 손에서도 손쉽게 마련되는 것이다.

오늘은 이 군중 틈에서 두세 그루의 키 큰 사과나무들이 마치 그곳에서 자라난 것처럼 불쑥 솟아올랐다. 사과술 생산지에서 온 사람들이 그것들을 팔겠다고 붙들고 있는 것이 보였다. 그들은 장화에 그들의 고향의 진흙을 묻혀 이곳으로 찾아온 사람들이다. 이러한 모습을 가끔씩 봤던 엘리자베스-제인은 "왜 매주 같은 나무들만 팔러 오는지 모르겠군요?" 하고 말했다.

"무슨 나무들?" 하고 헨처드에게만 시선이 몰두해 있던 루세타가 물었다.

엘리자베스는 엉뚱한 대답을 했다. 그 순간 엘리자베스의 모든 시선이 한 남성에게 집중되고 있었기 때문이다. 그 나무들 중 한 그루 뒤에 파프레이가 한 농부와 더불어 견본 자루에 관해 열띤 대화를 나누고 있었는데 헨처드가 우연히 그 젊은이와 마주쳤다.

젊은이의 얼굴은, "우리 이제 서로 얘기 좀 나눌까요?" 하고 묻는 듯한 표정이었다.

그녀에게는 그녀의 의붓아버지가 "아니, 그럴 생각 없네!" 하고 젊은이에게 차가운 표정을 짓고 있는 모습이 보였다. 엘리자베스-제인은 한숨을 쉬었다.

"아가씨는 저 밖에 특별히 관심 가는 사람이라도 있어요?" 하고 루세타가 말했다.

"오, 아니에요" 하는 엘리자베스의 얼굴이 붉은 빛을 띠었다.

다행히도 파프레이의 모습은 그 순간 사과나무에 가려져 버렸다.

루세타는 그녀를 뚫어지게 노려보았다.

"지금 한 말이 정말이에요?"

"오, 그럼요" 하고 엘리자베스-제인이 대답했다.

루세타는 다시 밖을 내다봤다.

"저 사람들은 모두 농부들이겠지?"

"아니에요. 벌지 씨도 있어요. 그는 포도주 무역상이에요. 벤저민 브라운렛 씨도 있고요, 말 장수이지요. 또 킷슨 씨, 경매인 요퍼 씨, 그 외에 엿기름 장수들, 도정업자들 등이 끼어 있어요."

파프레이는 이제 아주 또렷하게 나서 있었다. 그러나 그녀는 그를 들먹이지 않았다.

토요일 오후도 이렇게 엄벙덤벙 지나갔다. 장터는 조금씩 견본 전시 시간에서 집으로 향하기 전의 한가한 시간으로 바뀌어 갔다. 이때가 되면 잦은 이야기가 오갔다. 헨처드는 그렇게 가까이 있으면서도 루세타를 방문하지 않았다. 그녀는 그가 너무도 바쁜 게 틀림없다고 생각했다. 그는 일요일이나 월요일에 올 것 같았다.

그날이 되었으나 방문객은 없었다. 그러나 루세타는 세심하게 신경 쓰면서 자신의 옷치장을 되풀이하며 기다렸다. 그래도 헨처드가 오지 않자 그녀는 풀이 죽었다. 이렇게 기분이 엉망이 되자 루세타는 그들이 처음 사귀었을 때 과거 그토록 친절했던 헨처드가 아니구나 하는 성급한 판단을 할 만도 했다. 그때의 불행한 사건들이 순수한 사랑을 상당히 냉각시켜 놓았던 것이다. 그러나 이제 두 사람 사이에 방해가 될 아무런 걸림돌이 없었기 때문에 — 헨처드와 결합해야 한다는 양심상의 한 가지 소망만이 남아 있었다. 이것은 자신의 위치를 바로잡는 일로 그 자체가 그녀가 갈망하는 행복이었다. 그녀에게는 그들의 결혼이 당장 이루어져야 한다는 강력한 사회적 이유들과 더불어 헨처드 편에서는 그녀가 이미 상속받은 재산을 가진 이상 결혼을 연기할 아무런 세속적 이유가 존재하지 않았다.

화요일은 **성촉절**10의 큰 장이 서는 날이었다. 아침 식사 때 그녀는 엘리자베스-제인에게 아주 태연하게 이렇게 말했다.

"내 짐작인데 오늘은 아가씨의 아버님께서 아가씨를 보러 오지 않을까요. 그분은 다른 곡물 상인들과 함께 장터의 가까운 곳에 있지 않겠어요?"

엘리자베스는 고개를 저었다. "아버지는 오시지 않을 거예요."

"왜요?"

"아버지는 지금까지 저를 미워하셨거든요" 하고 엘리자베스는 약간 쉰 듯한 목소리로 말했다.

"내가 알고 있는 것보다 더 심각한 일들이 있었나 보군요."

엘리자베스는 자기의 아버지라고 믿고 있는 사람이 어떤 부당한 비난도 받지 않기를 바라면서 말했다. "맞아요."

"그렇다면…, 그분은 아가씨가 머물고 있는 곳은 어디건 피하시겠네요?"

엘리자베스는 슬픈 표정으로 고개를 끄덕거렸다.

루세타는 멍한 표정으로 그녀의 예쁜 두 눈썹과 입술을 실룩거리더니 갑자기 신경질적으로 흐느꼈다. 여기에 불행이 있었다. 그녀의 교묘한 계획이 완전히 망가져 버리게 되다니!

"오, 템플먼! 무슨 일이에요?"

"나는 아가씨와 같이 지낸다는 사실이 너무나 좋아요!" 하고 루세타는 마음을 진정시키면서 말했다.

"예, 예. 저도 그렇게 좋은 걸요!" 하고 엘리자베스는 위로하듯 맞장구쳤다.

"하지만, 하지만." 그녀는 말을 끝맺을 수 없었다. 물론 그 말은 만약 헨처드가 지금처럼 딸을 몹시 싫어하는 것이 사실이라면 엘리자베스-제인을 부득이 내보내야 된다는 의미였던 것이다. 그런데 루세타는 순간 기지를 발휘하면서 말했다.

"헨처드 양, 아침 식사가 끝나는 대로 심부름 하나 해 주겠어요? — 아, 그건 아가씨가 대단히 친절을 베푸는 일이 될 거예요. 대신 가서 주문 좀 해 줘요."

이때 여기서 일단 말을 중단하고 그녀는 여러 곳의 상점에서 어떤 심부름을 할 것인지 여러 가지의 일을 나열했는데, 이 일들은 적어도 한두 시간은 엘리자베스의 시간을 뺏을 것이다.

"그런데 아가씨는 박물관을 구경한 일이 있어요?"

엘리자베스-제인은 아직 가 보지 못했다.

"그렇다면 즉시 가 보도록 해요. 그곳에 가면 아침나절이 지나갈 거예요. 한 뒷골목에 있는 오래된 건물인데 — 나는 어딘지 위치를 잊었지만 — 아가씨는 금방 찾을 수 있을 거예요. 그곳은 흥미 있는 물건들로 가득 차 있지요. 해골, 이빨, 낡은 솥과 냄비, 옛날 사람의 장화와 신발, 새의 알 등 모두가 매력적이고 도움이 돼요. 아가씨는 그곳에 가면 배고픈 줄 모르고 구경할 수 있을 거예요."

엘리자베스는 서둘러 옷을 챙겨 입고 그곳으로 출발했다.

"루세타가 오늘따라 왜 나를 떼어 놓으려는지 모르겠네!"

그녀는 걸으면서도 슬픈 마음이 앞섰다. 루세타가 엘리자베스에게 어떤 봉사나 도움을 요청하기보다는 자리를 비켜 주기를 요구하고 있다는 사실은 순진한 엘리자베스-제인이라도 금방 느낄 수 있었다. 그러나 왜 그렇게 바라고 있는지 알아낼 수 없었다.

엘리자베스가 집을 나선 지 10분도 되지 않아 루세타의 하인 한 사람이 쪽지 하나를 들고 헨처드의 집으로 향했다. 그 쪽지의 내용은 간단했다.

사랑하는 마이클, 당신은 사업을 하시느라고 오늘 한두 시간 동안 내 집이 보이는 가까운 곳에 계시겠지요. 그렇게 바쁘지만 않다면 제발 찾아와 저를 좀 만나 주세요. 저번에 당신이 오시지 않아 저는 마음에 슬픔이 가득해요. 왜냐하면 저와 당신의 애매한 관계를 걱정하지 않을 수 없거든요. 특히 이제 저의 친척 아주머니에게서 받은 유산으로 세간의 이목이 내게 쏠리고 있잖아요? 당신의 따님이 이곳에 있다는 사실이 당신이 소홀해진 이유도 되겠지요. 그럴 것 같아서 저는 엘리자베스를 오전 내내 멀리 보내 놓았어요. 사업상의 이유로 오는 척하세요. 저 혼자만 있을 거예요. 루세타로부터

헨처드에게 갔던 심부름꾼이 돌아오자 여주인은 만약 어떤 신사가 찾아오면 그분을 즉시 안내하라는 지시를 내리고 의자에 앉아 그가 오기를 기다렸다.

이제 헨처드가 그다지 보고 싶은 것은 아니었지만 그의 방문이 늦어지는 것이 그녀를 지치게 했다. 그러나 만나야 할 필요가 있었다. 그래서 한숨을 쉬어 가면서 그녀는 의자에 앉아 여러 가지 자세를 취해 보았다. 처음에는 이런 식으로, 다음에는 저런 식으로, 다음에는 불빛이 그녀의 머리 위에 쏟아지게 해 보았다. 또 그 다음으로는 그녀에게 잘 어울리는 사이마 렉타11 곡선 자세로 소파에 몸을 내던져 팔을 이마 위에 얹고 문 쪽을 바라보았다. 이것이 결국 제일 훌륭한 자세라고 그녀는 결론을 내렸다. 이러한 자세로 기다리고 있노라니 층계에서 남자의 발자국 소리가 들려왔다.

그 소리에 루세타는 자신의 흐트러진 자태를 잊고(아직까지는 천성이 기교보다는 너무 강했기 때문에) 튀어 일어나 달려가더니 수줍은 변덕이 생겨 창문의 커튼 뒤에 몸을 감췄다. 시들어 가는 열정에도 불구하고 이러한 상황만은 마음을 뒤흔들고 있었다. 그녀는 헨처드와 (당시의 추측으로는) 저지섬에서 자기와 임시로 혹은 임시인 체하고 헤어진 후로는 그를 한 번도 만난 일이 없었다.

그녀의 하인이 방문객을 안으로 안내하는 소리를 들을 수 있었다. 마치 손님 혼자 가서 안주인을 찾으라는 듯 방문을 닫고 자리를 뜨는 소리가 들려왔다. 루세타는 장난기 넘치는 인사말을 하면서 커튼을 휙 걷어 치웠다. 그녀와 마주한 남자는 헨처드가 아니었다.

옮긴이 주

머리말

1 현재 사용하는 영국의 화폐는 파운드(*pound*)와 페니(*penny*) 두 종류이다. 펜스 (*pence*)는 페니(*penny*)의 복수이다. 1페니가 1/100파운드이며, 1파운드는 현재 우리 돈으로는 약 1,500원 정도이다. 1페니는 15원 정도이므로 현재의 환산 가치로 6페니(원래는 6펜스)는 90원 정도이다. 당시의 빵값이 8펜스부터 17펜스에 이르기까지 변동이 심했으나 이와는 달리 '6페니의 빵'(*sixpenny loaf*)은 가격이 좀처럼 변하지 않았다. 1895년에는 수요가 급증했음에도 불구하고 빵값이 계속 5펜스에 불과했다는 것을 보면 당시 사람들에게 얼마나 익숙한 대중식품인지를 알 수 있다.

2 당시 투기꾼들은 '수확기 날씨'(*harvest weather*)로 흉년을 예측하고 있었으며 곡물가격은 경합하여 값을 끌어올리곤 했다. 이에 따라 빵값은 급등하였다. 그러나 1846년 이후 인도와 미국에서 곡물을 수입하면서 이러한 투기는 꺾였으며 곡물가격은 비교적 일정한 상태를 유지하게 되었다.

3 '아내 팔기'(*Wife Sale*)는 결코 흔하지는 않았으나 많은 서류에 기록으로 남아있고, 신문 보도를 통해서도 알 수 있었다. 하디 자신은 아마도 《도싯 카운티 연대기》(*the Dorset County Chronicle*, Millgate, pp. 240~242)의 오래된 복사본에서 아내 팔기에 대한 상세한 내용을 읽었던 것으로 추정된다. 영국 역사에서 1553년부터 1928년 사이에 아내 팔기에 대한 사례가 387건 언급되고 있다.

4 영국에서 〈곡물법〉(*the Corn Laws*)은 중상주의 시대 이래 영국 국내의 곡물 소

매가격을 일정 수준으로 유지하여 지주계층의 이익을 보호한다는 목적을 가진 농업보호정책의 일환이었다. 그러나 1760년대 이후부터 진행된 산업혁명의 영향으로 공업화와 도시화가 심화되는 1830년대에 접어들어 산업자본가들은 종래의 지주 본위였던 농업보호정책에 반기를 들며 수입자유화를 주장했다. 우여곡절을 겪으며 1846년에 새로운 법이 통과되었고 1849년 2월에 〈곡물법〉은 완전히 철폐되었다. 이로써 영국의 농업은 외국에서 수입하는 곡물과 경쟁하지 않으면 안 되는 완전 개방의 시대를 맞이했다.

5   a Royal personage: 1849년의 앨버트 왕자(Prince Albert)를 말한다.

6   Exhibition of Wessex life: '웨섹스'(Wessex)는 영국 남서부 도싯(Dorset), 서머싯(Somerset), 데번(Devon), 콘월(Cornwall), 햄프셔(Hampshire), 윌트셔(Wiltshire), 그리고 버크셔(Berkshire) 지역을 말한다. 토머스 하디는 웨섹스란 명칭을 사용하여 자신이 쓴 소설의 무대가 영국 남서부 지역임을 나타내고 있다.

7   Caledonian: '칼레도니아'는 로마의 지배가 미치지 못했던 브리튼(Britain)섬 북부의 옛 지명으로 지금의 스코틀랜드에 해당하며 칼레도네스(Caledones)족의 거주지였다.

I. 아내 경매

1   Weydon-Priors: '웨이던-프라이어즈'는 햄프셔(Hampshire)에 있는 '웨이힐'(Weyhill)이라는 실제의 마을에서 따온 이름이다. 웨이힐은 11세기부터 장터가 열렸던 역사적으로 유명한 마을이다. 하디는 이 소설에서 헨처드가 자기 아내를 팔려고 했던 장터로 사용하였다.

2   이 모양은 귀-코를 잇는 선과 이마-위턱을 잇는 선이 '수직'(*perpendicular*)으로 된 각도를 이룬다.

3   corduroy: '왕의 노끈'이라는 뜻의 프랑스어 'corde du roi'에서 유래된 것으로 추정한다. '코르덴'이라고도 하며 승마용 바지, 사냥복, 재킷 등을 만들 때 쓰는 견고한 직물이다.

4   fustian: '퍼스티언'은 보통 어두운 색으로 물감을 들인 두껍고 질긴 천으로 조끼를 만들기 위해 사용된다.

5   leggings: 다리와 무릎을 보호하기 위하여 가죽이나 천으로 만든 '각반'이다.

6   rush basket: 속이 빈 줄기로 만들어지고, 원통 모양으로 된 '갈대 바구니'다.

7   wimble for hay-bonds: '건초를 묶는 데 사용하는 송곳'이다. 'haybond'는 건초

다발을 묶기 위해 사용된 꼬여진 건초 로프인데 이 로프를 만들기 위해 여러 가닥의 끈으로 묶은 연장이다.

8   ballad-sheet: 노래가 들어 있는 '민요 가사 쪽지'이다.

9   the work of Nature: '자연의 섭리에 따른 이치'이다.

10 nimbus: 원래는 '신(神)의 주변을 맴돌며 빛을 발하는 구름'을 의미한다.

11 in his van: '앞쪽의'(in front of)

12 thatched hurdle: '짚 더미로 두른 헛간'이다. 'hurdle'(허들)은 덧문이나 울타리를 만들기 위해서 사용하는 직사각형의 틀이다.

13 thimble-riggers: 날랜 손재주로 사람들을 속여먹는 직업적인 '야바위꾼들'을 말한다.

14 ochreous: 황토색의(yellow red)

15 Good Furmity: 'frumenty' 변이형이다. 우유, 설탕, 향료를 넣어 끓인 '밀죽'을 말한다.

16 bell-metal: 구리와 주석을 8대2의 비율로 섞어 만든 구리 합금이다.

17 럼주(rum酒)는 사탕수수나 당밀로 만든 술의 일종이다.

18 Maelstrom depths: 그리스 카리브디스(Charybdis)와 스킬라(Scylla) 신화에 나오는 발노, 진퇴유곡(進退維谷)에 빠져 있는 상황을 말한다.

19 이하 이 소설의 각 장의 핵심어를 장별 소제목으로 하여 독자의 읽기를 돕고자 하였다.

20 toper: '술꾼'으로 상습적으로 술을 많이 마시는 사람이다.

21 Jack Rag or Tom Straw: '어느 누구라도'(anyone)

22 여류 작가인 오스틴(Jane Austin)이 바라본 결혼시장의 모습은 젊은이들의 사심 없는 낭만적인 사랑과 열정이 아니라, 상품 소비시장과 마찬가지로 돈과 경제력에 기반을 둔 교환가치가 지배하는 곳이다. 쇼러(Mark Schorer)는 오스틴이 '본질적으로 물질주의적인 사회에서 무자비한 경제행위로서의 '결혼'을 그려 내고 있으며 그녀의 소설들에서 '결혼은 시장'이고 '여성들은 팔리는 상품'이다'라고 밝힌 바 있다.

23 '아내 팔기' 사건은 영국소설뿐 아니라, 한국의 현대소설에서도 유사한 주제를 발견할 수 있는데 그것은 1936년 1월 〈사해공론〉(四海公論)에 발표된 김유정의 단편소설 〈가을〉이다. 이 소설에서도 '아내 팔기'라는 희한한 일이 벌어진다.

24 Scripture History: '성경에 나오는 이야기'는 '자기의 길만을 가려는' 것을 비유하는 의미이다.

25 staylace: 여성의 코르셋에 조그만 구멍을 내서 묶은 끈이다.

26 기니 (guinea) 는 1663~1813년에 영국에서 주조되었던 옛 금화로 1기니는 21실링 (shilling) 에 해당한다.

27 my 'vation: '내 생각으로는' (*my salvation*). 여기서는 '나 원 참'이 더욱 자연스럽다.

28 rheumy: 비염에 걸리거나 콧물이 날 때 나오는 '코멘소리'이다.

29 5기니라는 돈의 가치는 105실링으로 당시 사건 현장에서 늙은 말 한 필의 값이 '40실링'이라는 것을 보면 말 2필의 가격에 해당하는 금액이다. 지금의 액수로 환산하면 적은 돈이지만 당시의 물가, 생활수준 등을 고려하면 1천 달러가 넘는 상당한 금액이다. 이는 곧 경매가 결코 농담거리 정도로 이해될 수 없는 심각한 사건임을 의미한다. 아울러 헨처드가 말의 실거래가와는 달리 이렇게 높은 금액을 요구한 것은 내심 거래가 성사되지 않기를 기대했다는 측면도 있는데, 이는 선원이 실제로 돈을 내놓았을 때 그가 보인 충격과 이를 평생 후회하면서 금주맹세를 하고 살아가는 일련의 행동에서 입증된다.

30 clane: 'clean'의 방언으로서, '완전히', '깨끗이', '죄 없는', '결백한' 등의 의미이나 여기서는 '미련 없이'가 더 적절하다.

31 keacorn: 'gullet' (목청) 의 방언이다.

32 until the great trumpet: 여기서 'trumpet'은 심판의 날이 도래하였음을 알리는 악기다. '커다란 트럼펫을 불 때까지는'은 '빌고 또 빌 때까지는'이라는 의미로 남편과 아내가 재결합하게 될지도 모른다는 일종의 암시를 나타낸다.

33 바다생활을 해본 사람은 털이 깎인 양에게 좋은 안식처가 되지 (For sea-faring natures be very good shelter for shorn lambs) : 이 말은 고생해 본 사람이 고생하는 사람의 마음을 안다는 뜻이다. 이는 선원이 정신적, 육체적 고통을 당해본 여인, 즉 수전을 더 잘 돌보기 때문에 수전이 전 남편 때보다 더 행복하게 살아갈 수 있다는 비유적 표현이다.

II. 성서 앞에서 맹세

1 felloe: 마차바퀴의 겉에 두르고 있는 '테'이다.

2 고대 로마시대 에페수스 (Ephesus) 의 귀족 청년 7명이 기독교를 추종한다는 죄목으로 데시우스 (Decius) 황제 (재위 259~261) 의 박해를 받았다. 이들은 박해를 피해 산속의 동굴로 들어갔지만 황제는 질식시켜 죽이고자 동굴의 입구를 단단히 막았다. 그러나 일곱 청년은 죽지 않은 대신 모두 깊은 잠에 빠졌다가 200년이 지나고 나서야 마침내 깨어나 밝은 세상 밖으로 나와 부활의 신앙을 입증하

기에 이르렀다.

하디는 여기서 이처럼 흥행꾼 역시 오랜 시간 공을 들이고 나서야 비로소 흥행에 성공하게 된다는 것을 비유하고 있다.

3 물신 숭배의(*fetichistic*): 비합리적이고, 미신적인 믿음이다. 이러한 믿음은 헨처드의 주요한 성격상 특징으로 이 소설을 읽어가다 보면 여러 군데서 나타나게 된다.

4 font: '성수반'(聖水盤)은 성당입구에 놓아두는 물그릇이다. 성수반에 담긴 물은 영혼을 깨끗이 함을 상징한다. 이 물을 손으로 찍어 성부, 성자, 성령의 이름으로 십자표를 이마, 가슴, 양어깨에 긋는다.

5 nave: '네이브'라는 말은 '배'를 뜻하는 라틴어 나비스(*navis*)에서 비롯되었다. 배는 교회의 상징으로 쓰였기 때문에 네이브가 교회 건물 본체를 가리키는 말이 되었다. 성가대와 성직자를 위한 성가대석, 사제석과는 달리 네이브는 평신도를 위한 공간이다.

6 사크라리엄(*sacrarium*): 신전 등에 제기를 보관하는 장소이다. 현재는 뜻이 바뀌어서 그리스도교 성당의 '성소'(聖所)를 가리키는데, 제사장이 하느님에게 제물을 바치고 의식을 행하는 거룩한 장소이다.

7 foot-pace: '상단'(上段)은 제단에 있는 계단이다.

III. 하룻밤의 숙박

1 withy: 부드럽고 잔가지로 만든 '고리모양'인데 유연하고 질긴 '버드나무'로 만든다.

2 the roundabouts and highfliers: 장터에서 흥을 돋우려는 일종의 놀이 기구이다. 'roundabout'는 회전목마, 'highflier'는 '풍선'이나 '그네'를 말한다.

3 ha'p'orth: 'a half-penny's worth'이다.

4 soi-disant: 프랑스어로 원문에 이탤릭체로 표기되어 있다. 이하 원문에 이탤릭체로 된 모든 단어는 작가의 의중이 담겨 있다. 따라서 독자의 주의를 의식적으로 끌기 위해 번역서에는 모두 '굵은 명조체'로 표기한다. 이 단어는 '자칭의'(*self-styled*), '소위', '이른바'(*so-called*) 등의 의미이다.

5 cordial: '코디얼주(酒)' 또는 기운을 돋우어 주는 일종의 '과일 청량음료수'를 의미한다.

IV. 웨이던 장터

1 folly to think of making Elizabeth-Jane wise: '모르는 게 약이다'라는 속담을 연상하게 하는 아이러닉한 표현이다.

2 영국사의 대가 톰슨(E. P. Thompson, 1924~1994) 교수는 본인의 책 《민중의 관습》(Custom in Common, 1993)에서 '이러한 아내 팔기의 기록을 추적하여 120년 동안 최소한 300건이 발생했음을 확인할 수 있었다'고 기록했다.

3 원문은 'in the interim can be told in two or three sentences'로 되어 있어 '우선은 두세 줄의 글로 이야기할 수는 있을 것이다'로 옮겨지나 이야기의 전후 흐름상 '두세 줄의 글로 결코 이야기할 수는 없다'로 받아들여야 수전 헨처드의 힘든 여정의 의미가 살아나게 된다.

4 Newfoundland trade: 당시의 뉴펀들랜드는 오랫동안 어업이 주요 산업이어서 '해상무역업'이 성행했다. 뉴슨 자신도 이곳에서 해상무역을 하는 선원이었을 것이다.

5 the liege subjects of Labour: 당시 '신하로서 일에 복종하는 농민들'은 거의 여행의 자유와 여가가 없었다.

6 마일(mile)은 영국식 거리 단위로, 1마일은 약 1.6093킬로미터이다. 위도 1도의 거리는 114.6킬로미터, 경도 1도의 거리는 서울 기준으로 88킬로미터이다. 여기서는 '1마일이 1도'라고 하였으니 수치상의 거리가 아니라 심리적으로 먼 거리라는 것을 의미한다.

7 the heavy wood needle she was filling: (그물을 만들기 위해 사용되는) '실이 걸린 무거운 나무바늘'을 의미한다.

8 coomb: 'combe'의 변이형이다. 바닷가에서부터 뻗어 있는 험하고 깊은 '골짜기'이다.

9 barge-boards: '박공판'(博栱板)은 박공지붕의 양쪽 끝에 '八' 자 모양으로 정교하게 장식되어 붙인 널빤지이다.

10 houses of brick-nogging: '벽돌로 메워 지어진 집들'은 나무 뼈대의 공간을 벽돌로 쌓게 된다.

11 stonecrop: '돌나물'은 바위 틈 사이에서 자라는 노란색 꽃을 피우는 약초이다. 일명 '땅 채송화'라고도 부른다.

12 curfew: 중세에, 이 '만종'(晚鐘)의 종소리는 모든 가정의 불을 꺼야 하는 시간을 알리는 신호이므로 당시 통행금지가 실시되었음을 알 수 있다.

13 Sicilian Mariners' Hymn: 〈시실리 선원들의 찬송가〉는 1840년대 여러 찬송작

가들에 의해서 붙여진 전통적인 시실리 멜로디로서 이 찬송가를 마치게 되면 '주여, 복을 비옵나니'를 찬양한 후 예배를 마치게 된다.

14 manna-food: '만나'는 빵의 일종이나, '하늘에서 내려진 음식'이라는 의미가 있다.

15 swipes: 싱거운 싸구려 맥주를 일컫는다.

V. 저녁 만찬회

1 로스트 비프(*Roast Beef*)는 영국의 향토 음식으로 인정받고 있으며, 1731년 극작가 헨리 필딩(Henry Fielding)에 의해 〈옛 영국의 로스트 비프〉(*The Roast Beef of Old England*)라는 노래가 만들어졌다. 그는 자신의 작품에서 로스트 비프가 영국인의 정신을 고상하게 하고 피를 풍부하게 한다는 찬사를 보냈다. 그뿐만 아니라 가사에 로스트 비프가 연속으로 등장하는 곡은 큰 호응을 얻어 극이 시작하기 전과 후에 관객들이 부르는 곡이 되기도 했다. 영국인들의 일상에서 확고하게 자리 잡은 로스트 비프는 문화 예술에서 그 흔적을 찾아볼 수 있다.

2 fall: 여자용 모자 앞에 달려 있는 '면사포'의 일종이다.

3 akin to a coach: '공식 역마차를 탈 정도의 재력가 또는 사회적 신분을 지닌 사람과 친척이 되는'이란 뜻이므로 '시장과 친척이 되는' 정도가 된다.

4 rummer: 와인을 마시기 위해 사용되는 '큰 술잔'으로 보통 다리가 달려 있다.

5 banded teetotaller: 'banded'는 'bonded'(맹세한)의 변이된 방언이다. '성경에 맹세한 절대 금주주의자'를 말한다. 금주운동은 1830년대에 관심을 끌었고, 소설의 주인공 헨처드는 1830년대에 성서에 대고 금주맹세를 하였다.

6 as the Lord upon the jovial Jews: 모세가 계율을 받으려고 시내산(山)에 있을 때, 그를 따르는 사람들이 캠프에서 술을 마시고 놀았다. 이에 하느님은 분노하였으나 모세는 하느님을 설득시켜 엄한 벌을 내리지 않게 했다는 이야기로 구약성서에는 나오는 인용어구이다.

7 Durnover Moor: 프롬(Frome) 강을 끼고 있는 도체스터(Dorchester) 서쪽의 포딩톤 영지(Fordington Manor)에 있는 평야지역이다. 포딩톤에는 밀스트리트(Mill Street)가 있다.

8 내가 이곳에 정착해서 살아온 지가 69년이나 되었다는 의미이다.

9 the leading spirits in the chancel: '성단에 있는 성가대원들'이다. 보통 'chancel'(성단)은 제단, 성가대, 목사가 있는 자리로서 교회의 동쪽 끝에 위치한다.

VI. 쓰리 마리너즈 여관

1   본문에서 'and'는 'but'으로 'withal', 'fair'는 'beautiful'로 번역해야 의미가 살아 난다.

2   쓰리 마리너즈(Three Mariners)는 캐스터브리지에 사는 여러 부류의 사람들이 모여 이야기하는 술집까지 겸해서 운영하는 지금의 '모텔'(motel)인 듯하다. 이 모텔에서 흘러나오는 이야기들은 작품의 주요 인물들에게 계속해서 지대한 영향 을 미치게 된다.

3   홀란드 외투(holland overcoat) : 부드럽게 윤이 나는 면이나 보통 아마를 섞어 짠 천으로 만든 고급스런 외투이다.

4   엘리자베스식 박공지붕(Elizabethan gables) : 엘리자베스 1세(1558~1603) 시 대의 건축양식으로 '박공지붕'은 처마에서 뾰족한 지붕 끝까지 뻗어 있으며 양쪽 방향으로 경사진 지붕이다. 마치 책을 엎어 놓은 모양을 하고 있다. 우리나라의 전통 지붕양식 중 하나인 '맞배지붕'이 이에 해당한다.

5   내닫이창(bow window) : 이 창은 직사각형이나 다각형 또는 활 모양을 하고 있 다. 이 중에서 둥글게 돌출되어 활 모양을 하고 있는 창을 '궁형 창'이라고 한다. 주로 박공지붕 양식에 많이 사용되는 창이다.

6   Tudor arch : 이 건축물은 헨리 7세와 8세 통치(1485~1547) 하의 고딕 양식으로 뾰족한 아치가 특징이다. 튜더(Tudor) 왕조는 1485년에서 1603년까지 잉글랜 드를 다스린 왕가이다.

VII. 곡물사업

1   세틀(settle) 의자 : 등받이가 높고 팔걸이가 있는 긴 나무 의자이다. 이 의자 밑 에는 흔히 상자가 있다.

2   부셸(bushel) : 맥주 원료인 엿기름을 만드는 데 사용되는 보리의 양을 가리킨 다. 1부셸은 약 36리터이고, 우리의 계량단위로는 약 2말 정도이다. 12부셸(약 432리터) 정도의 양이면 좋은 품질의 맥주나 에일을 만들 수 있다.

3   쿼터(quarter) : 곡물의 용량단위로 8부셸 정도이다. 영국에서는 보통 1쿼터는 약 28파운드(≒12킬로그램)에 해당한다. '수백 쿼터'이므로 100쿼터를 기본으 로 환산하면 대략 2,800파운드(≒1,200킬로그램)이다.

4   that dry in the dog days : 우리말로는 7월과 8월의 '삼복더위 때'쯤 될 것이다. 영국에서는 7월 초에서 9월 초까지 무더운 때이니 우리와 거의 비슷한 시기가 된

다. 이는 태양이 떠오르는 시기가 하늘에서 가장 밝은 별, 즉 'Dog Star'(*Sirius*)
가 떠오르는 시기와 같다고 하는 데서 유래되었다.

5   이 정도면 맥주 9갤런을 마시는 양이다.

VIII. 그리운 내 고향!

1   이 노래는 18세기 영국의 명예혁명 때의 노래로 알려져 있으나 작가는 미상이다.

2   taties: 'potatoes'(감자)의 방언이다. '감자'를 그 당시의 주식으로 본다면 '복'
    (福)으로 의역하는 것이 더 자연스럽다.

3   보터니 베이(Botany Bay): 지리적으로는 오스트레일리아 동부 연안에 있는 작
    은 만(灣)이다. 원래 영국의 죄수들을 보내 정착하게 하려 하였으나 척박한 토
    양과 물로 인해 식민 죄수들은 그곳에 정착하지 못했다.

4   오 내니(*Oh Nannie*): 스코틀랜드 저지대의 방언으로 된 영국의 시(詩)로서 주
    교 퍼시(Bishop Percy, 1729~1811)의 《고대 영시의 유물》(*Reliques of
    Ancient English Poetry*, 1765)에 수록되어 있다. 이 시에서 '내니'는 도시에서의
    바쁜 일상을 조용한 협곡의 매력으로 행복하게 승화시킬 수 있는지 묻는다.

5   올드 랭 사인(*Auld Lang Syne*): 'Auld Lang Syne'은 스코틀랜드 사투리이며 영
    어 직역은 'Old Long Since'이다. 스코틀랜드 시인인 로버트 번스(Robert
    Burns, 1759~1796)가 1788년에 어떤 노인이 부르던 노래를 기록하여 지은 시
    이다. 이 시를 가사로 하여 윌리엄 쉴드(William Shield, 1748~1829)가 곡을
    붙였다. 이 곡은 흔히 〈석별의 정〉이라는 제목으로 번안되기도 하는데, 악보로
    발표된 것은 1796년이다. 이 곡 가사에 나타난 '친구'는 헨처드와 파프레이의 친
    구관계를 의미하는 듯하다.

    〈올드 랭 사인(*Auld Lang Syne*)〉

    오랜 친구가 잊혀,
    기억조차 나지 않게 되는 것인가?
    오랜 친구가 잊히고,
    그리운 옛날도 잊혀야만 하는 것인가?

    그리운 옛날을 위해, 사랑하는 이여,
    그리운 옛날을 위해,

우리 이제 우정의 술잔을 들도록 하세,
그리운 옛날을 위해!

우리 둘은 시냇물에서 노를 저었지.
아침 해가 떠서부터 저녁 식사 때까지
하지만 우리를 갈라놓은 바다는 큰 소리로 으르렁거렸네.
그리운 그 옛 시절부터

그리운 옛날을 위해, 사랑하는 이여,
그리운 옛날을 위해,
우리 이제 우정의 술잔을 들도록 하세,
그리운 옛날을 위해!

여기 손이 있네, 나의 진실한 친구여.
그리고 내게도 자네의 손을 내밀게.
진정한 우정을 나누는 술 한 모금을 마시도록 하세.
그리운 옛날을 위해!

그리운 옛날을 위해, 사랑하는 이여,
그리운 옛날을 위해,
우리 이제 우정의 술잔을 들도록 하세,
그리운 옛날을 위해!

Should auld acquaintance be forgot,
And never brought to mind?
Should auld acquaintance be forgot,
And days of auld lang syne?

For auld lang syne, my dear,
For auld lang syne,
We'll take a cup of kindness yet,
For auld lang syne!

We twa hae paidl'd in the burn
Frae morning sun till dine,
But seas between us braid hae roar'd
Sin' auld lang syne

For auld lang syne, my dear,
For auld lang syne,
We'll take a cup of kindness yet,
For auld lang syne!
There's a hand, my trusty fiere,
And gie's a hand o'thine.
We'll take a right guid-willie waught
For auld lang syne!

For auld lang syne, my dear,
For auld lang syne,
We'll take a cup of kindness yet,
For auld lang syne!

6   gaberlunzie: 원래의 의미는 '떠돌이 거지'이나, 바로 뒤에 나오는 'wolves'(늑대)와 의미를 호응시키기 위하여 어슬렁거리는 '늑대'로 의역하였다.
7   플록 베드(flock bed): 양털이나 면 등의 부스러기를 채운 매트리스를 말한다.
8   이 노래의 제목은 〈보니 페그〉(Bonnie Peg)이다. 로버트 번스의 《시와 노래》(Poems and Songs)에 나오는 작품이다.

IX. 중대한 결정

1   끌채(shaft): 수레의 양쪽에 대는 긴 채이다.
2   보닛(bonnet): 턱 아래에서 끈을 묶는 어린이용 모자, 원래는 여자들이 쓰던 모자의 일종이다.
3   푸크시아(fuchsia): 바늘꽃과에 속하며 약 100종의 꽃피는 관목과 교목으로 이루어진 속씨식물이다.
4   블러디 워리어즈(bloody warriors): 진한 빨간색의 꽃무이며, 십자화과의 다년

초이다. '벽의 꽃', '계란풀'이라고도 한다.

5   금어초(snap-dragons): 꽃은 대롱처럼 생겼는데 좌우대칭이고, 흰색 품종들이 주류를 이루지만 노란색, 붉은색, 보라색 등 다양한 품종이 있는 여러해살이풀이다. 동양에서는 꽃의 모양이 입을 뻐끔거리며 헤엄치는 금붕어 같다고 해서 '금어초'라 불리며, 서양에서는 꽃의 모양이 용의 입을 닮았다는 의미로 '스냅드래곤'이라 불린다.

6   원문은 'chassez-déchassez'이다.

7   테르프시코레(Terpsichore): 그리스 종교에서 섬기는 아홉 뮤즈 가운데 하나로서 서정시가와 춤의 수호신이다. '테르프시코레'라는 이름은 '춤의 기쁨'이라는 뜻이다.

8   마차(van): 뒷부분에 지붕이 덮인 화물마차이다.

9   트레슬(trestle): 한 쌍의 다리에 고정된 나무 구조물로 탁자 등을 받치는 버팀다리의 일종이다.

10 고블린 페이지(Goblin Page): 크랜스턴 경의 난쟁이 심부름꾼이다. 영국의 시인이자 소설가인 월터 스콧(Walter Scott, 1771~1832)의 서사시 〈마지막 음유시인의 노래〉(Lay of the Last Minstrel)에 나온다. 주인의 결혼식에서 기만적인 행동으로 큰 소동을 일으킨다. '보이지 않는 손'은 난쟁이 심부름꾼이 여행자가 식당에 들어오도록 끌어당기는 '유혹의 손길'을 의미하는 듯하다.

11 원문의 'farmer'는 '농부' 외에 보통 노동자를 고용하여 아주 넓은 농지를 관리하는 '농장주'를 의미하기도 한다.

12 요셉(Joseph)이 애급(Egypt) 왕 바로(Pharaoh)에게 기근을 대비하기 위해 '이와 같이 그 곡물을 이 땅에 저장하여 애굽 땅에 임할 일곱 해 흉년에 대비하시면 땅이 이 흉년으로 인하여 멸망하지 아니하리이다'(〈창세기〉 41: 36)라고 말한 것을 시사한다.

13 토루(土壘, earthworks): 특정부분의 지지물로서 임시로 지표에 흙으로 쌓아 만든 커다란 둑이나 보루를 말한다.

X. 엘리자베스-제인 뉴슨

1   베데스다(Bethesda): 예루살렘에 있는 쌍둥이 연못을 지칭하는 듯하다. 베데스다연못에 있는 물의 움직임을 묘사하는 유대인의 전설이 있다. 이에 따르면 천사가 이 연못에 내려와 자신의 날개로 연못의 물을 움직일 때 가장 먼저 그 안으로 들어간 사람은 어떤 병도 낫는다고 한다. 예수는 천사를 기다리며 38년 동안 연

못에 모여 있던 불구자를 치료해 일으켜 세웠다(〈요한복음〉5:2~9)고 한다.

2   바로 이 순간이 아버지 헨처드와 딸 엘리자베스-제인이 처음 만나는 장면이다.

3   아버지와 딸의 첫 만남이지만 엘리자베스-제인은 헨처드가 아버지인 줄 모르고 있는 상황이므로 'sir'을 '선생님'으로 번역하는 것이 타당하다. 그러나 13장에서 부부의 인연을 되찾게 된 이후, 엘리자베스-제인이 헨처드에게 '제 성을 바꾸기를 바란다면서요'라고 묻는 시점에서부터 친아버지로 알기 전까지는 'sir'을 '아저씨'로 번역하였다. 그 이후부터는 '아빠'로 바꿔 번역했다.

4   적(赤)과 흑(黑)(rouge et noir) : 빨강(rogue)과 검정(noir)은 사탄을 상징하는 색깔이다. 이 소설 전체적으로 이 색깔은 헨처드와 연관되어 그를 마왕으로 묘사하고 있다.

5   펨브로크 테이블(Pembroke tables) : '펨브로크'는 영국 웨일스 남부에 위치한 도시 이름이다. 이 테이블은 네 발이 달려 있으며 양쪽의 덧판을 접어서 내릴 수 있다.

6   《요세푸스》(Josephus) : 유대의 역사가이자 장군인 플라비우스 요세푸스(Flavius Josephus, 37~93)가 쓴 책 중 하나이다.

7   《인간의 완전한 임무》(Whole Duty of Man) : 1658년 익명으로 최초 발간되었으나 주교 존 펠(John Fell)이 《기독교적 은총의 실천》(The Practice of Christian Graces), 또는 《인간의 완전한 임무》(The Whole Duty of Man)로 편집하고 재기록하였다. 여기에는 부부 상호간의 의무, 절제, 시기심, 자비심, 그리고 이와 유사한 설교사항이 기록되어 있다.

8   치펀데일(Thomas Chippendale, 1709~1779) : 18세기 영국의 로코코 양식 디자인으로 유명한 가구 제작자이다. 1754년 그는 《신사와 가구 제작자의 지침서》(Gentleman and Cabinet Maker's Director)를 출간했다. 이것은 그때까지 영국에서 출간된 가구 디자인 책 중 가장 중요한 책으로 정교한 곡선과 조각, 세공 및 고딕 양식을 담고 있다.

9   셰라턴(Thomas Sheraton, 1751~1806) : 18세기 후반 영국의 네오클래식 양식 디자인으로 유명한 가구 제작자이며, 가구에 가장 강력한 영감의 근원을 주었다. 1791년 《가구 공예가와 실내 장식가의 드로잉 북》(The Cabinet Maker and Upholsterer's Drawing-Book)을 출간하여 영국과 미국의 디자인에 큰 영향을 주었다.

10 1권 48쪽에는 뉴슨의 실종 시점이 11월로 나온다. 지난봄은 우리로 하면 3월경일 텐데 엘리자베스-제인의 기억의 오류인 듯하다.

11 1파운드는 20실링이며 1기니는 21실링이므로 모두 105실링이 된다. 따라서 5파

운드 5실링은 5기니와 같은 금액이다. 지금의 액수로 환산하면 적은 돈이지만 당시의 물가, 생활수준을 등을 감안하면 1천 달러가 넘는 상당한 금액에 해당한다.

12 '어려운 일은 겹쳐 일어나기 마련'이라는 의미의 속담이다.

13 링(Ring): 원형 경기장.

XI. 캐스터브리지의 원형 경기장

1 백토질(chalk): 당시의 'chalk'는 흰색의 연토질 석회암으로 되어 있다.

2 요툰족(Jötuns): 북유럽 신화에서 널리 발견되는 거인들로서 최초로 창조된 인간들이다.

3 타구(唾具, spittoon): 가래나 침을 뱉는 '타원형 그릇'이다.

4 하드리아누스(Hadrian): '푸블리우스 아일리우스 하드리아누스'(Publius Aelius Hadrianus)이다. 로마 황제(117~138)로 '하드리아누스 성벽'(Hadrian Wall)을 건축하여 잉글랜드에서 로마의 입지를 강화하려 애썼다.

5 에올리언(Eolian): '이올로스'(Aiolos)라고도 하는데, 그리스 신화에 나오는 바람의 신이다. '이올리안 하프'(Aeolian Harp)는 창가에 놓이게 되면 줄을 타고 있는 바람이 하모니를 이루며 울어 댄다.

6 원문은 'débris'로 되어 있다. '잔해', '파편'이란 의미이다.

7 교구위원(churchwarden): 성공회에서 교회를 지켰던 평신도 관리인들 가운데 하나이다. 이 직책은 신부를 도우며 신성한 예배에 필요한 물품준비, 좌석배치, 예배 때 질서유지 등을 맡았다. 교구위원은 한 사람은 성직자에 의해, 다른 한 사람은 평신도들에 의해 선출된다.

XII. 지금의 나

1 finnikin: 'finicking'의 변이형으로서 '대수롭지 않은', '사소한', '지나치게 세세한' 등의 의미로 쓰였다.

2 아킬레스(Achilles): 그리스 신화에서 아킬레스는 테살리아지방 프티아의 왕 펠레우스와 바다의 여신 테티스의 아들이다. 아킬레스는 어머니 테티스에게 신의 피를 받았지만 인간 아버지의 피도 섞여 있었기 때문에 죽음을 피할 수 없었다. 아킬레스는 어머니인 바다의 여신 테티스가 저승의 스틱스강에 그의 몸을 담가 상처를 입지 않는 무적의 몸으로 만들어 주었다. 그러나 그녀가 잡고 있었던 발목 부분은 강물에 닿지 않았기 때문에, 발목 뒤 힘줄은 아킬레스가 상처를 입을

수 있는 유일한 부분으로 남았다. 이후 트로이 전쟁에서 적장이 쏜 화살을 발뒤꿈치에 맞고 죽게 된다. 이런 고사에서 유래되어 치명적인 약점을 말할 때 '아킬레스건'이라는 표현을 사용한다. 이 신화는 신이 치밀하게 준비하여 만들어 낸 영웅도 결국 아주 소소한 약점 하나로 모든 영웅적인 것을 잃게 된다는 교훈을 준다. 교육에도 이런 아킬레스건이 있을 수 있다. 영웅이 되려는 '교육'을 귀하게 여기고 소중하게 생각하기 때문에 오히려 그 속에 더욱더 치명적인 약점이 존재할 수 있다는 점은 아이러니하다. 강한 영웅으로 만들기 위해 불가피하게 약점이 생길 수 있고, 이것이 교육의 근본을 흔들 수 있기 때문에 우리는 이 약점에 대해 깊이 생각할 필요가 있다.

3 에스팰리어(*espalier*): '받치다'라는 라틴어에서 유래한 프랑스어다. 건물, 벽, 철제, 격자시렁, 그와 다른 지지대에 붙어 납작하게 자라는 울타리용 과실나무이다.

4 라오콘(Laocoon): 그리스 신화에 나오는 트로이의 사제(司祭)이다. 트로이 전쟁 때 그리스 군의 목마(木馬)를 트로이 성안에 끌어들이는 것을 반대하였기 때문에 신의 노여움을 사게 되어 아테나 여신이 보낸 바다뱀 두 마리에 의해 두 아들과 함께 죽는다.

5 아폴로와 다이애나(Apollo and Diana): 그리스-로마 신화에 따르면 아폴로와 다이애나는 주피터(Jupiter)와 라토나(Latona) 사이에서 태어난 쌍둥이 남매이다. 아폴로는 남성적 아름다움, 시, 음악, 의학, 예언의 신이다. 다이애나(그리스어로는 아르테미스)는 순결, 초목, 달, 여인들의 다산(多産), 들짐승과 사냥의 여신이다.

6 저지(Jersey): 영국 채널제도에서 가장 크고 가장 남쪽에 있는 섬이다. 프랑스 노르망디 반도의 서쪽에 위치한다.

7 욥(Job): 《구약성서》에 나오는 히브리의 족장이다. 하느님에 대한 믿음이 두터웠으며 사탄의 모든 고난을 이겨 낸 그의 생활은 《구약성서》의 〈욥기〉에 기록되어 있다(〈욥기〉 3: 3~4).

XIII. 세 가지 커다란 결심

1 tumuli: 'tumulus'의 복수. 고대 무덤이나 언덕 위에 인위적으로 쌓은 흙무더기를 의미한다.

2 이 말은 '유혹에 빠져들지 않도록 정신은 진정 또렷하나 육신이 연약하도다'(〈마르코복음〉 14: 38)라는 구절의 일부이다.

3 농협조합(*Agricultural Society*) : 1830년대 말과 1840년대 초에 영국의 카운티
   〔*county*, 주(州) 단위의 행정구역〕는 농업에 과학과 기술의 도입을 주장하기 위
   하여 농업조합을 설립하였다.

4 돼지가 많은 곳에서는 여물이 묽어지는 법이거든(Where the pigs be many the
   wash) : '이것저것 선심을 베풀다 보면 내 가족 챙기는 일이 힘들어진다'는 말을
   비유적으로 표현한 말이다.

5 데임 (*Dame*) : '귀부인'이라는 의미로 영국에서 남자의 경(*Sir*)에 해당하는 신분
   의 여성에게 붙이는 존칭이다. 지금은 보통 'Lady'로 쓴다.

6 '셰리'는 'Jerez'가 영어식 'sherry'로 변형된 것이다. 이 지방은 연간 강우량이
   500mm 이하이고 300일 이상 맑은 날이 지속되는 곳이어서 산도가 약한 와인을
   생산하게 된다. '셰리 와인'은 포도의 달콤함과 발효과정에서 독특한 향기를 뿜
   어내는 유명한 와인으로 스페인 와인 생산량의 3%나 되는 식전주이다.

7 스너퍼(*snuffers*) : 양초가 너무 타들어가지 않도록 양초의 끝부분을 자르거나 다
   듬고, 타버린 심지를 자르는 가위이다. 초의 불을 끄는 용도로도 사용한다.

8 푸른 턱수염 사내(*bluebeardy*) : 프랑스 동화작가 샤를 페로(Charles Perrault,
   1628~1703)가 1697년에 쓴 동화집 《푸른 수염》(*Bluebeard*)에 나오는 주인공
   으로 여섯 번이나 아내를 맞아들여 죽인 기사 라울(Chevalier Raoul)의 별칭이
   다. 여기서는 헨처드 부인에게는 겉으로 드러나지 않는 '무서운 살기'(殺氣)가
   있다는 것을 비유적으로 표현한 말이다.

9 점프스(*jumps*) : 19세기 시골에서 상체를 끈으로 엮어서 몸에 딱 맞게 만든 구식
   의 여성용 드레스이다.

10 나이트 레일(*night-rail*) : 실내에서 입는 고급스럽고 헐렁한 가운이다.

11 원문은 'small table ninepenny'라고 되어 있다.

12 새조개 달팽이 (*cockle-snail*) : 새조개 껍데기에 서식하는 달팽이다.

XIV. 짓궂은 장난

1 성 마르틴 축일의 여름(*A MARTINMAS SUMMER*) : 성 마르틴 축일(St.
   Martin's Day)이 있는 11월까지 지속되는 여름을 의미한다. 성 마르틴 축일은
   프랑스 교회의 수호성인 중 하나인 마르티노(Martinus) 주교(316~397)를 기
   념하는 날로 11월 11일이다. 마르티노 주교는 헝가리에서 태어나 세례를 받은
   뒤 군인생활을 그만두고 힐라리오(Hilary) 성인의 지도를 받으며 수도생활을 하
   였다. 그는 신자들에게 착한 목자로서 모범이 되었으며 여러 수도원을 세우고 가

난한 이들에게 복음을 전파하였다. 이날을 프로테스탄트는 물론 그리스정교나 러시아정교에서는 무시하지만, 가톨릭과 성공회, 일부 루터파에서는 축일로 기념하고 있다. 스코틀랜드에서는 11월 28일로 옮겼으며, 스위스의 '루체른주'와 '서인도제도'의 '세인트마틴섬'에서는 법정 공휴일로 기념한다. 종교개혁가 루터에게 마르틴이란 이름이 붙은 것은 그가 이 축일 전날에 태어났기 때문이다.

2 조지언 양식(1702~1830)은 고전적, 르네상스식, 바로크식 등의 영향을 받았다. 건물 내에 있는 아름다운 도자기, 은으로 장식한 우아한 방, 정교한 그림의 가구는 당시의 생활상과 사회적 상황을 잘 나타낸다. 높고 좁은 건물들과는 대조적으로 넓은 공간을 사용하는 것이 특징이다.

3 헨처드와 엘리자베스가 부녀 관계를 13장에서 회복하지만 엘리자베스-제인은 뉴슨을 친아버지로 알고 있고 다른 아버지는 생각할 수 없다는 19장 221~222쪽의 대화를 본다면 아직은 헨처드를 아빠라고 부르지 않는 상황이어서 'sir'을 '아저씨'로 옮기는 것이 타당하다. 그러나 19장 222쪽에서 비로소 엘리자베스-제인은 헨처드를 '아빠'로 부르게 된다.

4 원문은 라틴어 'vivâ voce'로 되어 있다.

5 풍구(winnowing-fan) : 곡물을 바람으로 도리깨질하여 왕겨, 쭉정이 등을 날려 보내는 농기구로, 주로 손잡이로 작동한다.

6 빅토린(victorine) : 끝에 긴 술이 달려 있고 목에 두를 수 있는 여성용 모피 망토의 일종이다.

7 하디는 로버트 번스의 작품 〈보니 페그〉의 가사의 일부 '내가 나무 그늘 드리운 문에 들어설 때'(이 책의 104쪽 참조)에서 따온 것 같다. 하디 '나는 파프레이로 하여금 이 휘파람 소리를 내게 하였지만, 내가 보고 들은 것에서 어떠한 영감도 없었다'고 언급했다.

XV. 어렴풋한 공포감

1 바루크(Baruch) : 구약 외경(外經)에 나오는 예언자 예레미아(Jeremiah)의 비서이자 친구이나 예언가는 아니다. 《바루크의 외전(外傳)》(Apocryphal Book of Baruch)의 저자로 알려져 있다. 바루크는 '축복받은 사람'이라는 뜻이다. 그의 이름이 의미하는 대로 '그는 생명을 얻었다. 세상을 다 얻고도 생명을 잃으면 모든 것을 잃은 것이지만, 모든 것을 다 잃고 영생을 얻는다면 우리는 모든 것을 얻은 것이다'라고 설파한다.

2 로슈푸코(Francois Duc de La Rochefoucauld, 1613~1680) : 프랑스의 소설

가이자 금언(金言) 작가이다. 그의 금언으로 '모조된 단순함은 교묘한 기만'이
있다.

3   원문은 'a moment-hand'로 '한 번에 1분씩 넘어가는 분침'이다. 이는 규칙적으
로 경련이 일어난다는 것을 암시하고 있다.

4   헨처드가 하인에게 존칭어를 사용하여 나무라는 것은 심적으로 미안함을 극대화
시키려는 하디의 의도적인 문구로 보고 번역하였다.

5   원문은 'sotto voce'로 이탈리아어이다.

XVI. 적대적인 미소

1   국가적 경사(*national event*) : 여기서는 영국 왕실의 2세 탄생을 축원하는 행사
로, 아마도 앨리스(Alice) 공주가 1843년에, 앨프레드(Alfred) 왕자가 1844년
에 출생한 사실을 가리키는 듯하다. 하디의 의도는 이러한 국가 행사를 끌어오려
는 것이 아니라, 당시의 주민들이 사는 사회와 소설의 외연을 연결시키려는 것으
로 볼 수 있다.

2   원문은 'fine old crusted characters'라고 되어 있다. 여기서는 '무사안일주의에
빠져 있는 사람'을 의미한다.

3   파빌리온(*pavilion*) : 전시장, 품평회 등으로 쓰이는 특설 가건물이다. 경기장의
선수 대기실 또는 임시 관람석을 말하기도 한다.

4   릴(*reel*) : 제자리에서 '세팅' 스텝을 밟거나 움직이면서 대형 이루기를 번갈아하
는 컨트리 댄스의 일종으로 보통 2쌍 이상의 남녀가 빠른 박자로 추는 스코틀랜
드 춤이다.

5   플링(*fling*) : 팔과 다리를 매우 활기차게 움직이는 스코틀랜드 민속춤이다. 특히
하이랜드 플링(*Highland fling*)은 섬세한 균형과 정확성이 필요한 춤으로, 한발
로 깡충깡충 뛰면서 다른 발을 들어 장딴지의 앞뒤로 움직이는 경쾌한 스텝이 아
주 독특하다.

6   코레조(Antonio Allegri da Correggio, 1498?~1534) : 16세기 르네상스 시대
에 활동한 이탈리아의 유명 화가이다. 그의 화풍은 원근법의 효율적인 사용, 착
시효과를 노린 감각적인 표현이 특징이다.

7   Miss M'Leod of Ayr: 옛 스코틀랜드의 노래이다. 하디는 어린 시절 '아버지가
바이올린으로 연주하는 동안 방 한가운데서 이 노래에 맞춰 춤을 췄다'고 한다.

8   top sawyer: 자리를 우선적으로 차지할 뿐만 아니라 사람을 지배하는 일까지도
내포하고 있다.

XVII. 곤봉 대 단검

1 머슬린(*muslin*) : 속이 비치는 면직물을 일컫는 말로 직물의 밀도와 두께가 다양하다. 여러 종류의 가공을 거쳐 속옷, 에이프런, 안감, 드레스 등에 사용된다.

2 coup : '불의의 일격'을 의미한다.

3 sniff and snaff : '어리석은 말'이나 '가벼운 불장난'을 뜻한다.

4 매사는 끝이 좋아야 만사가 다 좋은 법이야(All's well that ends well) : 셰익스피어 희극에 나오는 말로, 처음부터 어울리지 못하는 결혼은 마지막까지 받아들일 수 없음을 의미한다. 여기서 헨처드가 이런 말을 한 것은 아이러니하다. 왜냐하면 파프레이와 엘리자베스-제인은 결국 화해하는 해피엔딩의 결말이 나오기 때문이다.

5 원문의 'modus vivendi'는 라틴어이다. 생활의 한 방식으로서, 분쟁에 대하여 일시적으로 타협 또는 동의하는 것을 의미한다.

6 원문은 'finesse'로 프랑스어이다. 수완이 교활함을 의미한다.

7 파단-아람(Padan-Aram) : '아람의 평야(오늘날의 시리아)라는 뜻으로 아브라함의 친척이 살고 있는 하란(Haran) 부근 지역이다. 성경에서는 메소포타미아(Mesopotamia)로 지칭되기도 한다. 야곱은 이곳에서 외삼촌 라반(Laban)의 양을 쳤으며 라반의 두 딸 레아(Leah)와 라헬(Rachel)을 비롯해 아내를 넷이나 얻었고, 아들 열하나를 두었으며 많은 가축을 이끄는 큰 부자가 되었다(〈창세기〉 29:1 ~ 31:16). 야곱은 히브리적 사고는 사유가 아니라, 행동에 있음을 보여 주는 최초의 히브리인이다. 야곱은 아브라함같이 묵묵히 기다리는 삶도 아니고 이삭같이 순종으로 일관된 유순한 삶도 아니었다. 야곱은 하느님의 약속을 앉아서 기다릴 수만은 없었다. 그는 일어나서 싸우고 행동으로 쟁취했다. 그는 인도주의자도 아니고 사변적인 사상가는 더욱 아니었다. 그는 기근과 전쟁이 많은 척박한 현실에서 피나는 노력을 하지 않고는 하느님의 복도 현실화될 수 없다고 믿었다. 야곱의 이름에 '속이는 자, 간사한 자'라는 뜻이 있듯이 그는 모든 수단을 다 강구함으로써 하느님의 복을 쟁취했던 것이다. 하디는 이러한 언급을 통해서 파프레이의 성격을 간접적으로 나타내고 있으며 또한 그의 재정적인 성공을 직접적으로 묘사한다고 볼 수 있다.

8 파프레이가 줄무늬가 있고 반점이 있는 곡물을 거래하여 날로 번성해 가는 것을 하디는 〈창세기〉에서 야곱이 얼룩지고 점 박히고 검은 양과 염소를 소유해 날로 번창했던 이야기에 비유하고 있다. 야곱은 고향으로 돌아가기 위해 장인인 라반에게 얼룩지거나 점이 박혔거나 색이 검은 양과 염소만을 자신의 품삯으로 달라

고 제안했다. 라반은 이를 허락하면서도 그런 양과 염소를 모두 자신의 자식들에게 주어 야곱이 갖지 못하도록 했다. 하지만 야곱은 양과 염소들을 교미하게 해서 얼룩지고 점 박힌 양과 염소를 낳게 하여 큰 부자가 되었다.

9   노발리스(Novalis, 1772~1801) : 독일의 낭만파 시인이자 소설가로 본명은 프라이헤어 폰 하르덴베르크(Freiherr Von Hardenberg)이며 노발리스는 그의 필명이다.

10 벨레로폰(Bellerophon) : 그리스 신화에서 날개 달린 말, 페가수스(Pegasus)를 타고 괴물 키메라(Chimera)를 퇴치한 코린토스(Korinthos)의 영웅이다. 그러나 신들은 천상계를 넘보는 그를 엄하게 응징했다. 이후 그는 말에서 떨어져 불구가 되어 폐인으로 전락해 비참한 삶을 살다가 죽었다고 전한다. 이러한 비유를 통해 시종일관 헨처드의 삶이 서서히 비극으로 치닫고 있음을 분명하게 암시한다.

XVIII. 가련한 영혼

1   box passenger : 마차의 바깥 '상자' 위에 마부와 함께 나란히 앉아 있는 승객을 말한다.

2   페이즐리(Paisley) : 스코틀랜드의 남서부 공업도시인 페이즐리시에서 생산한 숄에서 그 이름을 따왔다. 화려한 색상과 추상적인 곡선을 특징으로 하는 직물의 종류다.

3   원문은 'ought'로 되어 있다.

4   원문은 'ruse'로 되어 있다.

5   원문은 'Mr. Michael Henchard. Not to be opened till Elizabeth-Jane's wedding-day'이다.

6   원문은 'natomies'로 되어 있는데 이는 'anatomies'의 잘못으로 첫 글자 'a'가 빠져 있다.

XIX. 먼지와 재

1   엔태블러처(*entablature*) : 고대 건축에서 측면 기둥에 의해 떠받쳐지는 부분을 총칭하는 용어로서 기둥 윗부분에 수평으로 연결된 지붕을 덮는 장식부분이다.

2   원문은 'he'로 되어 있다. 여기서 '그'는 헨처드 자신을 의미하므로 문맥상 '내가'로 번역하였다.

3 요셉의 형제들은 기근으로 곡식을 구하러 이집트에 오게 되었다. 그들은 요셉을 노예로 팔아넘긴 죄의식뿐만 아니라 요셉이 이집트에서 가장 강력한 사람이 되었다는 이유로 괴로워했다. 이에 요셉은 '당신들이 나를 이곳에 팔았으므로 근심하지 마소서. 한탄하지 마소서. 하느님이 생명을 구원하시려고 나를 당신들 앞에 보내셨나이다'(〈창세기〉 45 : 1~5)라고 한다. 이러한 요셉의 이야기는 헨처드의 이야기와 많은 유사점과 교훈적인 대조점이 있다.

4 사제왕 요한(Prester John) : 동방에서 온 전설적인 기독교 왕국의 통치자였다. 그는 젊었을 때 주제넘게 아담과 이브의 지상낙원인 에덴동산을 찾아 나섰다가 눈이 멀게 되었다. 설상가상으로 그는 차려진 음식을 먹으려 할 때 하피(harpy, 여자의 머리와 독수리의 몸과 발톱을 한 전설적인 괴물)들이 음식을 채가고 식탁과 음식에 배변을 했다고 전한다. 이러한 말을 인용한 것은 지옥의 마귀들이 질투하여 헨처드를 위해 차린 음식을 못 먹게 방해하는 데 비유하기 위함이다.

5 원문은 'Schwarzwasser'로 강물이지만 여기서는 '검은 물'을 뜻한다.

6 엘리자베스-제인은 헨처드를 처음에는 '선생님'(10장 120부터)에 이어 '아저씨'(14장 157~19장 221)라고 불렀는데, 이때 드디어 '아빠'(19장 222)라고 부르게 된다. 이후 헨처드와 떨어져 살게 된 시점부터는 '아버지'(21장 245)로 번역하여 부녀관계가 소원해졌음을 우회적으로 표현하였다.

7 재(ash) : 여기서는 '가치가 없다'는 것을 의미하는 성경의 한 표현이다(〈창세기〉 18:27, 〈욥기〉 30:19).

XX. 어머니의 무덤

1 여기서 말하는 '야수'(beast)는 노동자나 하층민과 관련되는 신분을 가진 사람을 의미한다.

2 원문의 'hag-rid'는 '악몽에 시달린', '두려움에 시달린'이란 의미이다.

3 원문은 'Be jowned'인데 사투리이다. '제기랄'(be damned)을 에둘러서 말하는 표현이다.

4 미네르바(Minerva) : 로마 신화에 나오는 지혜, 공예, 직업, 예술의 여신으로 후에는 전쟁의 여신이 되었다. 로마에 있는 미네르바 신전은 장인들이 동업조합을 이루는 장소이기도 했다.

5 아이다 공주(Princess Ida) : 엘프레드 테니슨(Alfred Tennyson, 1809~1892)의 시 〈공주〉(The Princess, 1847)의 여주인공이다.

6 이 시행은 테니슨의 시 〈공주〉의 233~234행에 나온다. 〈공주〉란 시는 반여성

주의적 몽상에 해당하는 시다. 테니슨은 자연을 사랑하면서 84세의 나이로 생을 마쳤다. 테니슨은 죽음을 마치 인생행로의 연장으로 보고 담담하게 시를 쓰고 있다. 실제로 이 시를 쓴 사람은 공주가 아니라, 여장을 하고 여성을 흉내 내는 왕자이다. 이 시는 여성의 고등교육을 위해 시험적으로 설립한 런던의 퀸즈칼리지에 다소나마 부응하고자 테니슨과 두 친구들이 돌아가면서 이야기한 것이다.

7   피비(Phoebe): 여자 이름, 여기서는 하녀이다.

8   이 동전은 스틱스강(The River Styx)을 건너 저승으로 갈 때 뱃사공 카론 (Charon)에게 내는 뱃삯을 말한다. 고대 그리스에서는 뱃삯으로 죽은 사람의 입에 동전을 넣어 매장하는 관습이 있었다.

9   카르나크(Karnak): 이집트 중심부에 있는 옛 도시 테베(Thebes)의 북쪽지역을 가리키는 지명으로 위대한 사원과 엄청난 고고학적 가치를 지닌 유적이 많이 발굴된 곳이다.

10 카메오(cameo): 돌이나 조가비의 작은 조각품에 새겨진 보석이다.

11 아우스터리츠(Austerlitz): 체코슬로바키아 남동부 모라비아 지방의 소도시이다. 1805년 12월 나폴레옹 1세가 러시아와 오스트리아 연합군에 대승한 곳으로, 이 전투 이후 프랑스가 유럽대륙에서 압도적 우위를 차지하게 되었다. 그러나 한편으로는 1806년 프로이센이 전투에 가담하는 빌미를 제공했다. 아우스터리츠에서 나폴레옹의 승리는 그의 운명의 전환점과 일치한다. 마찬가지로 이 저녁 만찬은 헨처드가 정점을 이룬 반면, 그가 싹이 난 곡물을 팔았다는 것을 안 직후에 발생한다. 그것은 캐스터브리지에서 헨처드의 이름에 의미 있는 오명을 남긴 시점과 일치한다.

12 원문은 'won't'로 되어 있다.

XXI. 이방인

1   원문은 'façade'로 프랑스어이다. 건물의 '정면', '외관', '앞면'을 가리키는데, 캐스터브리지에서 하이-플레이스 홀은 독특한 건축기법으로 유명했다.

2   원문은 'motes'이다. '밀짚'을 의미한다.

3   팔라디안(Palladian): 안드레아 팔라디오(Andrea Palladio, 1508~1580)는 후기 르네상스 건축가로서 서유럽 건축에 가장 큰 영향을 미쳤던 인물 중 한 사람으로 꼽힌다. 특히 그는 고대 로마 건축에 관한 연구를 요약한 《건축 4서》(*I quattro libri dell'architettura*)(1570)를 저술했다. 1715~1760년대 영국의 대표 건축양식인 팔라디오 양식은 대칭성, 개방성, 그리고 고전양식에 대한 학문적

집착으로 유명하다. 팔라디오가 설계한 궁전과 빌라는 사후 400여 년간 서양에서 모방되었으며 세계 곳곳으로 퍼졌다.

4 고딕 시대(the Gothic age) : 12세기 중엽부터 16세기 르네상스가 도래할 때까지 지속된 시기이다. 이 시기의 건축양식은 '높은 건물'과 '뾰족한 첨탑', '화려한 유리창' 등이 특징이다. 고딕 건축은 유럽의 교회들과 대수도원, 대성당, 종합대학에서 쉽게 찾을 수 있다.

5 황소 골리기(bull-stake) : 울타리 안에서 개를 부추겨 황소를 성나게 하는 광경을 구경하는 영국의 옛 놀이다.

6 이 부분부터 엘리자베스-제인은 헨처드를 '아버지'로 부르는 것으로 번역하였다. 헨처드를 부르는 호칭의 변화는 둘 사이의 관계변화와 밀접하므로 '선생님 → 아저씨 → 아빠 → 아버지'로 번역해야 내용의 흐름과 일치한다. 2권 44장의 마지막 헤어지는 장면에서는 '씨'로 번역했다.

7 원문은 'apotheosis'이다. 원래의 의미는 '신(神)이 있던 아주 높고 고상한 상태'이나 여기서는 '한때 잘나가던 시절'을 의미한다.

8 플리스(fleece) : 양털같이 부드러운 직물이다. 여기서는 플리스로 만든 스웨터나 재킷을 의미한다.

9 여기서는 말 한 필이 끄는 2인승 마차이다.

10 '헨처드는 문의 손잡이를 살며시 돌리고 들어가 촛불을 가리면서 침상 옆으로 다가갔다'(1권 218)로 보아, 헨처드가 '한 번도 엘리자베스의 방에 와 본 일이 없었다'는 부분은 문제가 있다. 이것이 헨처드의 착각인지 하디의 착각인지는 알 수 없다.

XXII. 성촉절

1 원문은 'mon ami'로서 '내 사랑'이라는 의미의 프랑스어이다.

2 원문은 'étourderie'로서 '경솔한 실수'라는 의미의 프랑스어다.

3 원문은 'fiasco'로 '완전히 터무니없는 실패'를 의미하는 이태리어이다.

4 clue line : 'clew-line'의 변이형이다. 돛을 접을 때 가로돛이나 세로돛의 클루를 끌어올리기 위한 밧줄 또는 도르래 장치이다. 여기서는 '단서'라는 의미로 쓰였다.

5 티션(Titian) : 원래 이름은 '베첼리오 티치아노'(Tiziano Vecellio), 영어로는 '티션'(Titian, 1485~1576)이다. 이탈리아의 르네상스가 한창이던 16세기 베네치아에서 활동했던 화가로, 자신의 오른손을 올리거나 때로는 베개를 벤 채로 반

쯤 누워 있는 감각적이고 색정적인 여인의 초상화로 명성을 날렸다.

6 배스(Bath) : 런던에서 173km 떨어진 에이번강(River Avon) 유역에 자리 잡고 있는 도시. 영국에서 유일하게 천연 온천수가 솟아오르는 곳이자 가장 오래된 역사를 지닌 도시 중 하나이다. 이름에서도 알 수 있듯이 배스가 '목욕'이라는 뜻을 지닌 이유는 배스라는 지명에서 유래되었기 때문이다.

7 사도 베드로는 체포된 예수와 친구라는 사실을 두 차례 부인하지만, 뒤에 서 있던 사람들이 '당신은 그들과 한패다. 말씨를 들으니 분명하다'며 다가선다(〈마태복음〉 26 : 73). 하디는 이를 인용하여, 루세타가 불어를 사용하는 것이 헨처드와 바람을 피운 지역과 연관될까 두려워하는 상황과 일치시키고 있다.

8 원문은 'carrefour'로 '교차로'를 의미하는 프랑스어이다.

9 이 말은 '현금을 얼마만큼 지니고 다니는지에 따라 사람들의 모습도 다르다'는 의미이다.

10 성촉절(聖燭節, Candlemas) : 가톨릭에서 성모 마리아의 순결을 기념하는 축제일로 촛불 행진을 한다. 5세기 중엽 동방교회에 촛불을 켜고 축제를 거행하는 관습이 생겼는데 이로부터 성촉절이라 부른다. 과거 로마 가톨릭교회는 이 축일을 성모 마리아의 청정식(淸淨式)으로 이해했으나 지금은 주의 봉헌을 기념하는 것으로 이해한다. 성공회에서는 그리스도의 성전 봉헌절로, 그리스 교회에서는 예수가 시므온과 성전에서 만난 것과 관련하여 '히파판테'(만남절)라고 부른다. 4세기 후반 순례자 에테리아가 예수 공현 축일 후 40일째인 2월 14일 성촉절 축제에 참가하고 《에테리아 순례기》에 기록한 것이 첫 기록이다. 542년 유스티니아누스 1세는 성촉절을 크리스마스로부터 40일째 날인 2월 2일로 지정했다. 서방교회는 교황 세르기우스 1세(687~701 재위)가 이 축일을 제정했다.

11 사이마 렉타(cyma-recta) : 건축용어로 오목한 부분이 볼록한 부분보다 위쪽에 있으면서 튀어나와 있는 물결 모양의 이중곡선이다. 하디는 스무 살이 되자 건축기술을 배우고 건축업에 종사하면서 교회 재건축 사업에 참여하기도 하였는데 이때 익힌 건축용어를 작품에 인용했다.

지은이 | 토머스 하디 (Thomas Hardy, 1840~1928)

토머스 하디는 영국 남서부 도싯주의 도체스터 부근 가난한 마을에서 태어났다. 하디는 석공이었던 부친의 직업을 이어받기 위해 16세까지 고향에서 건축가의 도제 생활을 했지만, 일찍부터 문학적 열정을 가지고 있었기에 독학으로 그리스어와 라틴어를 익히는 것은 물론 고전 작품을 섭렵하면서 꾸준히 예술적 소양을 쌓아 나갔다. 하디는 한때 건축과 문학을 종합해서 예술 비평가가 되고자 했으나 소설 《궁여지책》(1871) 과 《푸른 숲 나무 아래》(1872) 를 잇달아 출간한 뒤 전업 작가가 되었다.

하디는 60여 년에 이르는 창작활동 기간 전반 30년은 소설에 천착했다. 《한 쌍의 푸른 눈》(1873) 과 《속된 무리를 떠나서》(1874) 를 잡지에 연재했으며 《에설버타의 손》(1876), 《토박이의 귀향》(1878), 《탑 위의 두 사람》(1882), 《캐스터브리지 시장》(1886), 《숲속의 사람들》(1887), 《가장 사랑하는 여인》(1892) 등을 출간했다. 후반 30년에는 시 창작에 몰두해 1898년 출간된 그의 첫 시집 《웨섹스 시집》을 비롯해서 장편 서사시극 〈제왕들〉 3부작을 발표하는 등 1천여 편의 시를 남겼다. 하디는 영국 왕실에서 공로 대훈장을, 케임브리지대학 등에서 명예 박사 학위를 받았으며, 1928년 1월 11일 88세의 나이에 세상을 떠났다.

옮긴이 | 사공철

국민대학교 영어영문학과를 졸업하고 성균관대학교 대학원에서 영어교육 석사, 영문학 박사 과정을 마쳤으며 미국 University of Bridgeport에서 언어과정을 수료하였다. 우석대학교에서 포스트콜로니얼의 서벌턴을 토머스 하디 작품에 적용한 논문으로 영문학 박사 학위를 받았다. 대구한의대학교, 경희사이버대학교에 출강하였고 현재는 경운대학교 교수로 근무 중이다.

토머스 하디 소설과 시 관련 학술 논문 30여 편을 발표했고, 전문서 《서벌턴的 시각에서 토마스 하디의 소설과 시 다시 읽기》(2013) 등 5권, 번역서는 장편 《또 하나의 사랑》(*The House on Hope Street*, 2014) 등 6권, 단편 〈제비뽑기〉(*The Lottery*, 2018) 등 8편, 실용서 《글로벌 비즈니스 영어》 등 70여 권을 출간했다. 방송대 문학상(문화평론 부문), 매일 시니어문학상(논픽션 부문) 등 다수 수상했다.